청명
清明

청명절에 비 어지럽게 내리니

길 가는 나그네는 시름겨워지네

술집이 어디 있는가 물으니

목동이 멀리 살구꽃 핀 마을을 가리키네

清明時節雨紛紛
路上行人欲斷魂
借問酒家何處有
牧童遙指杏花村

검정만귀

검정만리 3

사암 新무협 판타지 소설

초판 1쇄 찍은 날 § 2006년 5월 10일
초판 1쇄 펴낸 날 § 2006년 5월 20일

지은이 § 사암
펴낸이 § 서경석

편집장 § 문혜영
편집책임 § 심재영
편집 § 유경화

펴낸곳 § 도서출판 청어람
등록번호 § 제1081-1-89호
등록일자 § 1999. 5. 31
어람번호 § 제2-0910호

주소 § 경기도 부천시 원미구 심곡1동 350-1 남성B/D 3F (우) 420-011
전화 § 032-656-4452 팩스 § 032-656-4453
http://www.chungeoram.com
E-mail § eoram99@chollian.net

ⓒ 사암, 2006

ISBN 89-251-0010-X 04810
ISBN 89-251-0007-X (세트)

검정만리

劍情萬里

Fantastic Oriental Heroes

사암 新무협 판타지 소설

3

무림경영(武林經營)

도서출판 청어람

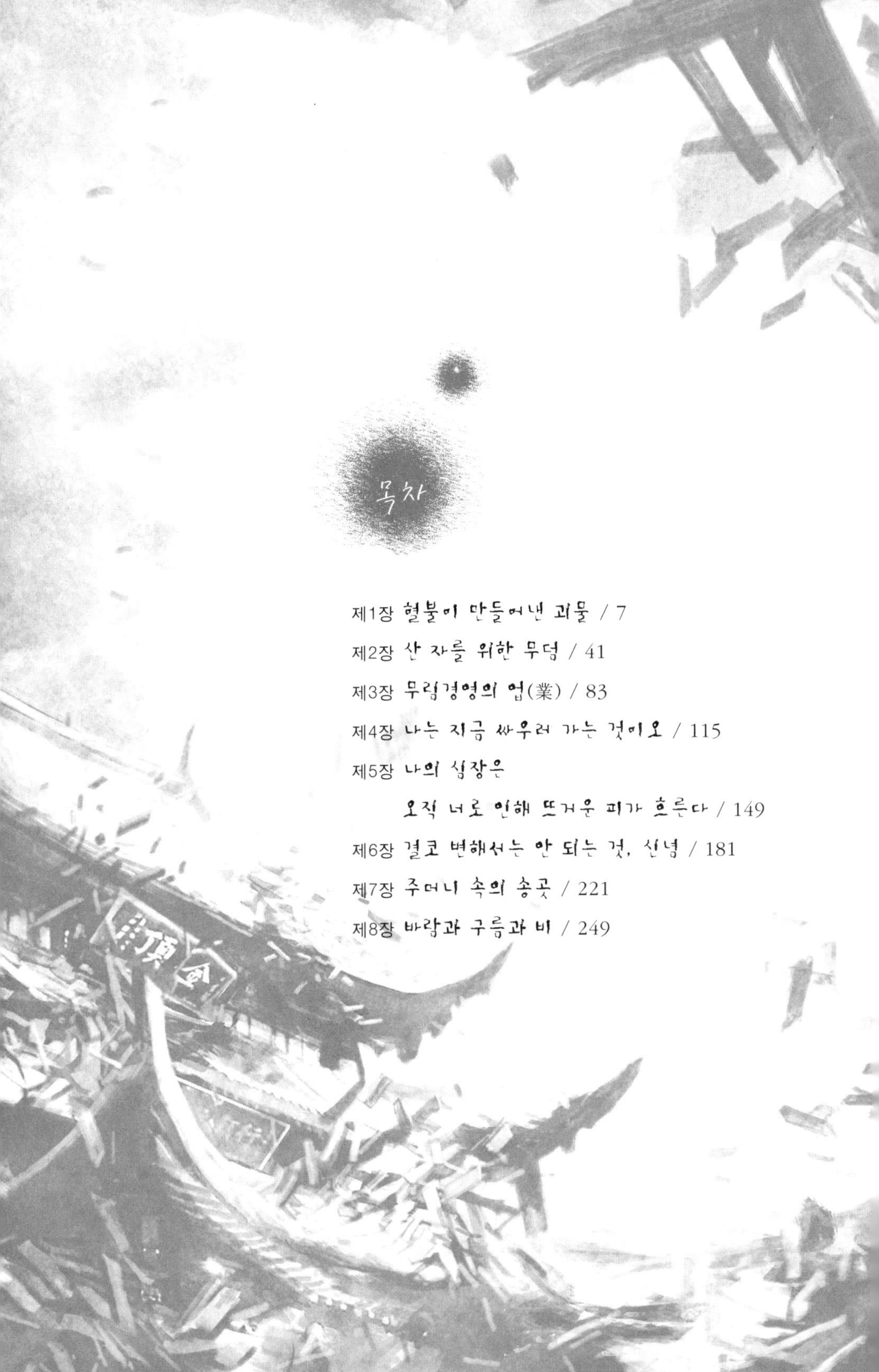

목차

제1장 혈불이 만들어낸 괴물 / 7

제2장 산 자를 위한 무덤 / 41

제3장 무림경영의 업(業) / 83

제4장 나는 지금 싸우러 가는 것이오 / 115

제5장 나의 심장은

　　　오직 너로 인해 뜨거운 피가 흐른다 / 149

제6장 결코 변해서는 안 되는 것, 신념 / 181

제7장 주머니 속의 송곳 / 221

제8장 바람과 구름과 비 / 249

第 1 章

혈불이 만들어낸
괴물

회백색 하늘에서 눈이 쏟아졌다.

은빛 눈으로 뒤덮인 대지 위로 동장군의 황량한 바람이 스산한 소리를 내며 훑고 지나갔다.

천 년의 세월을 견뎌온 낙락장송도 동장군의 바람을 견디지 못하고 우수수 떨며 쌓인 눈을 떨어뜨리어 냈다.

파황성의 지밀전주, 항곡파찬의 침잠된 눈빛이 얼음 기둥처럼 솟아 있는 낙락장송을 지나 먼 하늘을 올려다보았다. 햇볕이 좋은 날이면 저 멀리 설산이 보일 것이다. 하지만 오늘의 설산은 눈에 가려 오직 뿌옇게 보일 뿐 그 도도한 기상을 드러내지 않았다.

"그가 사라지는 날, 좋은 눈이 내리는군."

오랜 세월을 겪어온 풍상이 잔주름처럼 눈가에 새겨진 항곡파찬이었다.

혈불을 가까이에서 모신 지 반백 년.

생각해 보면 참으로 역동과 질곡의 세월이었다. 이제 그 세월의 대가를 받을 때가 되었다.

때는 초저녁이었다.

항곡파찬은 천천히 회랑을 걸었다. 숨 막히는 정적이 장막처럼 뒤덮여 미세한 소리조차 새어 나오지 않는 회랑이었다. 그는 마음속의 생각을 정리하며 어느 내실 앞에 다다랐다.

내실의 벽은 견고하기 이를 데 없는 대리석으로 되어 있었다.

항곡파찬은 그 앞에 서서 크게 심호흡을 했다.

혈불을 만나는 길은 언제나 조심스럽다.

"신(臣), 항곡파찬입니다."

그는 굳게 닫힌 대리석 문 앞에서 옷매무새를 가다듬고 공손한 음성을 발했다.

안에서는 아무 소리도 들리지 않았다.

다만 대리석 문이 두 조각으로 갈라졌다.

긴 생머리를 허리까지 늘어뜨린 나삼미녀(羅衫美女)가 열린 대리석 문 앞에 허리를 굽히고 서 있었다.

혈불의 시중을 들고 있는 화화팔선녀 중 한 명이었다.

그녀는 항곡파찬을 향해 보일 듯 말 듯 미소 지었다. 단순호치(丹脣皓齒)를 드러내며 수줍게 웃고 있는 그녀는 한 떨기 모란 같다. 특히 일신에서 배어 나오는 체향은 사내의 심신을 흩뜨려 놓는다.

"오랜만에 뵙습니다. 지밀전주께서는 어서 안으로 드시지요."

"고맙네."

항곡파찬은 그녀로 인해 잠시 흩어진 심신을 추스르며 대리석 문안으로 들어섰다.

나삼미녀는 소매에서 금줄을 꺼내 한쪽 끝을 항곡파찬에게 공손히 바쳤다.

항곡파찬이 웃으며 금줄을 잡자 내실은 어둠에 잠겼다. 아무것도 보이지 않는 어둠 속에서 그는 금줄을 잡고 나삼미녀의 뒤를 따랐다.

이윽고 어느 대전 앞에 도착한 나삼미녀는 옥함 속에 넣어두었던 야명주를 꺼내 다시 항곡파찬에게 바쳤다.

항곡파찬은 잡고 있던 금줄을 나삼미녀에게 건네고 야명주를 받아 가슴께로 올렸다.

주변은 어둠이었으나 그의 얼굴이 환하게 드러났다. 암습에 대비한 고육지책이었다.

"앞으로 가시지요."

나삼미녀는 나부시 허리를 접으며 항곡파찬이 가야 할 길로 옥수를 내밀었다. 서역(西域)에서 수입해 온 붉은색 양탄자가 깔린 바닥이 야명주 빛에 희미하게 드러났다.

항곡파찬은 양탄자를 밟으며 천천히 어둠을 뚫고 걸어갔다.

신장(神將)처럼 대전을 버티고 서 있는 대리석 기둥은 그 하나하나가 암습자를 대비한 기관이었다. 항곡파찬은 안으로 들어가면서 조금씩 긴장하고 있었다. 이제는 익숙해질 만도 하지만 이러한 분위기는 알 수 없는 공포로 사람을 긴장시킨다.

몇 걸음 더 나가자 검은 주렴(珠簾) 너머로 태사의가 눈에 들어왔다.

교룡(蛟龍)의 비늘로 만들어진 주렴은 천안통(天眼通)을 전개한다 할지라도 꿰뚫어 볼 수 없었다. 내공이 강한 자나 약한 자나 주렴 너머는 희미하게 보일 뿐이었다.

희미한 어둠 속에 사로잡힌 태사의에는 정체를 알아볼 수 없는 한 사람이 앉아 있었다. 그 사람은 어둠 속에서 지금은 쓰이지 않는 죽간을 펼쳐 놓고 독서 중이었다.

야명주를 든 항곡파찬은 무릎을 꿇었다.

"준비가 끝났습니다."

마치 출사표(出師表)를 던지는 제갈공명처럼 그의 음성은 비장했다.

주렴 너머의 인물은 죽간에서 눈을 떼지 않았다.

항곡파찬은 기다렸다.

이윽고 주렴 너머의 인물은 협탁 위에 죽간을 내려놓으며 항곡파찬을 내려다보았다. 단지 보기만 하였을 뿐인데, 그의 눈에서 뿜어지는 사이한 기운이 악령처럼 항곡파찬을 덮쳤다.

"완벽한가?"

묵직한 저음 속에는 만인을 압도하는 위엄이 깃들어 있었다.

"오직 십 년간 이 일을 준비하였습니다. 천려일실(千慮一失)의 우(愚)을 범하여 혈불의 명예를 훼손치 않겠습니다."

항곡파찬의 말에 주렴 너머의 인물은 가볍게 고소했다.

"지나친 자신감일세."

"……"

"달라이라마의 명성은 일조일석(一朝一夕)에 이루어진 게 아니야. 그의 활불전세(活佛轉世)와 정교일치(政敎一致)는 벌써 삼백 년이 넘게 우리 토번을 지배해 왔어. 각 종파(宗派)는 힘을 합쳤지만 누구도 그의 벽을 넘지 못하고 무너져 버렸지."

"……."

"그렇기에 나는 달라이라마를 제거하지 않고서는 토번의 독립도, 중원쟁패도 이룰 수 없다고 생각해 왔어. 그래서 따로 자네에게 준비를 시킨 것이고."

"혈불의 고심을 신이 어찌 모르오리까? 명을 받든 신은 지난 십 년간 노심초사하며 오늘을 준비해 왔습니다. 신이 감히 말씀드리건데 달라이라마의 육체는 반드시 두 동강이 나고 다시는 환생치 못할 것입니다."

절대 권력자만이 앉을 수 있는 태사의 위에서 그 사람, 혈불은 잠시 침묵했다.

항곡파찬은 심신을 가다듬고 그의 하답을 기다렸다.

"제왕총(帝王塚)으로 떠난 북리진강에게는 연락이 있었는가?"

"순조롭게 진행되고 있다는 전서구가 도착하였습니다. 단지……."

항곡파찬은 호흡을 가다듬은 후 다시 말했다.

"불망이라는 자가 예상외로 강해 본래의 계획에서 약간의 변경이 있었다는 내용이었습니다."

"불망이라… 천산의 젊은 구도자였다고 했던가?"

"그렇습니다."

"흥미로운 친구로군. 나 혈불의 계획에 차질을 가져왔다니."

"……."

"밖엔 아직도 눈이 많이 내리고 있겠지?"

“그렇습니다. 대설은 그치지 않았습니다.”
“길이 험하겠어. 조심해서 다녀오시게.”

2

어디일까?

짐작조차 할 수 없었다.

빛이란 빛은 모조리 차단된 암흑의 시공이다. 한 점의 공기조차 부유하지 못하는 절대 공간의 폐쇄다. 그 속에서 추락하는 불망의 의식은 손톱 끝이 갈라지고 피가 나도록 한 사람을 움켜쥐고 있다.

양정!

마지막 의식의 끝은 목숨에 대한 집착이었다.

그는 한 가닥 숨결만 남아 있어도 최후의 순간까지 포기하지 않는 불굴의 의지를 지닌 사람이었다. 그는 사고(思考)할 수 없었으나, 그의 몸은 이 순간 자신에게 가장 필요한 것이 냉정이라 판단했다.

헉헉대는 뜨거운 열기를 급격히 배출해 내던 그의 몸은 차갑게 식어갔다. 실타래처럼 어지럽게 엉킨 머리 속은 하나하나 매듭을 풀어나갔다. 의식이 돌아왔다.

그는 바닥을 짚고 일어나려고 했다.

하지만 일어날 수 없었다.

잠재된 의식은 그를 차갑게 얼리며 깨웠으나 침몰된 신체는 반응하지 못했다.

우두둑.

일어나기 위해 무릎을 조금 움직였을 뿐인데 뼈 부서지는 소리가 났다. 온몸이 가루가 되는 아픔을 느꼈다.

'이렇게!'

움직일 수도 없는 절대적인 무기력 속에서 불망은 울분을 터뜨렸다.

'죽음을 기다릴 순 없다!'

그는 초인적인 의지력으로 다시 움직였으나 신체는 미동도 없다. 대신 짧지만 결코 평탄치 않았던 일생이 주마등처럼 뇌리를 스치고 지나갔다.

어머니…….

그의 일생에서 단 일각도 빼놓을 수 없는 사람.

그녀는 굉장히 바쁜 사람이었다. 언제나 할 일이 있었다. 그래서 그녀는 단 하루도 편히 쉬지 못했다.

짧은 밤이 지나고 또다시 비무자를 찾아 나서는 지친 어머니. 불망의 눈은 안타깝다.

"어머니, 사람은 피와 살로 이루어졌는데… 쉬지 않으면 안 돼요. 이 보 전진을 위해 한발쯤은 물러나는 여유도 있어야 하잖아요."

"쉰다?"

불망의 말을 그녀가 되새겼다.

참으로 어색한 단어다. 수인은 웃으며 불망의 까칠한 볼을 어루만졌다.

"일반적인 삶이라면 그렇다. 하지만 불망아, 삶이란 아무리 먼 길을 달려왔다고 해도 절대 쉬어서는 안 된다. 우리는 우리의 삶을 사랑해야 하지만 결코 믿어서는 안 된다. 삶은 영원히 자신의 삶을 시험하도록 되어 있다. 내딛는 걸음마다 고난과 역경에 빠뜨리고 방심하는 자에게 처절한 패배를 안겨주어 다시는 일어설 수 없는 낙오자로 만들어버린다. 하루를 쉰다면 하루 그 이상이 낙오된다. 삶, 그것은 한여름 태양 빛에 늘어지는 엿가락처럼 긴 것 같지만 되돌아보면 떨어지는 유성보다 찰나의 순간이다. 우리는 그 짧은 순간에서 영혼이 목적한 바를 이루어내야 한다. 그 후 이어지는 영면(永眠)에서 우리의 지친 영혼과 육체는 편안히 쉴 수 있다. 불망, 너는 지금 쉬겠느냐?'

쉬어야 하지 않냐는 불망의 말에 수인의 대답은 길었다. 불망은 그녀의 말을 채 반도 알아듣지 못했다. 알아듣지 못하니 반박할 수도 없다.

"좌우지간 어머니랑 이야기하다 보면 본전도 못 찾는 것 같아요. 좌우지간 쉴 수 없다는 이야기지요?"

그 후 오랜 시간이 흘렀다.

불망의 의식 속에서 수인이 다시 물었다.

"불망, 너는 지금 쉬겠느냐?"

"아니오! 소자, 일어나겠습니다!"

불망의 손가락이 꿈틀거렸다.

죽을지언정, 몸이 부서져 가루가 될지언정, 여기서 이렇게 패배자로 남을 수는 없었다. 깨어나기 위해 있는 힘을 다했으나 의식은 점점 더 지독한 고통과 어우러져 그를 깊고 비정한 나락 속으로 밀어붙였다.

'어머니는? 그리고 그녀는?'

수인의 무심한 얼굴 위로 흙먼지를 잔뜩 뒤집어쓴 채 웃고 있는 양정의 얼굴이 겹쳐지며 하나로 이어진다. 누가 수인이고 누가 양정인지 분간이 되지 않는다. 희미하다. 마치 연기처럼 흩날린다. 그것을 끝으로 불망은 어떤 희망의 빛도 보이지 않는 암흑의 나락 속에서 마지막 의식마저 잃었다.

그때였다.

그를 향해 쏘아지는 시퍼런 안광(眼光) 하나가 발견된 것은.

안광은 음산한 기운의 쇠사슬 소리를 바닥에 끌며 어둠 속에서 그를 향해 조금씩 다가오기 시작했다.

3

"나는… 죽지 않아!"

석실이 터질 듯 앙칼진 외침.

그와 동시에 죽은 줄 알았던 그녀가 눈을 번쩍 떴다.

그런데 어떻게 된 일인가?

세상천지가 암흑이었다.

그녀는 눈을 떴으나 그것은 눈을 뜬 것이 아니었다. 무엇에 어떻게 다친 것인지 그녀의 눈은 실핏줄까지 산산이 터져 나가 눈을 뜨자 붉은 피가 흐르기 시작했다. 그래서 사람들은 그녀의 검은 눈동자를 볼 수 없었다.

"아… 아무것도 안 보여. 아무것도……."

양정, 그녀는 붉은 피를 흘리며 완전히 끝나지 않은 목숨으로 암석 아래 짓눌려 꿈틀거렸다. 그녀는 울부짖으며 암석 아래 깔린 자신의 하체를 꺼내기 위해 사력을 다했다. 마치 벌레가 꿈틀거리는 것 같았다.

　주변을 정리하던 군웅들은 돌연한 외침에 고개를 돌렸고 곧 그녀의 처절한 사투를 볼 수 있었다.

　살기 위해 버둥거리는 짐승은 언제나 안타까운 법이다.

　하나 대부분의 군웅들은 무표정했고 몇몇 자들만이 동정과 안타까움에 찬 눈으로 그녀를 지켜보았다.

　"암석을 치워라."

　아무도 그녀를 돕지 않자 보다 못한 구양요가 제자들을 향해 명령했다.

　양정과 가까이 있던 몇 명의 거지가 그녀를 짓누른 바위를 들어올렸다.

　양정의 하체는 피에 절어 있었다. 그나마 다행이라면 다리가 으스러지지 않았다는 것이다. 암석이 치워졌으나 양정의 고통이 모두 사라진 것은 아니다.

　"살려줘요. 나, 날 좀……. 오빠……."

　일백 명이 넘는 사람들이 양정을 지켜보고 있었으나 그녀는 의식하지 못했다. 양정은 오로지 보이지 않는다는 공포 속에 지배당해 있었다. 양정은 공포를 뿌리치고 싶었으나 공포는 그녀를 떠나지 않았다.

　양정은 공포를 뿌리치기 위해 움직였다.

　양정은 어린아이들의 장난질에 허리가 잘린 자벌레처럼 하반신에 피를 흘리며 바닥을 기었다. 그녀가 기어간 돌덩이 사이로 점점이 핏물이 스며들었다.

　양정은 방향을 잃었다.

군웅들은 자신들의 발아래에서 꿈틀대는 그녀를 지켜볼 뿐 도움의 손길을 내밀지 않았다. 각 문파의 장문지존들 역시 그녀를 어찌해야 좋을지 생각만 했지 제자들에게 도우라는 명령을 내리진 않았다.

그녀는 이성을 마비시키는 공포와 고통 속에서 오직 한 가지 생각을 떠올렸다.

'오빠……'

미치도록 보고 싶다.

하지만 만날 수 없다.

'저들이 나를 지켜보고 있다. 나는 그가 간 방향으로는 얼굴도 돌려선 안 돼. 하지만… 그가 간 곳이 보이지 않아.'

그녀의 얼굴은 피와 눈물로 범벅이 되었다.

보이지 않는다면 다시는 그의 얼굴을 볼 수 없다는 슬픔이 그녀의 고통을 지배하기 시작했다.

"장문인, 어떻게 할까요?"

버려두면 죽을 것이다.

하지만 그녀가 죽을 때까지 지켜보고 있을 수만은 없었다. 조수방은 주변의 정세를 살피며 청담자를 향해 자문을 구했다.

"글쎄……."

청담자도 답을 주기 어려웠다.

의협(義俠)을 떠나 사람의 도리만으로 생각해 봐도 상처 입은 그녀를 살펴주어야 하는 것이 맞다. 하지만 청담자는 어서 그렇게 하라고 제자들에게 지시할 수 없었다. 한 번 보살피게 된다면 영원히 그 부담을 떠안아야 한다.

그녀는 다리만 부러진 것이 아니라 시력도 잃어버린 모양이었다. 천장에서 쏟아진 돌무더기에 부딪치며 망막이 손상되었을 것이다. 맥을 짚어보지 않아 장담할 순 없지만, 저 정도의 외상이라면 내상도 심각할 것이다.

청담자는 상처에 좋은 곤륜의 비전영약 몇 가지를 구비하고 있었다. 그녀에게 약을 먹이고 경과를 살핀다면 그녀의 생명을 되돌릴 수 있을 것이다.

이곳이 제왕총이 아니라 곤륜산 어느 한곳이라면 청담자는 그렇게 했을 것이다. 무림을 빛내는 구파일방 중 하나인 대곤륜파의 장문진인이 꺼져 가는 목숨을 두고 보지만은 않았을 것이다.

하지만 지금은 청해무림의 존폐가 달려 있었다.

곤륜을 비롯한 청해성의 정도연합과 혈검련, 그리고 포달랍궁의 승려들.

아직까지 충돌은 없었다. 하나 상대의 일거수일투족을 감시하는 대치 중임엔 불문가지다.

'만약 싸움이 벌어진다면… 그녀를 보호하는 쪽은 월등히 불리할 것이다. 그녀는 스스로의 힘으로는 아무것도 할 수 없으니.'

구양요는 갈등하는 청담자를 보자 미간을 찌푸렸다. 곤륜파는 어떠한지 모르겠으나 개방은 죽는 그 순간까지 인(仁)과 의(義), 이 두 글자를 버릴 수 없다.

"일단 그녀의 목숨은 살리고 봐야 하지 않겠소?"

구양요의 음성에는 짜증이 실려 있었다.

"구양 분타주의 말씀이 옳습니다만……."

청담자는 순순히 고개를 끄덕였으나 뒷말을 얼버무렸다.

역시 그녀를 살릴 자신이 없다.

"구양 분타주, 우리가 그녀의 생사에 관심을 가질 필요는 없소. 한 번 돕는다면 끝까지 책임을 져야 하오. 만약 싸움이 벌어진다면 우리 편의 부상자도 돌보기 어려운 판인데 누가 누구를 돌볼 수 있단 말이오. 간발의 차이가 승패를 좌우하는 법이오."

청해군가주 군무강은 단호히 말했다.

"노부 역시 군 가주의 말에 동의하오. 그녀를 돕는다면 우리 철검문은 연합에서 철수하겠소!"

철검문주 염운산의 쭉 찢어진 눈이 이글이글 타올랐다. 그는 염혁의 일로 불망과 양정에게 구원(舊怨)이 있는 사람이었다. 결코 그녀를 돕는 일에 동의할 수 없었다. 만약 보는 눈만 없다면 그는 일검에 양정을 산산조각 내고 말았을 것이다.

염운산은 억지로 분노를 누르며 양정의 앞으로 걸어나갔다.

주변에 있던 몇몇 거지들은 그가 다가오자 옆으로 물러났다.

염운산은 양정의 머리 위로 우뚝 섰다.

"너와 함께 있던 그놈은 어디 갔느냐?"

살심을 억지로 누른 음성이었다.

"몰라."

"나는 너를 일검에 죽일 수도 있고 살릴 수도 있다. 안타깝게도 내 인내심은 그다지 대단한 것이 못 된다. 다시 묻겠다. 불망! 그놈, 어디 갔어?"

"모른다고 했잖아!"

그녀는 마치 동년배의 남자 아이를 다루듯 전혀 예의를 갖추지 않은 채 소리쳤다.

"이……!"

더 이상 분노를 참을 수 없었던 염운산은 검을 뽑았다. 그의 검끝이 핏물을 질질 흘리고 있는 양정의 목을 겨눴다.

"염 문주, 성급하오!"

구양요는 양정의 앞을 막으며 소리쳤다.

"이건 내 개인의 문제니 개방은 빠지시오!"

"염 문주의 문제가 우리 모두의 문제요!"

"우리 모두의 문제라고?"

염운산의 눈초리와 검끝이 파르르 떨렸다.

"패배의 고통을 이기지 못해 내 아들이 집을 나갔어! 아들의 고통을 어루만져 줄 수 없는 아비의 고통을 그 누가 안단 말이냐!"

"그것은 당신 아들의 심지가 강인하지 못했기 때문이야. 그 책임을 왜 나와 우리 오빠에게 전가시키는 거야? 정당한 비무에서 철검문은 비겁한 행동을 했어! 오히려 그는 비난받아야 해. 그는 철검문의 비겁한 행동에 굴욕을 느껴 집을 나갔겠지. 그 대단하다는 자존심에 상처를 입었으니까!"

그녀는 한마디 한마디가 대단히 고통스러웠지만 불망에 관한 것만큼은 악을 쓰듯 쏟아냈다.

염운산은 냉정하게 웃었다.

"과연 소문대로 독한 계집이로다. 나를 격발시켜 단칼에 죽고 싶은 모양이야. 하나 네가 원하는 대로 해줄 수는 없다. 나는 반드시 네 입을 열어 놈의 행방을 알아내야겠어."

구양요를 제외하고 염운산의 행동을 말리는 자는 없었다.

제왕총 내에서 사라진 자, 불망의 행방을 알아내는 건 매우 중요했다. 염운산이 자진해서 흙탕물을 뒤집어쓰며 불망의 행방을 추궁하겠다니 그야말로 다들 바라는 일이었다. 구양요조차 그 점은 다른 군웅들과 같았다.

"너는 내가 죽이지 않더라도 버려두면 어차피 죽어. 하나 놈의 행방을 말한다면 내가 가진 좋은 약을 주겠다. 어떠냐? 그의 행방을 말한다고 해서 그가 죽는 것도 아니니 이만하면 너의 손해는 없을 것 같은데?"

"모른다고 이미 말했다."

"알게 해주지!"

양정의 말을 기다렸다는 듯 염운산의 검이 그녀의 목을 찔러 들어왔다. 물컹거리며 피가 배어 나왔다. 하지만 그녀는 굳게 입을 닫은 채 신음 소리조차 내지 않았다.

"염 문주, 그녀는 반항할 수 없는 몸이오. 손에 사정을 두시오."

구양요는 양정의 일로 염운산과 다투고 싶지 않았으나 그녀의 죽음을 두고 볼 수 없었다. 그는 양정의 목에 검을 찌르는 염운산의 팔을 낚아채려 손을 뻗었다. 개방의 성명절기인 대완수(大腕手)였다.

염운산은 깜짝 놀라 옆으로 신형을 풀쩍 날렸다. 그의 눈썹이 허공으로 치켜 올라갔다.

"구양 분타주! 지금 뭐 하자는 것이오?"

"그녀는 이미 죽은 목숨이나 진배없소. 거기에 한 번 더 칼질을 해대는 것은 무림명숙인 당신의 명예에 크게 손상이 가는 일이오!"

"그러면 소생은 어떻겠소?"

군웅들 속에서 한 사람이 나오며 검을 든 손을 앞으로 모아 구양요에게 포권했다.

"소생은 철검문의 이름없는 무사요. 원래부터 명예가 없는 몸이니 잃어버릴 것도 없소. 소생이 손을 쓴다면 구양 분타주께서는 뭐라고 말리시겠소?"

삼십대 중반의 그는 염운산의 심복으로 이름은 능기(凌綺)였다. 철검문 내에서는 꽤 알려져 있었지만 구양요는 전혀 모르는 인물이었다.

구양요의 배분은 그와 말을 섞을 정도로 낮지 않았다. 그는 능기를 외면한 채 미간을 은은하게 찌푸리며 여러 군웅들을 향해 말했다.

"인과 의가 없다면 연합의 명분도 없소. 만약 철검문이 그녀에게 손을 쓴다면 인의를 저버리는 일이니 개방이 함께하지 못함을 양해해 주시오."

"구양 분타주, 그것은 구양 분타주께서 함부로 결정하실 일이 아니지요. 귀 방의 방주께 먼저 아뢰고 일을 처리해야 하지 않겠습니까?"

조수방은 철검문의 손을 들어주었다.

그 역시 양정의 입을 열게 하여 불망의 뒤를 쫓는 편이 가장 빠르다고 생각한 터였다. 물론 그것이 인의에 위배됨을 그 역시 잘 알고 있었다. 하나, 이것은 시간을 다투는 일이었다. 폐쇄된 공간은 시간을 지체할수록 위험만 있을 뿐이다.

"본 방의 일은 본 방이 알아서 할 것이오. 조 분타주가 거기까지 신경 쓸 필요는 없소."

"소생도 개방의 일에 관여할 생각은 없습니다만 이렇게 된 이상 한 가지 묻지 않을 수 없습니다. 지난번 개방은 송자보에 의해 위기에 처한 그와 그녀를 은밀히 구한 일이 있지요?"

"……!"

"이것은 우리 연합의 행사에 반하는 일입니까? 그렇지 않은 일입니까?"

순간 군웅들이 의혹을 가지고 웅성거렸다.

사실 그 일은 대수로운 것이 아니었다. 이곳에 모인 자들 중 불망이 송자보의 손에 죽음을 당하는 것을 원하는 자도 없다.

하지만 말이라는 건 때와 장소가 중요한 법이다. 이때 조수방이 당시의 일을 특별한 의혹이 있는 것처럼 말을 꺼내자 대수롭지 않았던 그 일은 뭔가 큰 음모가 있는 것처럼 군웅들에게 들렸던 것이다.

"조 분타주는 그가 송자보의 손에 죽기를 바랐소?"

"그건 아니지요. 하나 공명정대하다면 떳떳이 밝히고 도왔어도 될 일이었지 않습니까?"

"그 말은 노부가 공명정대하지 못했다는 말이오?"

"소생이 어찌 구양 분타주에게 공명정대하지 못하다는 말을 할 수 있겠습니까? 다만 공명정대했음에도 불구하고 구태여 속였다면 그에 합당한 무슨 이유가 있겠다 하는 것이지요."

구양요의 얼굴이 일그러졌다.

그도 말발이라면 한가락 한다고 생각했으나 조수방을 당해내긴 어려웠다. 그와 말을 하면 할수록 군웅들의 얼굴에 의혹이 짙어졌다. 의혹을 풀기 위해 서축의 일까지 끄집어낼 순 없었다.

“그만둡시다. 그때의 일을 책임지고 개방은 이번 일에서 물러나겠소. 사실 노부는 처음부터 이번 일이 마땅치 않았소. 제자들은 일제히 뒤로 물러서라.”

명을 받은 개방의 제자들이 지체없이 뒤로 물러섰다.

지켜보던 군무강은 총관 남천의의 귓속에 나직이 뭐라고 말했다. 남천의는 허리를 굽힌 후 제자들을 모아 지시했다. 제자들이 거지들의 길목을 막았다.

구양요의 얼굴이 벌겋게 달아올랐다.

“군 가주, 뭐 하자는 거요?”

“만일의 사태에 대비했을 뿐이오. 개방은 빌어먹고 사는 입장이라 보물에 관심이 없는지 모르겠으나 나는 아니오. 움직이지 않는다면 아무 이상 없을 것이니 안심하시오.”

“떠나면 칼을 뽑겠다는 것이오?”

“그럴 리가 있겠소. 연합에 피해를 주지 말라는 것뿐이오. 지금 여기에 우리만 있는 것이 아니질 않소?”

군무강은 턱짓으로 혈검련과 포달랍궁의 승려들을 가리켰다.

구양요는 내심 깊이 한숨을 내쉬며 다른 문파의 장문지존들을 돌아보았다. 눈으로 그들의 의향을 묻는 것이다. 여러 장문지존들의 눈엔 호의는 없고 적의가 번뜩였다. 만약 구양요가 개방의 인물이 아니었다면 벌써 병장기를 뽑았을 것 같은 태세였다.

‘이들에 반한다면 길(吉)은 없고 흉(凶)만 가득하겠구나.’

그나마 한때 호형호제하던 천룡검보주 낙일세만이 적의 대신 고개를 숙이며 구양요의 눈을 피했다.

“장문인의 생각도 같소?”

구양요는 마지막으로 청담자에게 물었다.

청담자의 얼굴이 수치심으로 물들었다.

“다들 미쳤군. 보물에 미쳤어!”

“구양 분타주, 노도는 늙고 힘없는 늙은이일 뿐이오. 사는 날보다 죽는 날을 가까이 두고 있으니 무슨 욕심이 있겠소. 하나, 이번 일은 강호대세와 관련되니 무턱대고 구양 분타주의 손을 들어줄 수 없음이 안타깝소. 그러나 내 한 가지만은 분명히 약속하겠소. 만약 송찬간포의 유물을 발견하게 된다면 나는 손가락 하나 대지 않고 모두 강호의 정의를 위해 사용하겠소!”

“눈앞의 정의도 지키지 못하는 자가 어찌 강호의 정의를 논하는가! 하하하핫!”

구양요는 허공을 향해 앙천광소를 터뜨렸다.

“구양 분타주! 할 말과 못할 말을 구별하시오!”

청담자의 사제 청수자가 분노의 일갈을 터뜨렸다.

“그녀에게 손을 댄다면 나 응조 구양요 목숨을 걸겠다! 청수자, 네가 나서겠느냐?”

“개방의 위명이 사실인지 내가 보겠다!”

불같은 성격의 군무강이 자리를 박차고 앞으로 나섰다.

“재미있는걸. 아직 시작도 안 했는데 자중지란이 일어날 듯해.”

제월광은 제자들을 이끌고 대치 중인 구양요와 군무강을 번갈아 보더니 설옥상에게 말했다.

"우두머리가 변변치 못하니 그럴 수밖에."

조직을 이끌어감에 있어서 가장 중요한 것은 조직원들의 사기와 우두머리의 능력이었다. 이 둘은 다른 것 같으나 하나였다. 설옥상이 볼 때 속칭 정도연합이라 이름한 정도인들은 가장 중요한 점에서 허점을 드러내고 있었다.

청담자는 그 자신의 말대로 조직을 이끌기에는 너무 늙었다. 그를 보좌해야 할 각 문파의 장문지존들은 각자의 이권에 따라 움직일 뿐, 그의 권위를 세워주지 않았다.

이러한 조직은 반드시 와해되기 마련이다.

그것은 설옥상이 바라는 바였다.

파황성 북리진강의 지시에 따라 움직이는 그녀가 이곳에서 할 역할은 군웅들의 분열이었다. 그녀는 힐끗 포달랍궁의 땡초들을 바라보았다. 그들도 혈검련과 마찬가지로 사태를 관망할 뿐, 뛰어들지 않았다. 아니, 뛰어들 필요가 없는 것이리라.

순식간에 싸움이 벌어졌다.

"크하하하핫! 죽고 싶은 자가 있다면 썩 나서라!"

군무강은 개방 육결제자(六結弟子)의 머리통을 주먹으로 분쇄하며 호탕하게 웃었다. 머리통에서 피가 튀며 그의 숨통이 끊어지는 순간, 개방과 청해군가는 넘지 말아야 할 선을 넘어버린 것이다.

양정은 혼란이 가중되는 순간을 이용하여 도망쳐야 한다고 생각했다. 예전의 양정이라면 능히 도망치고 말았을 것이다. 하지만 지금의 양정은 앞도 보이지 않고 홀로 걸을 수도 없었다. 도망치고자 하는 의욕만 있을 뿐 도망칠 수 없었다.

그녀는 사력을 다해 바닥을 기었다.

염운산은 양정에게서 시선을 떼지 않고 있었다. 그녀가 움직이자 그는 능기에게 눈짓을 보냈다.

능기의 검이 바닥을 기고 있는 양정의 목을 겨냥했다.

"그녀에게 손대지 마라!"

구양요의 신형이 허공을 뛰어올라 청해군가 고수들의 머리 위를 날아 능기를 향해 짓쳐들었다.

"멈추지 않는다면 이 아이를 죽여 버리겠소!"

능기는 양정의 목에 검을 대고 구양요를 협박했다.

구양요는 크게 탄식하며 더 이상 움직일 수 없었다.

개방의 제자들도 구양요의 멈춤과 함께 모조리 한 걸음 뒤로 물러났다.

군무강도 손을 들어 제자들을 뒤로 물렸다.

연속해서 목숨을 희롱당하는 양정은 비참했다. 지독한 고통과 함께 모든 기억들이 덧없이 머리 속을 스쳐 지나갔다. 꿈도 사랑도 인생도 모두 덧없다. 그러나 그녀는 아직 할 일이 남아 있었다.

'그를… 그를 한 번만 다시 볼 수 있다면……'

그녀의 연약한 손이 파르르 떨며 목에 겨누어진 능기의 검신을 잡았다. 얼마나 꼭 쥐었는지 손이 베이고 피가 흐른다.

"차라리 죽여라!"

그녀는 보이지 않는 눈으로 능기를 바라보았다. 백태가 낀 그 눈은 피에 절어 마치 귀신을 보는 것 같았다.

능기는 자신도 모르게 등골이 오싹해져 얼굴이 하얗게 질렸다.

그녀는 능기의 검을 지탱하여 몸을 일으키려 했다.

비틀.

흔들렸지만 그녀는 일어섰다. 그러나 그녀는 한 걸음도 채 걷기 전 돌부리에 발목이 걸리듯 맥없이 쓰러져 굴렀다. 그녀는 이제 더 이상 눈물도 나오지 않았다. 그녀는 다시 일어서려고 했다.

그때 흐릿하게 한 사람의 환영이 보였다.

그의 환영인가?

아니다.

그가 아니었다.

"괜찮으냐?"

그가 아닌 또 다른 한 사람이 그녀의 앞에 서 있었다.

양정은 보이지 않았으나 음성과 체취로 그 사람이 누구인지 알 수 있었다. 그녀의 붉은 눈이 그 사람을 올려보았다. 그녀는 무릎을 꿇고 진심으로 머리를 조아렸다.

"정말 무서워요, 언니. 나 좀… 살려주세요."

4

천장의 종유석에서 물방울이 떨어진다.

얼굴 위로 떨어지는 차가운 물의 기운에 번뜩 놀라 불망의 손가락 마디와 얼굴 근육이 꿈틀거렸다.

그는 꿈을 꾸듯 몽롱한 의식 속에서 생사지간을 오갔다.

'양정…….'

그는 꿈속에서 한 사람을 떠올렸다. 손을 들어 얼굴 위로 떨어지는 물기를 닦았다. 머리 속은 실타래가 마구 엉킨 것처럼 답답했다. 가슴은 터질 것 같았다.

'양정…….'

그는 신음했다.

무의식 속에서 눈물이 흘러 뺨을 적셨다.

"양— 정!"

그는 무엇에 놀란 것처럼 벌떡 일어났다.

순간 그는 쏟아지는 찬란한 빛에 더욱 놀라며 자신도 모르게 앉은 채 뒤로 물러났다.

눈이 부신 야명주가 천장에서 늘어진 그물망에 올려져 있었다. 빛은 그곳에서 쏟아지고 있었다.

'내가 살았구나!'

절망적인 암흑 속에서 죽음의 고비를 넘긴 그는 눈부신 야명주의 광채에 새로운 감회를 느꼈다.

인생이란 참으로 모진 법이다. 죽을 듯 죽을 듯하면서도 이어지는 삶의 가느다란 끈은 옛 황제의 손바닥 위에서 춤을 추는 조비연(趙飛燕)처럼 아슬아슬하다.

그런데 이곳은 어디일까?

불망은 놀랍게도 낡은 나무 침상 위에 누워 있었다. 방은 서너 사람이 들어서면 비좁을 정도의 크기였으며, 덩그러니 놓여 있는 침상을 제외하면 아무 장식도 없었다.

'누군가? 나를 이곳에 옮긴 자는? 그리고 양정은?'

그는 그 자신이 침상에 누워 있다는 것에 대해 의문을 느꼈다. 하지만 지금은 그것이 중요한 일이 아니었다. 양정을 놓쳤다. 영원히 지켜주어야겠다고 생각했던 그녀가 사라졌다.

생각났다.

무너지는 석부.

쏟아지던 돌무더기.

양정은 있는 힘을 다해 위험에서부터 그를 밀었다. 그리고 그녀는?

'찾아야 한다!'

누군가의 도움을 받았기에 그는 침상에 누워 있을 수 있었다. 은혜를 입었다. 갚으면 된다. 하지만 지금은 그녀가 먼저다.

불망은 침상에서 몸을 일으켰다.

어머니의 말처럼 아무리 먼 길을 달려왔어도 쉬어서는 안 된다. 어떤 대가를 지불하더라도 그녀를 찾아야 한다.

석실의 문을 열었다.

쏴아아아아!

어둠이 그를 향해 밀려들었다.

5

설옥상은 태산처럼 무릎 꿇은 양정의 앞에 서 있었다.

양정은 그녀의 신발 아래 얼굴을 박았다.

그녀는 양정을 내려다보며 마치 누이동생을 대하듯 다정다감한 음성으로 말했다.

"인간의 진정한 평화는 죽음 속에 있는 법이다. 모든 건 살아 있기 때문에 힘든 법이지."

"그래도 살고 싶어요!"

양정의 애절한 음성은 단호했다.

"살 수만 있다면… 영혼을 팔아서라도 살고 싶어요."

살아 다시 그를 만날 수만 있다면 영혼이 아니라 그 무엇이라도 팔 수 있었다. 하지만 살 수 있을까? 그녀는 살고 싶었지만 자신이 살 수 있다는 희망을 반은 버렸다.

기의 흐름은 끊겼고 그녀의 오장육부는 모두 망가졌다.

대라신선이 와도 그녀를 원래 상태로 되돌려놓지 못할 것이다. 설옥상은 지금 즉시 손을 써서 그녀에게 진기를 불어넣어 주지 않는다면 그녀는 결국 탈진해서 죽어버릴 것임을 알았다.

"설옥상, 중간에 끼어들어 그 아이를 독차지할 셈이냐?"

군무강은 개방에 향했던 포위망을 설옥상에게 돌렸다. 하나 청해군가의 고수들은 설옥상의 주변을 포위할 뿐, 그녀를 향해 검을 뽑지 못했다. 군무강 역시 마찬가지였다. 그는 꽤 불같은 성격의 소유자였으나 한마디 전음을 듣고는 선뜻 앞으로 나서지 못했다. 전음은 총관 남천의에게서 온 것이다.

"우리가 연합의 방패를 설 필요는 없습니다!"

남천의의 상황 파악은 정확한 것이었다.

그 한마디가 군무강의 걸음을 멈추게 했다. 혈검련과 정면 승부를 한다면 승산은 희박하다. 연합하지 않는다면 이길 수 없다. 그러한 결과를 뻔히 알면서 그녀와 손발을 다투는 것은 명예와 실리, 이 두 가지를 초개와 같이 버리지 않는 이상 불가능하다.

설옥상의 무표정한 시선이 양정을 떠나 군무강을 바라보았다.

"나는 그럴 생각이 없었는데 너의 그 말이 나로 하여금 이 아이를 살리게 만드는구나."

"……?"

"내가 여기서 그만둔다면 결국 너의 말에 겁을 먹어 그만두는 것이 되지 않겠느냐?"

"그 무슨 말도 되지 않는 궤변이냐?"

군무강은 소리쳤으나 설옥상은 그의 말을 귀담아듣지 않았다.

"월광, 호법을 서라. 이 아이를 살려야겠다."

"련주!"

제월광의 얼굴이 핼쑥해졌다.

이 상황에서 그녀는 양정에게 진기를 불어넣어 주겠다는 뜻을 명백히 했다. 그야말로 위험천만한 일이다. 그 틈을 타 적들이 총공세를 펼친다면 반드시 이긴다고 말하기 어려웠다.

"겉으로는 강호 정의를 운운하지만 결국 저들은 자신들의 기득권을 지키려는 것뿐 개인의 생명 따위에는 안중에도 없다. 우리 혈검련이 저들과 어떻게 다른지 보여주겠다. 호법을 서라!"

설옥상의 결심은 흔들리지 않았다.

혈검련은 련주의 명을 거역한 전례가 없다.

"존명!"

혈검련은 품세를 갖추며 그녀의 주변을 보호했다.

허공으로 들어올린 설옥상의 장심에 붉은 기운이 서리기 시작했다.

이윽고 그녀의 장심은 불이 붙은 것처럼 활활 타올랐다.

"나의 힘이 너의 운명을 바꾸어놓을 것이다."

말이 끝나기 무섭게 설옥상은 양정을 향해 잡아당기는 시늉을 했다.

양정은 무릎 꿇은 자세 그대로 강력한 흡입력에 의해 허공으로 솟아올랐다.

"……!"

"……!"

군웅들의 눈이 놀라움으로 부릅떠졌다.

'놀라운 격체섭물(隔體攝物)이로다!'

무림의 내로라하는 고수라면 술잔을 허공에 띄워 자유자재로 움직이게 하는 것 정도는 가능했다. 하지만 세 살 먹은 어린아이도 들 수 있는 술잔을 허공에 띄우는 것과 사람을 띄우는 것은 격이 달랐다.

허공을 격하고 설옥상의 장심에서 뿜어지는 뜨거운 기운이 거침없이 양정의 명문혈을 향해 몸 안으로 밀어닥쳤다.

장강노도(長江怒濤)와 같은 엄청난 기세였다.

양정의 전신이 충격으로 은은하게 떨렸다. 그녀는 이내 설옥상의 붉은 기운에 뒤덮이며 온몸이 달아올랐다.

조수방은 힐끗 청담자의 안색을 살폈다.

기회였다. 설옥상은 움직일 수 없었고 혈검련은 그녀를 보호해야 하기 때문에 손발에 제약을 받을 수밖에 없다. 지금 공격하다면 혈검련을 강호상에서 지워 버릴 수 있었다.

그러나 청담자의 얼굴은 처음과 변함이 없었다.

"마음을 편안히 하고 내 힘에 너를 맡겨라."

진기는 그녀의 몸 구석구석으로 쏟아져 들어왔다. 그것은 마치 뜨거운 물을 온몸에 내리붓는 것 같았다. 양정은 견디기 어려웠다. 그녀는 설옥상의 전음대로 마음을 편안히 하려 하였으나 온몸이 긴장하여 돌처럼 딱딱하게 굳어갔다.

은은한 자광은 점점 더 크기를 더해가며 종국에는 마치 그녀가 거대한 적색 광구(光球) 안에 들어가 있는 것 같았다.

"저것은!"

그때, 마니차를 돌리며 염불을 외고 있던 포달랍궁의 승려들 사이에서 한 가닥 신음이 흘러나왔다.

"마령혈기(魔靈血氣)가 아니냐?"

포달랍궁 승려들의 우두머리인 대법사 명왕(明王)은 설옥상이 만들어낸 적색 광구를 보며 기겁했다.

"너는 혈불과 어떤 관계냐?"

'마령혈기가 아니냐?' 는 서장어였기에 군웅들은 알아듣지 못했다. 그러나 '너는 혈불과 어떤 관계냐?' 는 더듬거리는 한어였기에 군웅들도 모두 알아들을 수 있었다.

설옥상이 혈불과 관계가 있다는 건 중원인이라면 대체로 알고 있는 사실이었다. 하나 명왕을 비롯한 포달랍궁의 승려들은 그 사실을 알지 못했다. 때문에 그녀가 혈불의 독문내공심법인 마령혈기를 이용해 양정에게 진기를 불어넣어 주자 깜짝 놀랐던 것이다.

설옥상은 대답하지 않았다.

혈검련도 자다가 봉창 뜯는 명왕의 말에 대답할 필요를 느끼지 않았다.

명왕은 포달랍궁에서 다섯 손가락 안에 꼽히며 달라이라마의 신망이 두터운 직전제자였다. 그는 혈불을 어릴 때부터 보아왔다. 한때 혈불은 그의 우상이었다. 그러나 그가 포달랍궁을 배신하는 순간 우상은 반드시 밟고 지나가야 할 적이 되었다.

"혈불과 관련이 있다면 살려둘 수 없다! 제자들은 진을 갖춰라!"

명왕의 명이 떨어지자 라마승들은 일제히 움직였다.

'이건 전혀 생각하지 못한 변화군.'

조수방은 포달랍궁이 혈검련을 모른다는 걸 미처 예상하지 못했다. 당연했다. 두 세력은 한 하늘을 이고 살아갈 수 없건만, 상대에 대한 정보가 저토록 미진할 것이라는 걸 어찌 예측할 수 있단 말인가.

적과 적이 만났으니 말은 필요없었다.

라마승들은 일제히 마니차를 휘두르며 혈검련을 향해 짓쳐들었다. 순식간에 사방으로 검과 마니차가 부딪치며 불똥이 튀었다.

'손 안 대고 코를 풀게 되었어.'

조수방은 그들의 승패는 관심이 없었다. 누가 이기든 만신창이가 되길 바랄 뿐이다.

명왕은 설옥상을 노렸다.

그의 마니차가 은은하게 황금빛을 띠며 설옥상의 정수리를 향해 짓쳐들었다. 그 순간 설옥상의 신형이 강기를 토했다. 강기는 마치 방패처럼 그녀의 주위에 철벽을 쳤다.

'허억! 혈마철벽(血魔鐵壁)까지!'

짓쳐들던 명왕이 주춤했다.

그때 강기가 폭발할 듯 깨지며 명왕을 덮쳤다.

'혈마분세(血魔噴勢)!'

혈불의 성명절기들이 모조리 설옥상의 작은 몸에서 쏟아져 나왔다.

명왕은 기가 막혀 칠공(七孔)에서 분수처럼 피가 쏟아질 지경이었다.

콰아아아아아앙!

강기의 파편이 비수처럼 날아가 물러서는 명왕의 전신 요혈을 노렸다.

명왕은 황급히 흑성대라심법(黑成大羅心法)으로 전신을 방비했다.

찍! 찌이익!

명왕의 황금빛 가사 자락이 강기의 파편에 찢어지며 먼지처럼 허공에 치뿌렸다. 연신 뒤로 밀려 나가던 명왕은 석벽을 딛고 반탄지력으로 어렵게 바닥에 착지했다. 명왕의 수염이 표표히 휘날렸다.

설옥상은 양정의 명문혈을 향했던 손을 떼었다.

명왕을 향해 뒤를 돌아보는 그녀의 전신에서 폭풍 같은 기세가 휘몰아쳤다. 그녀의 머리카락이 기세를 이기지 못해 하늘 위로 치솟아오르며 악령처럼 휘날렸다.

"네놈 따위가 감히 나를 암습해!"

설옥상의 능력은 상상 그 이상이었다.

"혈불이 괴물을 만들었군."

명왕은 표표히 휘날리는 설옥상의 머리카락을 보며 허탈하게 웃었다.

"그렇다면 특별한 방법을 쓰지 않으면 안 되겠어."

명왕은 설옥상의 강기에 찢어져 너덜거리는 소매에서 은빛이 나는 얇은 그물을 꺼냈다.

"항차포망(降叉布網)일세. 마구니를 잡아 가두는 본 궁의 법보(法寶)
지."

"저들은 저들끼리 은원을 가릴 모양입니다. 우리는 이 기회를 틈타
떠나는 것이 좋을 거 같습니다."
조수방은 청담자의 옆으로 다가가 말했다.
청담자는 구양요를 보았다.
구양요는 싸늘하게 말했다.
"우리는 생각이 다르니 함께할 수 없을 것 같소. 나는 돌아가겠소."
"노도는 윤방주(閏鞏主)를 볼 낯이 없을 것이오."
청담자는 가겠다는 구양요를 말리지 않았다. 의견이 확연히 다르니
그의 말대로 함께할 수 없었다.
"사람들을 물리게."
청담자는 조수방에게 말했다.
군웅들이 급급히 석부를 물러나기 시작했다.

第2章

산 자를 위한 무덤

제왕총은 거대한 미로였다.

불망은 일곱 개의 대전과 열두 개의 석문을 지나쳤다. 예상과 달리 초반과 같은 위험은 없었다. 그러나 불망은 진 속에 갇혀 버린 것 같았다. 그는 양정과 헤어진 곳을 찾지 못하고 미로를 맴돌았다. 시간이 지날수록 초조함이 더해갔다. 양정을 찾아야 한다는 압박감이 눈사태에 불어나는 눈덩이처럼 점점 커지며 불망의 가슴을 짓눌렀다.

그러나 길을 잃어버렸다.

그는 미친 듯이 석문을 열고 대전을 뒤졌으나 양정은 어느 곳에도 없었다. 하지만 체력이 다하여 쓰러지는 순간까지 포기할 불망이 아니었다.

불망은 다시 한곳의 석문을 거칠게 밀었다.

거대한 대전이었다.

석문이 열리자 휘황한 황금빛 광채가 불망의 동공 속으로 쏟아져 들어왔다. 그는 너무 눈이 부셔 자신도 모르게 팔을 들어 시야를 가렸다.

타원형 천장이었다.

그곳에 촘촘히 황불상(黃佛像)이 박혀 있었다. 광채는 바로 그 불상에서 쏟아져 내리고 있었다.

그래서일까?

황금빛 광채는 마치 서광(瑞光)처럼 광휘롭다.

불망은 무엇에 홀린 것처럼 황금빛 서광에 넋을 잃은 채 대전 안으로 한 발을 들여놓았다.

지금까지 그가 지나친 대전과 이곳은 품격이 달랐다.

대전은 광장이라고 해도 손색이 없을 정도로 넓었다.

그 중앙에 대리석으로 쌓은 거대한 석단(石壇)이 놓여 있었다.

불망은 석단으로 다가가 주변을 살폈다.

석단의 사면에는 각각 위로 올라갈 수 있는 석계(石階)가 놓여 있었다. 석계의 시작점에는 사람의 키보다 훨씬 큰 백옥상(白玉像)이 무서운 얼굴을 한 채 양옆으로 세워져 있었다. 불망이 난생처음 보는 백옥상은 토번을 지키는 신의 형상이었다.

그리고 석단 위.

관(棺)이다.

갖가지 장식들이 찬란한 빛을 뿌리는 호화로운 관이 그 정상에 놓여 있었다.

'송찬간포의 관!'

불망은 마치 최면이라도 걸린 것처럼 석계를 향해 한 발을 올렸다.

순간 침입자를 막기 위한 어떤 기관장치가 있을지도 모른다는 생각이 뇌리를 스쳤다.

그는 한 발을 올렸으나 다음 발을 쉽게 떼어내지 못했다.

그때였다.

"죽고 싶지 않다면 멈춰라!"

불망이 선 석단의 맞은편에서 한 소리 기괴한 음성이 대전을 쩌렁쩌렁 울렸다.

그 소리에 불망은 최면이 걸린 것처럼 움직이지 못했다. 멈추지 않는다면 정말 죽음이 찾아오기라도 하는 것처럼.

멈춘 불망은 소리가 나는 쪽으로 시선을 돌렸다.

철커덩 철커덩.

쇠사슬이 질질 끌리는 소리가 들린다.

그리고 한 사람이 불망의 시선 속으로 나타났다.

허리까지 내려오는 허허백발에 수염은 가슴에 닿았다. 거기에 검은 안대로 왼쪽 눈을 가린 외눈박이노인이다. 하나뿐인 노인의 눈에서 적광색 안광이 활활 타오르고 있었다. 한쪽 눈이었기에 시선은 더욱 강렬했다.

그런데 기막힌 것은 굵은 쇠사슬이 양팔과 두 다리를 묶고 있다는 것이다. 쇠사슬이 관통한 노인의 팔과 다리는 뼈가 허옇게 드러나 있었다. 눈뜨고 볼 수 없는 처참한 모습이었다. 이런 상태로 숨을 쉬고 있다는 사실이 믿어지지 않았다.

불망은 돌연한 틈입자에 대해 경계심을 가졌으나 이 외눈박이노인이 적이라는 생각은 들지 않았다. 만약 그가 적이라면 '죽고 싶지 않다면 멈춰라!' 라고 외치지 않았을 것이며 쇠사슬에 칭칭 감긴 몸으로 나타나기는 더 더욱 어려웠을 것이다.

노인은 쇠사슬이 칭칭 감긴 한 손에 주먹만 한 야명주를 들고 있었다. 아마도 등불 대신 사용하는 모양이었다.

'대체 이 노인은 어떤 사연이 있기에 이토록 처참한 모습으로 제왕총을 헤매고 있단 말인가?'

"뉘시오?"

불망은 노인의 타오르는 시선을 직시하며 쏟아 뱉듯 말했다.

"다 죽어가는 놈을 살려놓았다. 제놈 발이라고 함부로 돌아다녀 여기까지 찾아왔군."

"노선배께서 나를 살렸단 말이오?"

"노부가 아니라면 이 무덤 속에서 어느 놈이 있어 네놈을 살린단 말이냐?"

맞는 말이다.

그는 단 한 명의 친구도 없었다. 있다면 오직 적뿐이다.

"이곳은 대화를 나누기 적합하지 않다. 노부를 따라오너라."

외눈박이노인은 불망의 대답 따위는 신경 쓸 것도 없다는 듯 횡하니 등을 보이며 걸었다.

불망은 그를 놓칠 수 없었다. 그를 놓친다면 언제까지 이 무덤 속을 헤매고 다닐지 몰랐다. 양정을 찾아야 했다. 그는 아무것도 묻지 않은 채 빠르게 노인의 뒤를 따랐다.

어둠 속, 야명주 빛에 의지한 채 미로처럼 이어진 통로를 외눈박이

노인은 쇠사슬을 끌며 걸었다. 이윽고 그가 도착한 곳은 처음 불망이 깨어났던 바로 그 석실이었다.

"앉아라."

외눈박이노인은 야명주를 천장에서 이어진 그물 안에 담으며 불망에게 낡은 의자를 던져 주었다.

'처음으로 되돌아오다니. 그동안의 수고가 헛되었구나.'

불망은 내심 고소하며 그가 던진 의자에 앉았다.

떠날 때는 유심히 보지 않아 기억이 없었으나 지금은 석실의 광경이 한눈에 들어왔다. 그가 누워 있던 침상은 그런대로 깨끗한 편이었다. 하지만 곳곳에 오랫동안 청소를 하지 않은 흔적이 남아 있었다. 한쪽 벽에 기대놓은 탁자 위에는 몇 권의 책들이 어지럽게 널려 있었다. 제목만으로 볼 땐 독에 관한 것들이었다.

"차를 마시겠느냐? 술을 마시겠느냐?"

"그런 것도 있습니까?"

"사람이 사는 데 차와 술이 없겠느냐?"

'사람이 산다? 무덤 속에서?'

"차를 마시겠습니다."

"술을 마시거라. 찻물을 데우기는 귀찮아."

"그렇게 하지요."

외눈박이노인은 짐승의 가죽으로 만든 피낭을 불망에게 던졌다. 불망은 엉겁결에 피낭을 잡았다.

"마시거라."

술은 피낭에 반쯤 채워져 있었다. 불망은 술을 즐기는 편은 아니었으나 천산에서 살면서 여러 가지 독한 술을 마셔본 경험이 있었다. 천산의 이민족들은 추위를 견디기 위해 중원의 술보다 훨씬 독한 술을 마셨던 것이다. 거기에 단련된 불망은 꽤 주량이 센 편이었다.

불망은 피낭의 주둥이에 묶인 끈을 풀고 목을 축였다.

그는 반쯤 술을 마시고 외눈박이노인에게 피낭을 건넸다.

"제법 배포가 있는 놈이로군. 아무 의심 없이 술을 마시다니."

"노선배께서 나를 살려놓으셨다면 다시 죽일 까닭이 없겠지요."

"의도가 있어 살려놓았으니 그 소임이 다하면 다시 죽일 수도 있는 것이지."

"어차피 죽을 운명이라면 호쾌하게 취하여 죽는 것도 나쁘지 않겠습니다."

"제법 영웅적인 풍모를 흉내 내는 게냐? 네놈은 영웅호걸과 거리가 멀다."

"그렇습니까?"

"네놈은 보물을 탐하여 제왕총에 숨어들었다가 기관에 당한 것이 아니냐? 그런 쥐새끼 같은 놈을 영웅호걸이라 할 수 없지."

노인의 음성은 시퍼런 칼날처럼 불망의 귓전을 파고들었다.

불망은 쓰게 웃었다.

"우연히 그리되었으나 부인할 생각은 없습니다. 하나 지금의 나는 한 사람을 찾고 있을 뿐, 보물에는 관심이 없다고 해두지요."

"사람을 찾아? 수백 년 전에 존재했던 제왕의 무덤에 들어와 사람을 찾는다고? 네가 찾는 그 사람은 죽은 사람이냐? 산 사람이냐?"

"산 사람이오!"

불망의 강렬한 눈빛이 노인을 쏘아보았다.

노인의 외눈에서 뿜어지는 적광색 안광이 더욱 짙어졌다.

쌍방이 눈싸움을 하듯 서로 노려보았다. 불망은 견디기 어려웠으나 결코 그의 눈을 피하지 않았다.

"과연 그가 욕심을 낼 만한 놈이었군. 노부의 섭혼령안술(攝魂靈眼術)을 견뎌내다니."

"……?"

"너는 기경팔맥이 샅샅이 끊어져 살 수 있는 몸이 아니었다. 그럼에도 불구하고 노부가 너를 살려놓은 것은 한 가지 알아볼 것이 있기 때문이었다."

"말해보시오."

"묘탑노괴(苗塔老怪) 만춘추(萬春秋)와 너는 어떤 관계냐?"

'묘탑노괴 만춘추!'

불망은 전혀 엉뚱한 곳에서 전혀 엉뚱한 사람의 이름을 듣자 의아한 표정을 지었다.

"그는 워낙 유명한 사람이라 이름을 들어본 적이 있으나 한 번도 만나본 적은 없소."

"나를 희롱함이냐?"

순간 노인의 전신에서 패도적인 기운이 불처럼 뿜어졌다.

불망은 전신에 수천 개의 칼날이 꽂히는 것 같은 전율을 느꼈다.

'우욱!'

노인은 불망을 살렸다고 자신있게 말했으나 그는 아직 완전한 몸이 아니었다. 노인의 패도적인 기운에 그의 전신은 파열될 것 같은 충격을 느꼈다. 불망은 전신의 호신강기를 끌어올려 대항했다.

호신강기를 펼치자 말할 여유가 생겼다.

"무슨 이득이 있다고 노선배를 희롱한단 말이오?"

"당금 무림에서 천마흡성대법을 사용할 수 있는 자는 묘탑노괴 만춘추뿐이다!"

"……!"

그렇다.

마교가 멸망한 지 백 년. 교주 태사정(太射正)은 실종되었고 쥐새끼한 마리 남지 않은 마교에서 살아남은 자는 교주의 시동 만춘추뿐이었다. 부상당한 교주 태사정은 어린 만춘추의 등에 업혀 성을 벗어나 일신을 보존했다. 만춘추가 강호에 나온 건 그로부터 오십 년 후였다. 그는 말하기를 태사정의 의발을 이었다고 했으나 그가 천마흡성대법까지 익히고 있는지를 아는 자는 없었다.

불망은 그 자신이 천마흡성대법을 익히고 있었으나 그 유래가 마교에서 이어졌다는 것만 알 뿐, 당금 강호에서 오직 묘탑노괴 만춘추만이 천마흡성대법을 알고 있다는 건 금시초문이었다.

'오직 그만이 알고 있다는 건 맞는 말은 아니지. 나는 천마흡성대법을 어머니에게 배웠으니.'

"내가 천마흡성대법을 익힌 건 맞소. 하지만 묘탑노괴 만춘추에게 배운 것은 아니오."

"그렇다면 누구냐? 바른대로 말하지 않는다면 뼈도 온전하게 추리지 못한다."

노인의 손이 불망을 향해 뻗었다.

불망의 앞으로 뻗은 노인의 손에서 가공할 흡인력이 일어나며 그를 끌어당겼다.

"우욱!"

불망은 흠칫하며 전신의 공력을 끌어올려 대항했다. 그러나 노인의 쌍장에서 뿜어지는 흡인력은 불망이 저항할 수 없을 정도로 강력했다.

'무서운 공력이다.'

불망은 최대한으로 저항했지만 노인의 앞으로 끌려가는 기세를 바꾸지는 못했다. 갈고리처럼 오므라진 노인의 손이 불망의 완맥을 잡았다.

완맥을 잡힌 불망은 고통스러운 표정을 지었다.

우두둑!

불망의 손목 관절이 뒤틀리는 음향이 터져 나왔다.

그 고통은 이루 말할 수 없었으나 불망은 인상만 찡그릴 뿐 신음을 참으며 그의 공력에 대항했다.

"사람을 살려놓았으면 그뿐이지, 괴롭히는 건 무슨 조화요?"

"얼마나 견디는지 보자."

우두두둑!

뼈가 부서지는 듯한 괴음이 터졌다.

"으… 윽!"

불망은 오만상을 찌푸렸다. 전신의 마디마디가 산산조각나는 고통이 등줄기를 타고 흘렀다.

공력을 끌어올려 대항하려 했지만 허사였다. 공력은 한 줌도 모이지 않았다.

"괴팍한 노인이군! 그러니까 쇠사슬에 묶여 있는 것이야!"

"다 지껄였느냐? 어디 죽을 때까지 지껄여 보아라."

"죽음보다 더한 고통을 겪으며 살아온 몸이오! 한 살 때 검노의 적혈신화장에 맞아 십수 년을 죽음의 공포와 싸웠소! 열세 살 어린 나이에 천산 오지에 홀로 서서 추위와 어둠, 배고픔과 싸웠소! 절벽에서 떨어지는 공포도 맛보았고 우여곡절 끝에 죽음을 부르는 절체절명의 위기에서 탈출하기를 몇 번이오! 나 역시 내 자신이 아직까지 살아 있다는 게 신기할 뿐이니 지금 죽는다 해도 여한이 없소!"

불망은 끝까지 저항하며 악을 쓰듯 외쳤다.

그 순간 노인은 움직임을 멈추며 불망을 쳐다보았다.

"네놈이 한 살에 적혈신화장을 맞았다고 했느냐?"

"그렇소."

"내가 누군지 아느냐?"

그는 불망의 완맥을 잡았던 손마저 놓았다.

불망은 고통이 가시지 않은 얼굴로 손목을 털었다.

"강호 견문이 일천하여 노선배가 뉘신지 알지 못하겠소."

"노부가 바로 검노 무극경이다."

"검노 무극경!"

순간 불망은 둔기로 머리를 맞은 것처럼 멍해졌다.

그의 흔들리는 동공 속에 눈처럼 하얗게 늙어버린 외눈박이노인이 우뚝 서 있었다.

2

지독한 안개 속에서 아무것도 보이지 않는 만장단애다.

곤륜산의 곳곳을 손금 보듯 잘 아는 사냥꾼이라 하더라도 안개 속에 파묻힌 만장단애는 피해가기 마련이었다. 한 번 길을 잃으면 다시는 살아 이 세상을 볼 수 없으니.

안개 특유의 습습한 기운이 북리진강의 코끝을 스쳤다.

그는 습한 기운에 코를 킁킁거리며 작은 암반에 앉아 날카로운 비수로 나뭇조각을 깎고 있었다. 그의 손놀림은 매우 능숙했다. 손끝에서 나뭇조각이 점점 형태를 잡아간다. 그것은 아이들이 겨울철 빙판 위에서 가지고 노는 팽이의 형상이 되어가고 있었다.

북리진강의 뒤로는 십여 명의 흑의무사들이 도열한 채 주변을 경계했다.

한가롭게 팽이를 깎고 있는 북리진강과 잔뜩 긴장한 채 경계를 서고 있는 흑의무사들은 묘한 대조를 이뤘다.

하늘 위에서 겨울 철새들이 학익진(鶴翼陣)을 형성하며 날아간다.

그 뒤로 거대한 새 한 마리가 모습을 보였다. 그것은 보통의 새와 달리 불을 뿜어내듯 붉다. 붉은 새의 등에 한 사람이 가부좌를 틀고 앉아 있었다.

그를 발견하는 순간 흑의무사들이 일제히 발검 자세를 취했다.

그러나 북리진강은 여유를 잃지 않고 힐끗 새를 올려다보았다.

"그가 오는 모양이다. 준비하거라."

그는 흑의무사들을 향해 그렇게 한마디 던지곤 다시 팽이 만들기에 열중했다.

붉은 새는 북리진강의 머리 위에서 몇 바퀴 선회하더니 곧 하강하기 시작했다.

북리진강은 천천히 암반 위에서 몸을 일으켰다.

흑의무사들이 북리진강의 주변을 호위했다.

붉은 새는 북리진강의 삼 장 앞에서 날개를 접었다. 그리고 한 사람이 새 위에서 뛰어내렸다.

그 사람은 평범한 마의에 구부러진 등을 가진 나이를 짐작할 수 없을 정도로 늙어버린 노인이었다. 등에는 자신의 키보다 훨씬 큰 검은색 관을 메고 있었고 손에는 뱀을 닮은 지팡이를 짚고 몸을 의지했다.

마의노인은 늙었다는 것 외에는 평범했으나 행색은 기괴했다.

그런데 그가 지팡이를 짚으며 북리진강 등을 향해 걸어오는 순간, 흑의무사들은 약속이나 한 것처럼 일제히 코를 막으며 미간을 찌푸렸다. 마의노인의 몸에서 견디기 힘들 정도로 지독한 악취가 났기 때문이었다. 악취는 마의노인이 아닌, 그의 등 뒤에 메고 있던 관 속의 시체에서 나는 것이라는 걸 알게 된 건 조금 후의 일이었다.

모두가 코를 막았건만, 북리진강은 입가에 미소를 머금은 채 팽이를 쥔 손으로 그를 향해 포권했다.

"공봉(供奉)을 뵙습니다."

"오랜만이오, 북리 호법."

마의노인도 북리진강을 향해 양손을 모았다.

혈불을 제외하고는 두려운 사람이 없다고 자부하는 북리진강이지만, 눈앞에 서 있는 마의노인, 고왕(蠱王) 온초산(瑥樵山)에게만큼은 반보가량 물러설 수밖에 없었다. 혈불의 당부와 공봉이라는 지위 때문이었지만 북리진강 그 자신이 고왕 온초산을 경외시하는 마음 역시 컸던 까닭이다.

"공봉께서 직접 나오실 줄은 생각지 못했습니다. 신호를 띄우셨다면 제가 직접 찾아뵈었을 텐데요."

"허허. 북리 호법은 성에서 오신 사자(使者)와 다름없으니 노부가 직접 나오지 않는다면 예의가 아니오. 우리 같은 늙은이가 헛되이 나이만 먹었다고 아랫목을 차지하고 앉아 있기만 한다면 성의 규율이 서겠소?"

"별말씀을 다 하십니다. 공봉께서 노심초사 고생하고 계시다는 걸 성에서 모르는 사람이 어디 있겠습니다."

"허허허. 노부는 진심에서 우러나온 말을 했을 뿐인데 북리 호법께서 그리 말씀해 주니 오히려 얼굴에 금칠을 한 격이 되고 말았소. 그래, 준비는 모두 끝났소?"

"혈불의 명대로 정예들을 뽑아왔습니다."

북리진강은 십여 명의 무사들만 대동하고 만장단애에 올랐으나, 그전에 이미 이백여 명의 거친 무사들을 만장단애 곳곳에 포진시켜 두었다. 무사들은 사람들의 눈에 띄지 않기 위해 삼삼오오 짝을 이루어 한 달 전부터 만장단애에 모이기 시작했던 것이다.

"이 친구가 조장 혈검노도(血劍怒濤) 남완량(藍完亮)입니다. 들어보셨는지요?"

북리진강은 자신의 뒤에 서 있던 흑의무사 중 한 명을 온초산에게 소개했다. 강인한 인상을 가진 삼십대 초반의 젊은 무사였다.

"남완량이 공봉을 뵙습니다."

"반갑네. 이렇게 만난 것도 인연이니 앞으로 좋은 관계를 유지해 보세."

남완량에게 간단한 인사말을 건넨 온초산은 문득 북리진강의 손에 들린 깎다 만 팽이를 바라보았다. 그의 눈은 무감동하여 흡사 물고기의 눈을 보는 것 같았지만, 북리진강의 손에 들린 팽이를 보자 내심 길게 탄식했다.

'오랜 세월이 흘렀건만… 그는 아직도 잊지 못하고 있군.'

무사는 냉철함을 유지해야 한다. 모든 면에서 북리진강은 훌륭한 무사였지만, 냉철함만큼은 불합격이었다.

북리진강은 팽이를 수하에게 건네주며 쾌활하게 말했다.

"저희 쪽에선 준비가 모두 끝났으니 공봉께서 준비해 두신 걸 보고 싶군요."

"보겠소?"

온초산은 등에 메고 있던 검은색 관을 땅에 내려놓았다.

북리진강을 비롯한 무사들의 시선이 일제히 관 위로 모였다. 악취는 면역이 되어서인지 조금 전처럼 심하게 느껴지진 않았다.

온초산은 능숙한 솜씨로 관 뚜껑에 박아두었던 나무못을 빼낸 후 관을 열었다. 거기에는 머리가 하얗게 센 노파의 시신이 들어 있었다. 마치 목내이처럼 핏기 없는 얼굴은 온통 주름살투성이였다. 부패할 대로 부패한 시신은 뚜껑을 여는 순간 지금까지완 비교할 수 없을 정도로 심각한 악취가 확 퍼져 올라왔다.

누군가가 '욱!' 소리를 내며 구역질을 했다.

물고기처럼 무심한 온초산의 시선이 힐끗 구역질하는 자를 쳐다보더니 말했다.

"이 여자는 모고(母蠱)를 복용한 지 열흘 되었고 죽은 지는 일주일 되었소. 나이는 이십 세 전후로 추정되나 모고의 독을 이기지 못해 이렇게 늙고 말았소."

"삼 일 만에 이렇게 폭삭 늙었단 말입니까?"

"체내의 기가 약하니 우리 같은 무림인보다는 더 빨리 조로(早老)된 게지."

온초산은 지극히 암울한 눈빛으로 관 속의 여자를 내려다보았다.

이십 세 전후의 여자라고는 도무지 상상할 수 없는 그녀는 채 피어 보지도 못하고 꽃다운 나이에 이토록 허무한 종말을 맞이한 것이다.

"모고는 이 여자의 체내에서 더 이상 양분을 흡수할 수 없게 된다면 다른 사람을 찾아 떠나거나 죽고 말 것이오. 모고가 죽는다면 우리의 계획은 제법 차질이 오게 될 것이오. 그전에 이 여자에게서 모고를 꺼내야 하오."

"모고를 꺼내려면 시체의 배를 갈라야 하지 않겠습니까?"

북리진강의 물음에 온초산의 입가에 무심한 미소가 스쳤다.

"그래야겠지."

"지금 꺼내시겠습니까?"

"나로서는 바라던 바요."

온초산은 소매에서 비수를 꺼냈다.

사람의 배를 가르는 것이 마치 땅에 줄긋기 놀이나 되는 것처럼 비수를 뽑는 온초산의 모습은 극도로 무심했다.

지켜보는 흑의무사들은 풍진 강호를 배경으로 사람 죽이는 것을 아

무렿지도 않게 하였으나 온초산이 죽은 시신의 배를 갈라 고(蠱)를 꺼
낸다고 하자 얼굴이 하얗게 질려 아무 소리도 하지 못했다.

온초산의 손이 관 속에서 움직였다.

그의 등을 보고 있는 흑의무사들은 그가 무엇을 하는지 보지 못했
다. 하지만 보지 않아도 짐작이 되고 머리 속으로 장면이 떠올랐다.

스각! 슥! 스슥!

보이지 않는 곳에서 살을 베고 가르는 소리가 흑의무사들의 귓속을
파고들었다.

3

운명이란 참으로 알 수 없는 놈이었다.

불망의 이십 년 생은 검노 무극경을 찾는 데 소진되었다. 그는 수없
이 많은 생사의 고비를 넘으며 검노를 만나고자 하였으나 끝내 만나지
못했다.

그런데 오늘, 장난처럼 검노 무극경이라 불리는 사람이 수족을 쇠사
슬에 묶인 채 불망의 눈앞에 우뚝 서 있었다. 그것은 너무 급작스러운
일이라 믿기 어려웠다. 더욱이 불망은 가짜 검노에게 속아 마검혈을
빼앗긴 천산의 기억을 화인처럼 가슴에 새기고 있었다.

그는 스스로 검노라 하였으나 한차례 감흥이 지나간 불망은 믿기 어
려웠다.

"날 보고 그 말을 믿으란 말씀이오?"

"노부가 네놈에게 거짓을 말해 무슨 이득을 얻겠느냐?"

"나는 검노를 찾기 위해 이십 년을 소비했소. 사람들은 말했소. 검노는 천산 천애봉에 은거하고 있다고. 그래서 나는 검노를 찾기 위해 천산을 샅샅이 뒤졌소."

노인의 주름투성이 얼굴이 진중하게 굳으며 불망의 말을 들었다.

"노선배가 검노라면, 왜 여기 계십니까? 천애봉에 은거하고 계시다는 분이 이 초라한 무덤 속에서 뭘 하고 계신 겁니까?"

"궁금하냐?"

검노는 그 짧은 순간에 많은 생각을 했다.

한때는 세상의 전부를 소유했었다. 가지고 싶은 건 무엇이든 가질 수 있었고, 하고 싶은 일은 거침없이 행하는 자유로운 몸이었다. 하지만 지금은 아무것도 남은 것이 없었다.

무거운 회한이 그의 가슴을 짓눌렀다.

그는 술이 든 피낭을 입으로 가져갔다. 한 모금을 삼키자 독한 술기운이 온몸을 뜨겁게 달구었다.

"그러고 보니 네 녀석의 이름도 물어보지 않았군."

"불망입니다."

"잊지 마라? 좋은 이름이구나. 그건 그렇고."

어느새 검노의 얼굴에서 절망의 어두운 그림자가 걷혔다. 그는 평심을 유지한 채 음성은 무미건조했다.

"그놈이 너를 보낸 건 아닌 모양이로구나."

"……!"

"네놈의 언행이나 기도로 보아 결코 그놈이 거느릴 수 있는 그릇은 아니야. 그렇다면… 이것은 참으로 괴이한 인연이군. 일단 우리의 관계를 한 가지씩 해결하도록 하자."

'우리의 관계?'

그 말의 의미는 대단히 중요했다.

"먼저 묘탑노괴에 대해 대략적 설명을 해주도록 하마. 그는 천하 무림인들의 공적으로 선포되어 있는 대마두다. 여기까지는 네놈도 알 것이고. 하나, 내게 있어서 그는 몇 안 되는 벗 중 하나다. 나는 묘탑노괴의 서찰을 받고 이곳 제왕총에 오게 되었다. 하나 그것은 그자의 계략이었지. 나는 꼼짝없이 속아 이곳에 갇히고 말았다."

"그자가 누굽니까?"

"고왕 온초산이다."

고왕 온초산을 말하는 검노의 입술이 파르르 떨렸다. 퀭한 외눈에선 시퍼런 불꽃이 번뜩였다.

"들어보았느냐?"

"들어보았습니다. 고라는 남방 묘강(苗疆)에서 기생한다는 독충(毒蟲)을 자유자재로 사용한다는 자가 아닙니까?"

"그렇다. 묘강에선 서로 사랑하는 남녀가 한 배에서 태어난 암컷과 수컷의 고를 자신들의 몸속에 따로 넣고 있으면 절대 헤어지지 못한다는 전설이 있다. 왜냐하면 한쪽이 배신을 하고 떠난다면 다른 한쪽의 고를 가진 자가 자결로써 복수를 하게 되기 때문이지. 사람이 죽으면 고도 죽게 되고, 고는 한쪽이 죽으면 다른 한쪽이 살지 못하고 체내의 독물을 모두 토한 채 죽게 된다. 그러면 배신한 상대도 죽음에 이르게 되는 것이다."

"한날한시에 태어나서 한날한시에 죽음에 이르게 된다니, 하찮은 미물의 정이 사람의 정보다 낫습니다.”

“쿡쿡쿡. 네놈은 고 따위가 백거이(白居易)의 시 장한가(長恨歌)에 나오는 비익조(比翼鳥)나 연리지(連理枝) 같다고 생각하는 게냐? 네놈이 고에 당하게 된다면 결코 그런 생각을 하지 않을 것이야.”

“그럴지도 모르지요.”

“묘강에선 고에 대한 연구가 활발히 진행되었다. 그래서 지금은 모고를 몸속에 넣은 자가 그 유충(幼蟲)을 상대의 몸에 넣은 뒤 모고의 힘으로 상대의 영혼을 지배하는 방법이 개발되었다. 나는 온초산에게 속아 내 몸속에 고를 넣었다.”

음모에 빠져 폐인이나 다름없이 이곳에 버려진 후 그의 퀭한 외눈에서 처음으로 눈물이 흘렀다.

이어 그는 한이 서린 음성으로 말했다.

“나는 그에게 영혼을 지배당하지 않기 위해 최선을 다하고 있으나 내 영혼은 점점 죽어가고 있다. 만약 이대로 얼마의 시간이 더 흐른다면 나는 그에게 나의 모든 것을 빼앗기고 말 것이다.”

“노선배님의 능력은 개세적이라 들었습니다. 왜 이곳을 떠나지 않습니까?”

“모고가 죽는다면 나도 죽는다. 내가 그를 떠날 수 있겠느냐?”

4

시체의 배가 갈렸다.

내장은 모조리 부패하고 뜯겨져 있었다. 악취는 더욱 지독해졌다.

온초산은 갈라진 시체의 뱃속으로 쑤욱 손을 넣었다.

손이 뱃속에서 다시 나왔을 때, 그의 손바닥에는 끈적끈적한 액체와 함께 손가락 세 개를 합쳐 놓은 것만 한 크기의 흉측한 벌레가 꿈틀거리고 있었다.

"이것이 바로 고 중에서도 가장 지독한 미멸마고(迷滅魔蠱)의 모고네."

커다란 애벌레처럼 생긴 놈이다. 꿈틀거리는 놈의 몸통은 핏물에 젖은 것처럼 새빨간 진홍빛이었다. 게다가 인체 내의 진물이 범벅이 되어 보는 것만으로도 온몸에 소름이 돋았다.

온초산은 엄지와 검지로 미멸마고의 몸통을 잡고 북리진강에게 다가왔다.

북리진강은 꽤 뱃심이 큰 사내였다. 하나 생각 이상으로 크고 흉측한 놈의 형태에 자신도 모르게 미간이 찌푸려졌다. 하지만 그는 애써 태연을 가장하며 온초산을 향한 미소를 잃지 않았다.

"굉장하군요. 꽤 거대한 놈입니다."

"이 녀석은 일 년에 한 번 교배를 하고 출산을 하는데, 그 개수가 천 개 이상일세. 한마디로 일 년에 천 마리 이상의 자고를 만들어낼 수 있다는 거지. 흠. 이 녀석을 공기 중에 오래 둘 순 없고… 저자를 내게 주겠는가?"

온초산은 돌연 북리진강의 옆에 있는 흑의무사에게 시선을 돌렸다. 돌아보는 그의 섬뜩한 눈빛에 흑의무사는 가슴이 철렁 내려앉을 정도로 기겁했다.

온초산이 관 뚜껑을 열 때 구역질을 했던 자였다.

“공봉께서 원하신다면.”

“고맙네.”

온초산은 망설임없이 흑의무사를 향해 걸어갔다.

흑의무사는 앞으로 나갈 수도 뒤로 도망갈 수도 없이 그 자리에서 잔뜩 겁을 집어먹은 채 주춤거렸다.

온초산의 손가락이 흑의무사의 머리통을 찍었다. 그 순간 흑의무사의 두 눈이 부릅떠지며 입이 크게 벌어졌다. 온초산은 그의 벌어진 입 속으로 꿈틀거리는 미멸마고를 쑤셔 넣었다.

미멸마고는 물을 만난 고기처럼 그의 목구멍을 미끄러져 들어갔다.

흑의무사는 경기를 일으키며 컥컥거렸다.

지켜보던 동료들이 온몸을 부르르 떨며 진저리를 쳤다. 동료의 몸속에 미멸마고를 집어넣은 온초산에 대해 반감 따위는 없었다. 모두들 그 자신이 당하지 않은 것을 감사했다.

모여 있는 사람들 중 무심한 자는 오로지 일을 시행하고 있는 온초산뿐이었다.

“으… 으.”

모고를 삼킨 흑의무사의 입에서 실낱같은 비명성이 흘렀다.

그는 전신을 폭풍처럼 떨며 게거품까지 줄줄 흘렀다.

흑의무사의 모습이 변화하기 시작했다. 흑발이 백발로 탈색되며 두 눈은 혼백이 나간 듯 텅 비어갔다. 그는 양팔을 허공으로 흔들며 술에 취한 사람처럼 비틀거리더니 죽은 듯 픽 쓰러졌다.

“공봉, 모고를 다룰 줄 모르는 자가 그것을 몸에 넣으면 어찌 됩니까?”

쓰러진 흑의무사를 바라보는 북리진강의 안색이 침중해졌다. 그는 온초산이 원했기에 흑의무사를 내주었지만, 원래 그의 성격대로라면 있을 수 없는 일이었다. 흑의무사는 단지 구역질을 했다는 이유만으로 미멸마고에게 육체를 내준 것이다.

"이 친구의 공력이라면 일주일은 버틸 걸세."

"그 후에는 어찌 됩니까?"

"죽겠지."

온초산의 음성은 무심했다.

"미멸마고는 짐승의 몸속에서만 기생한다네. 개돼지의 몸속에서도 살 수 있으나, 그놈들은 미멸마고에게 쉽게 제압당하고 말아. 하나 사람, 특히 기(氣)를 운용할 줄 아는 무림인이라면 그렇지 않네. 죽지 않기 위해 최선을 다하겠지. 그러니 미멸마고가 살기 좋은 장소일세."

"죽은 후에는 어찌 됩니까?"

"모고가 살 수 있는 또 다른 생명체를 찾아야 하네."

흑의무사들은 일제히 전율했다.

고왕 온초산의 말!

그것은 계속해서 사람을 바꿔가며 그 안에 모고를 집어넣겠다는 것이 아닌가!

너무도 섬뜩해진 흑의무사들은 마치 모고가 자신의 뱃속에 들어가 있는 듯 속으로 헛구역질을 하기 시작했다.

"이제 모든 준비가 끝났으니 나는 안으로 들어가겠네. 북리 호법도 함께 가는 것인가?"

"저는 혈불에게 달리 받은 명이 있어 공봉을 모실 영광을 갖지 못하였습니다. 여기 남 조장이 공봉을 모실 겁니다."

남완량은 첫 대면을 했을 때처럼 다시 한 발 앞으로 나오며 온초산을 향해 포권했다.

"음. 하긴 쓰레기 몇 놈을 처리하는 데 북리 호법까지 움직일 필요는 없지. 그 이후의 일도 많을 테니. 그럼 여기서 헤어지세. 나중에 따뜻한 술 한잔 마실 기회가 있겠지."

"하하! 불러만 주신다면 언제든지 좋습니다."

"남 조장, 우리는 그만 가세. 할 일이 많아."

"공봉을 모시겠습니다."

남완량은 앞장서서 길을 열었다.

"그전에 저자를 관속에 넣어두도록 하게. 그가 죽는다면 또 다른 자가 그를 대신해야 할 테니 서로서로 잘 감시하도록 하게."

온초산은 남완량의 어깨를 툭툭 치며 히쭉 웃었다.

5

들어올 때는 하나였으나 지금은 세 부류로 나뉘었다.

남은 자들과 떠나는 자들, 그리고 더 깊은 곳으로 들어가는 자들이 그것이다.

구양요는 제자들을 이끌고 제왕총을 빠져나가며 자신의 선택이 올바른 것임을 믿어 의심치 않았다. 처음부터 원하지 않았다. 음모가 숨어 있음은 뻔했다. 대부분의 군웅들도 그것을 알고 있다. 하지만 애써 외면한 채 불을 보고 뛰어드는 불나방처럼 황금을 찾아 제왕총에 뛰어들었다.

'이곳을 벗어나면 굉장히 바빠질 것이다.'

그중 급한 것은 궁귀 서촉과 방주를 만나 상황을 보고하고 그 후의 행동에 대해 지시를 받는 것이다.

제왕총을 벗어나자 짙은 안개가 구양요와 그의 제자들을 맞이했다. 숨을 쉬기도 답답할 정도로 지독한 안개다.

"불을 밝혀라."

구양요가 명령을 내린 바로 그 순간이었다. 말을 채 끝내기도 전, 전신으로 엄습해 드는 막강무비한 살기가 느껴졌다.

스스스슷.

짙은 안개 속에서 검은 그림자들이 드러났다.

구양요는 미간을 찌푸리며 안력을 집중했다.

"오시느라 수고 많았소, 구양 분타주."

검은 그림자 속에서 극히 음산하고 사악한 음성이 흘러나왔다.

같은 시각,

항차포망을 든 명왕의 신형이 안개처럼 흐려졌다.

설옥상은 사악한 기세를 올리며 그 자리에 우뚝 서 있었다.

두 사람의 주변에선 병장기 부딪치는 소리와 죽음을 부르는 단말마가 끊이지 않았다. 잠깐 사이 명왕의 모습은 안개가 흩어지듯 뿌연 잔상만 남기고 사라졌다.

설옥상의 팔만 사천 모공이 극대화되었다.

시각이 차단된 상황에서 신경 감각에 의존해야 했다. 항차포망은 어디서 날아올지 몰랐다. 항차포망에 사로잡힌다면 빠져나가기 어렵다.

그때였다.

"등 뒤다!"

단정하긴 어려웠다.

일종의 본능이었다.

등골이 오싹해지는 이 느낌이 명왕의 항차포망이라고 단정했다.

설옥상은 팽이처럼 신형을 돌렸다.

그 순간 희끗하게 모습을 드러냈던 명왕의 모습이 안개처럼 꺼졌다.

설옥상은 온몸의 감각기관을 최대한 끌어올려 명왕의 움직임을 쫓았다.

슈슈슈슛!

이번에는 머리 위에서 서늘한 기운이 날아왔다.

츠팟!

한줄기 섬광이 번뜩이는가 싶더니 부챗살처럼 항차포망이 펼쳐졌다. 그 빠름은 공중에서 빛이 터져 나가는 것보다 빠르게 느껴졌다.

"좋군."

설옥상은 실로 오랜만에 그 자신을 살 떨리게 하는 고수를 만나자 세포 하나 실핏줄 하나까지 요동쳤다.

한줄기 붉은 검광이 솟구쳤다.

붉은 검광은 상상을 초월하는 궤적을 그리며 허공에서 밀려 내려오는 명왕의 몸을 앞뒤로 관통해 버렸다.

"크윽!"

비명과 함께 명왕은 설옥상의 앞에 나뒹굴었다.

명왕은 몸을 일으키려 안간힘을 썼지만 이미 육체는 그의 의지대로 움직여 주지 않았다.

명왕을 내려다보는 설옥상의 눈동자는 무슨 생각을 하는지 짐작할 수 없을 정도로 투명했다.

명왕은 무언가를 부정하려는 듯 고개를 저었다.

"미, 믿을 수 없다. 어떻게… 여래분영(如來分影)을……!"

"태어날 때부터 고행하였다. 피를 흘리지 않기 위해."

설옥상의 가죽 신발이 쓰러진 명왕의 머리통을 눌렀다.

명왕의 창백한 입술은 파르르 떨렸다. 그의 생애 최대 치욕이었다.

라마승들이 악을 쓰며 설옥상을 향해 달려들었다. 혈검련은 라마승들을 막았다.

파직.

설옥상의 가죽 신발에 힘이 들어갔다.

명왕의 머리에서 피와 함께 뇌수가 흘렀다.

6

혈검련과 포달랍궁, 그리고 개방이 떨어져 나가자 정도연합은 일사불란하게 움직였다. 최소한 겉으로 목적에 반하는 행동을 하는 자는 없었던 것이다.

조수방이 선두에서 길을 열었다.

그 뒤를 군무강을 비롯한 청해군가의 제자들이 따랐고, 곤륜파의 제자들은 청수자의 지휘하에 후미를 맡았다.

긴장되는 전진이었으나, 예상과 달리 특별한 위험은 없었다.

들어온 입구는 달랐지만, 정도연합의 고수들이 대리석 석단이 있는 대전을 발견한 것은 불망이 떠난 지 반 시진이 채 안 되어서였다.

대전의 석문이 열렸을 때, 군웅들은 입을 딱 벌린 채 넋을 잃고 말았다.

그들이 지금까지 지나쳤던 곳과는 류가 달랐다. 대전 안의 황금빛 광채가 그들을 흥분시켰다.

"오! 드디어 찾았군요."

조수방의 얼굴색이 대전보다 밝아지며 환하게 웃었다.

그의 뒤에 서 있던 철검문주 염운산의 눈은 탐욕으로 빛났다. 염운산뿐 아니었다. 정도의 차이는 있겠지만 군웅들 모두의 눈에 보물에 대한 욕심이 떠올랐다.

"천장을 좀 보십시오. 모두 황금 불상입니다!"

"황금이라면 저런 빛을 낼 수 없어요. 야명주에 도금을 한 것 같아요."

"야명주로 만든 불상이라면 황금불상보다 더 가치가 있소!"

군웅들은 대전의 웅장함에 입을 다물지 못했다.

감탄과 탄성, 희열이 앞 다투어 터져 나왔다.

"저기 보십시오. 석단 위에 관이 있습니다. 눈이 부실 정도로 호화로운 관이오. 틀림없이 송찬간포의 관일 거요."

화려한 관을 보는 순간, 군웅들은 마치 최면에 걸린 것처럼 누가 시키지도 않았건만 석단 앞으로 몰려들었다.

석단으로 오르는 석계 앞에는 백옥상이 서 있었는데, 그 백옥상의 가슴에는 용사비등한 필체로 금석문(金石文)이 쓰여 있었다. 불망도 보았으나 토번 문자였기에 그것이 글자인지 무늬인지 몰랐던 것이다.

"뭐라고 적혀 있는 거야?"

군웅들은 금석문을 읽지 못해 서로서로 동료의 얼굴을 쳐다보며 물었다.

"선한 자는 오지 않고 온 자는 선하지 않다. 선자불래(善者不來) 내자불선(來者不善)을 토번 문자로 써두었습니다."

청수자가 청담자에게 허리를 굽히며 금석문을 읽었다.

그의 통역에 군웅들은 내심 고소했다. 금석문의 말은 틀리지 않았다. 다들 아니라고 부정을 하겠지만 이것은 도굴이나 진배없다. 예전에는 모두 선했을지 모르나 도굴을 하러 들어온 이상 선한 자일 수는 없었다. 하지만 군웅들은 그 대상이 자기 자신이므로 명분을 앞세워 그것을 부정했다.

"흥! 쓸데없는 개소리로군!"

수백 년 전에 목숨을 다한 송찬간포가 몇 마디 말로써 그 자신을 희롱하자 군무강은 노기가 치밀었다. 그의 한 팔이 백옥상을 깨부수려는 듯 허공으로 올라갔다.

"군 가주님, 조심하십시오. 백옥상에 암수가 있을지도 모릅니다."

조수방은 급히 소리치며 군무강을 만류했다.

군무강의 올라간 팔이 움찔거렸다.

"자네 말에 일리가 있네. 하마터면 천추의 한으로 남을 뻔했군."

"별말씀을."

조수방은 공손히 허리를 굽혔다.

"일단 저 관 속에 송찬간포의 유진(遺眞)이 있는지 확인해 보는 게 먼저일 것 같습니다만."

"그렇겠지. 누가 올라가 보아야 하지 않겠는가?"

"석계에도 무슨 장치가 되어 있을지 모르니 우리들 중에서 대표자를 뽑아 올려 보내는 것이 좋을 듯합니다. 여러 선배님들의 생각은 어떠신지요?"

청담자를 비롯한 장문지존들은 고개를 끄덕이며 조수방의 말에 암묵적인 동의를 보냈다.

소위 제왕의 무덤이다.

도굴 방지 장치가 가동 중인 것은 당연했다. 그리고 그것은 대단히 위험한 장치일 것이다. 어쩌면 제왕총 전체를 가루로 만들어 버릴 대폭발이 일어날 수도 있었다.

하나 위험이 크면 대가도 큰 법.

각 문파의 장문지존들은 내심 자파에서 석단 정상을 선점하길 원했다. 하지만 드러내 놓고 야심을 보이기에는 시간이 일렀다. 깊은 계곡과 넘어야 할 산은 아직 끝나지 않은 것이다.

조수방은 장문지존들의 마음을 잘 알고 있었다.

"소생이 비록 자질은 떨어지지만 여러 군웅들을 대표해서 올라가 보면 어떻겠습니까?"

군웅들 중 문파에 속하지 않는 자는 그가 유일했다.

각 문파의 장문지존들은 다른 문파에 선점을 빼앗기느니 그가 올라가는 것이 공평하다고 생각했다.

"조 분타주가 앞서서 모범을 보인다니, 노부는 동의하는 바요."

군무강은 고개를 끄덕였다.

"위험하지 않겠소?"

낙일세는 기정사실화했다.

조수방은 청담자를 바라보았다.

"그렇게 하시오."

청담자도 순순히 응낙했다.

"한 분의 반대자라도 있다면 소생은 올라가지 않겠습니다. 다른 분들의 생각은 어떠십니까?"

염운산은 내심 그 자신이 올라가 보고 싶었으나 대세를 거스를 순 없었다.

"우리 모두 찬성하는 바요."

누구도 반대하지 않자 조수방은 다시 포권하며 말했다.

"그럼 소생이 올라가 보겠습니다. 만약의 사태를 대비해 여러분은 석단에서 좀 떨어져 계시기 바랍니다."

군웅들이 뒤로 물러났다.

조수방은 홀로 석계 앞에 우뚝 섰다.

그는 대표자로 선정되자 만감이 교차했다.

그는 무림맹을 위해 일하고 있었으나 그 자신의 능력에 비해 맹에서 차지하는 위치가 비교적 낮다고 생각하고 있었다. 청해분타주라는 직책은 보기엔 화려하지만 한직에 불과했다.

'내가 명문세가의 혈통을 타고났더라면 결코 이러한 대우를 받진 않았을 것이다.'

이번 일만 무사히 수행해 낸다면 중앙으로 올라갈 수 있을 것이다.

조수방은 크게 심호흡을 한 뒤 석계의 첫 번째 계단을 향해 한 발을 내디뎠다. 기관이 발동할지 모른다는 생각에 그의 걸음은 조심스러웠다. 첫 번째 계단을 밟은 발에 힘이 들어갔다. 아무 이상이 없었다. 그의 다른 한 발이 두 번째 계단을 밟았다.

찬물을 끼얹은 듯 대전은 고요했다.

군웅들의 시선은 일제히 조수방의 발아래 매달려 있었다.

꿀꺽.

누군가가 마른침을 삼켰다.

정적을 깨는 소리였으나 누구도 마른침을 삼킨 자를 쳐다보거나 면박을 주지 않았다.

두 번째 계단까지 아무 이상이 없었으나 조수방은 긴장을 늦추지 않았다. 단 한 번의 방심이 목숨을 앗아가는 비정강호에서 잔뼈가 굵은 그다.

계단을 하나하나 밟을 때마다 그의 입술이 타 들어갔다.

이윽고 계단을 모두 밟고 석단 위로 올라섰을 때, 모조리 타 들어간 그의 입술은 하얗게 껍질이 일어났다. 그는 입술에 침을 발랐다. 고개를 뒤로 돌려 석단 아래 군웅들을 내려다보았다. 자라목이 된 군웅들의 시선이 일제히 그를 향해 쏟아지고 있었다.

"어떤가?"

답답함을 참지 못한 염운산이 말했다.

"아직 아무 이상이 없습니다. 이제 관 뚜껑을 열어보도록 하겠습니다."

"그래, 그렇게 하게. 어서 열어봐."

염운산의 음성엔 초조함이 매달려 있었다. 그 역시 그것을 느끼고 있었으나 애써 감추려 하지 않았다.

관은 갖가지 보석으로 치장되어 화려하게 빛나고 있었다.

'제왕의 관!'

그것도 토번국 역대 제왕 중 가장 큰 세력과 힘을 가지고 있던 자다.

'내가 송찬간포의 비밀을 푸는구나.'

조수방은 감격해하며 요요한 광채를 뽐는 관의 뚜껑에 손을 댔다.

관은 외부에서 열 수 없도록 나무못을 단단히 박아놨다. 그러나 무림고수에게 나무못을 뽑는 건 일도 아니었다. 단지 그는 관에 흠을 내면 어떤 변수가 일어날지 모른다는 생각을 하고 있었기에 극도로 조심하며 느리게 움직였다.

반 시진이 흘렀다.

조수방은 등줄기에서 땀까지 뻘뻘 흘리며 스물두 개의 나무못을 제거했다.

꽤 지루하고 오랜 시간이었다.

하지만 아무도 자신이 서 있는 자리에서 움직이지 않았다.

"끝났습니다."

이윽고 나무못을 모조리 제거한 조수방은 군웅들에게 보고했다.

"이제 뚜껑을 열겠습니다."

끼이익.

나무못이 모두 빠져나간 관 뚜껑은 듣기 싫은 소음을 뽑아내며 조금 열렸다.

조수방은 안력을 돋워 관 속을 노려보았다.

“여, 여자……!”

조수방은 한순간 자신의 눈을 의심했다.

찰나지간에 오만 가지 생각이 그의 머리 속을 스쳤다. 그는 송찬간 포가 여자라는 생각은 꿈에도 해본 적이 없다. 그는 수백 년이 흐른 송 찬간포의 시신이 전혀 부패되지 않고 목내이처럼 잠든 듯 누워 있을 거라고는 더 더욱 생각하지 못했다.

수많은 역사서에 기록되어 있는 송찬간포는 여자가 아니었다. 더 더 욱 젊은 여자라니!

‘그렇다면……!’

조수방은 이 시신이 송찬간포가 아니라고 결론 내렸다. 아니, 송찬 간포일 수 없다.

‘그렇다면…….’

조수방은 목이 타 들어가는 것 같은 갈증을 느꼈다.

‘이 시신의 주인은 누구란 말인가? 송찬간포의 무덤이라 추정되는 제왕총의 깊은 곳에 누워 있는 이 여자는 도대체 누구란 말인가? 나는 왕이 아니라 왕비의 관을 열었단 말인가……?

생각은 길었지만 눈 한 번 깜짝할 정도의 시간이었다.

끔벅이며 감았던 눈이 다시 떠지는 순간, 조수방은 보았다.

푸스스스…….

그의 눈앞에서 거짓말처럼 푸른 연기가 올라오며 시신이 녹아갔다.

조수방의 눈이 부릅떠졌다.

푸른 연기 속으로 깨알만 한 구더기가 가득했다. 하지만 조수방은 푸른 연기에 시야가 가려 일순간 그것이 구더기인지, 먼지인지 구별하지 못했다.

　구더기가 조수방을 덮쳤다.

　무언가가 목구멍을 비롯해 구멍이란 구멍엔 모조리 밀려들어 오자 조수방은 숨이 탁 막혔다. 그는 직감적으로 일이 잘못되었다는 걸 알았다. 그는 푸른 연기를 들이마시지 않기 위해 숨을 멈췄다.

　송찬간포의 유진은 관 속 어디에도 없었다.

　그 안에는 환상처럼 사라져 버린 젊은 여자와 깨알만 한 구더기가 가득할 뿐이었다. 그가 다시 눈을 끔벅이는 순간 구더기 역시 어디론가 모조리 사라지고 말았다. 텅 빈 관의 바닥이 보였다.

　"아무것도……."

　조수방은 숨이 막혀 헉헉거리며 소리쳤다.

　"아무것도 없습니다!"

　"그게 무슨 말이야? 아무것도 없다니! 그의 시체가 하늘로 솟았단 말인가? 땅으로 꺼졌단 말인가? 그리고 그 연기는 뭐야?"

　성격 급한 군웅들이 급급히 석단 위로 신형을 날렸다.

　그때였다.

　우우우웅!

　대전 전체가 가늘게 진동하기 시작했다. 석단을 중심으로 시작된 그 진동은, 처음에는 아주 예민한 사람이 아니면 알아차리지 못할 정도로 미미했다. 하지만 그것은 잠시뿐, 진동은 순식간에 증폭되어 대전 전체를 뒤흔들었다.

　군웅들이 자신들의 의지와 상관없이 흔들리기 시작했다.

　"헉! 바닥이 일어선다!"

누군가 외쳤다.

군웅들이 일제히 대전 바닥을 내려다보았다.

물 위로 부상하는 고래처럼, 땅속에서 무엇이 들고 올라오는 것처럼 대전 바닥이 일어서고 있었다. 삼 장 높이에 달하는 거대한 석벽이 바닥에서 위로 솟아오르고 있었던 것이다.

쿠르르르룽!

대전 전체가 흔들리며 곳곳에서 일어선 바닥은 지금까지 그것을 딛고 서 있던 군웅들의 생명을 위협했다.

창졸지간 중심을 잃은 군웅들이 나뒹굴었다. 무공이 고강한 자들은 급급히 뒤로 물러서며 석벽을 향해 장력을 발출했다.

쾅! 콰앙!

곳곳에서 석벽이 터지며 돌무더기가 쏟아졌다. 나자빠진 자들의 위로 돌덩이들이 무덤을 만들었다.

"처, 청수! 이게 대체 무슨 일이냐?"

청담자는 다급히 청수자를 찾았다.

청수자는 곤륜에서 기관진식을 연구해 온 도사였다. 청담자는 지금 같은 경우를 대비해 그를 제왕총에 데려왔던 것이다.

청수자는 서너 장 떨어진 곳에서 청담자를 향해 날아왔다.

"장문 사형, 아무래도……."

솟아오르는 석벽을 바라보는 그의 눈에 참담함이 완연했다.

"우리는 진(陣)에 갇힌 것 같습니다."

"진이라니?"

"지금 석벽의 형태가 혼수선생(魂秀先生)의 구천십지대금쇄진(九天

十地大禁鎖陣)과 흡사합니다."

"혼수선생이라면……?"

청담자는 기관진식에 대한 공부가 미흡했다. 그래서 구천십지대금쇄진에 대해선 알지 못했다. 하지만 혼수선생은 워낙 유명한 인물이라 그 역시 귀가 따갑게 들어본 이름이었다.

그는 당태종 이세민(李世民)의 사군(師君)으로 여러 전쟁에 참가하며 이름을 날렸다. 기관진식지술(機關陣式之術)뿐 아니라 병법에도 일가를 이루었던 그는 군사들을 이용한 수많은 진식을 창안해 적들을 혼란에 빠뜨리고 전쟁을 승리로 이끌었다. 그가 만든 진식은 헤아릴 수 없을 정도로 많았으나, 특별히 내세우는 스물네 개의 진식이 있었다. 훗날 혼수선생의 이십사대진(二十四大陣)이라 불리며 후학들의 좋은 공부 소재가 된 것이 바로 그것이다.

구천십지대금쇄진은 혼수선생의 이십사대진 중 열두 번째 해당하는 기문진이었다.

"이게 진이란 말이오?"

옷자락을 펄럭이며 군무강이 청수자의 옆으로 내려섰다. 온통 돌가루를 뒤집어썼는지 그의 검은 장포가 뿌옇다.

"언뜻 보기엔 기관을 잘못 건드려 대전이 무너지는 것 같지만 현재 팔괘에 근거하여 바닥에서 솟아오른 석벽이 이동하고 있소이다. 오로지 구천십지대금쇄진만이 이러한 효과를 낼 수 있소."

"파훼법은?"

"구천십지대금쇄진은 적들을 한자리에 모여 몰살시키기 위해 만들어진 것이오. 하나, 지금의 상황은 전장(戰場)이 아니니 다르오. 모두가 모여 합심한다면 석벽을 깨부수고 전진할 수 있을 것이오! 사람들을 모아주시오!"

모든 종류의 기문진이 그렇듯, 이 구천십지대금쇄진도 발동과 동시에 인간의 방향 감각을 무력화시키는 위력이 있었다. 땅거죽이 꺼지며 벽이 솟아오르니 어찌 그렇지 않겠는가.

닫힌 공간 안에서 방향 감각을 상실한다는 것은 죽음이었다.

"모두들 이쪽으로 모이시오!"

군무강은 내공을 돋워 외쳤다. 가까이 있는 군웅들이 기다렸다는 듯 모여들었다. 하나 떨어져 있던 자들은 군무강의 외침에 호응할 겨를도 없었다. 솟아오르는 석벽에 대항하기에도 급급했던 것이다.

"모두가 모이는 건 불가능할 것 같소. 상황이 급하니 일단 우리들만이라도 합심해 봅시다!"

기다릴 시간이 없었다.

"석벽이 올라오니 우리도 연환진(連環陣)을 만들어 대항해야 합니다. 전면은 군 가주와 장문 사형이 맡아주시고 양옆은……."

청수자의 말이 채 끝나기 전이었다.

"허억! 위, 위험하다! 석단이 무너진다!"

"모두 피해랏!"

군웅들의 시선이 일제히 석단을 향했다.

대전의 정중앙에 오연하게 버티고 있던 석단의 흔들림이 확연히 눈에 들어왔다.

석단 위에 올라섰던 사람들이 급급히 뛰어내렸다.

조수방도 그들과 함께 석단 위에서 뛰어내렸다. 그런데 내공을 운용하자 숨이 가빴다. 그는 헉헉거리며 가쁜 숨을 몰아쉬었다. 떨어져 내리는 거리가 아득하다. 그는 바닥을 나뒹굴며 강호의 삼류무사처럼 나뒹굴었다.

"조 분타주, 괜찮으시오?"

군웅들 중 누군가가 돌무더기 속을 황급히 날아오며 조수방을 부축했다.

"나, 나는 괜찮아요. 조금 어지러울 뿐."

조수방은 손을 저었으나 그 순간에도 숨이 가빴다. 현기증이 일며 대전 전체가 빙글빙글 도는 것 같았다.

쿠르르릉!

흔들리던 석단이 무너졌다.

청수자가 애써 말했던 연환진은 써보지도 못한 채 군웅들은 무너지는 거대한 석단의 돌무더기를 피해 곳곳으로 신형을 날렸다.

제왕총에 들어온 사람들은 각 문파에서 고르고 고른 정예 무사들이었다. 하지만 청수자의 말대로 산산이 흩어져선 구천십지대금쇄진을 벗어날 수 없었다.

석단이 무너지고 그들의 중앙으로 거대한 돌산이 가로 놓이자 군웅들은 더 이상 합심할 수 없었다.

조수방은 돌가루를 들이마셨는지 연신 재채기를 했다.

조수방의 주변에 있던 군웅들은 조금씩 현기증을 느끼기 시작했다. 몇몇 자들은 비위가 상하는지 돌무더기를 헤치며 헛구역질을 해댔다.

쾅! 콰쾅! 콰쾅!

군웅들은 살아남기 위해 석벽을 향해 장력을 발출했다.

“모두 모이시오! 모이란 말이오!”

청수자는 답답함을 감추지 못하고 외쳤다.

“모이기 전에 돌덩이에 깔려 죽을 판이오! 답답하면 당신이 이쪽으로 오시오!”

청해군가의 집법장로 유천개(劉天改)는 청수자의 외침에 짜증을 내며 버럭 소리쳤다. 그는 개산벽해의 힘으로 또 한곳의 석벽을 후려갈겼다.

쾅!

다른 석벽과 다르게 그 석벽은 강력한 폭발을 일으켰다. 석벽 내부에 폭약이 설치되어 있었던 것이다.

“으악!”

“으아아악!”

산산조각난 석벽의 파편이 유천개를 휩쓸었다. 그의 몸뚱이는 순식간에 잘 다져 놓은 고깃덩어리처럼 으깨지며 사방으로 비산했다. 유천개뿐만 아니었다. 그의 주변에 있던 군웅들은 누구 할 것 없이 목숨을 잃거나 사지가 잘려 나가는 봉변을 당했다.

군웅들은 가슴이 섬뜩했다.

폭약이 들어 있는 석벽을 잘못 건드리면 모조리 개죽음을 당할 판이었다. 그러나 눈앞으로 석벽이 일어서며 무너지듯 밀려들면 살기 위해 본능적으로 장력을 내지를 수밖에 없었다.

콰앙!

또 하나의 석벽이 폭발했다. 이번 폭발은 세 사람을 불귀의 객으로 만들어 버렸다. 하지만 그들의 비명 소리는 들리지 않았다. 연이어 울린 폭음이 대전 안의 모든 소리들을 삼켜 버렸기 때문이다.

고막을 찢을 듯한 폭음과 파편이 비산했다.

"어떤 놈이야! 석벽을 치지 말란 말이야! 내 눈에 걸리면 팔을 뽑아 버릴 테다!"

"다 함께 죽자는 것이냐? 제발 석벽을 건들지 마!"

곳곳에서 분노한 군웅들이 소리쳤다.

아수라 지옥이 따로 없었다. 송찬간포의 무덤은 더 이상 죽은 자를 위한 무덤이 아니었다. 산 자들의 생매장이 시작되고 있었다.

第 3 章

무림경영의 업(業)

검노 무극경.

한때 검신, 검마와 함께 천하제일검을 다투던 자다.

사람들은 이들 세 명을 일노일신일마, 삼검절(三劍絶)이라 부르며 경외시했다. 일노일신일마 중에서도 일노는 상석을 차지한다.

그는 천하를 오시했고 더 이상 적수가 없음에 자취를 감추었다.

수많은 후배 검사들이 검노의 뒤를 따라 천하제일검이 되고자 했다. 하나 누구도 검노의 자리를 차지하지 못했다.

검노는 전설 그 이상으로 사람들의 뇌리에 각인되어 있었다.

그런데 그자가 제왕총에 있었다.

'검에 미친 채 평생을 자유롭게 살던 그가 말년에 이런 모욕을 당할 줄이야.'

은거한 줄로만 알았던 검노 무극경이 고왕 온초산의 고독에 당해 그에게 목숨줄을 맡기고 있다는 사실은 눈으로 보지 않은 자라면 아무도 믿지 않을 것이다.

"그가 노선배님을 해하지 않은 건 무슨 까닭인지요?"

"그놈 따위가 노부를 어찌할 수 있단 말이냐? 나는 도검수화만독불침지체(刀劍水火萬毒不侵之體)야!"

그는 어깨를 펴며 광오하게 말했다.

불망은 정말 그가 도검수화만독불침지체일지 모른다고 생각했다.

'하지만 도검수화만독불침인 자도 고독에 당할 수 있단 말인가?'

검노는 의구심을 가진 불망에게 곧 사실을 말했다.

"고독은 독이 아니다. 그것은 독을 가진 벌레일 뿐이지. 온초산이 악한 마음을 먹는다면 고독을 이용해 노부를 죽일 수 있다. 모고를 죽인다면 내 몸속의 자고도 죽는 것이니. 온초산이 노부를 죽이지 못하는 것은 내가 그의 명을 듣기 원해서야."

"고독을 심어놓고 협박을 하고 있다는 겁니까?"

"그는 노부가 고독을 이기지 못해 이지를 상실할 때를 기다리고 있다. 하나 쉽지 않을 것이야!"

"……."

"노부는 오히려 이곳에 있으면서 헛된 욕심과 잡생각을 모두 비우고 조용히 앉아 우주 만상이 생겨남을 관조하게 되었다. 모든 것이 뿌리로 돌아감을 깨닫게 된 것이지. 이것은 영원(永遠)의 진리다. 영원의 진리를 알게 되면 몸이 다하는 날까지 두려울 것이 없다."

참된 그러함[眞如]의 관조다.

진여, 그것은 사물이 있는 그대로의 모습이며 진실하고 영원히 변치 않는 진리를 말함이었다. 그것은 곧 만유의 본체다.

누가 가르쳐 준 것은 아니지만 불망도 그러한 경지를 어렴풋이 알았다. 하지만 경지를 아는 것과 그것을 행하는 것은 큰 차이가 있다.

불망은 길게 한숨을 쉬며 말했다.

"풍진 세상에서는 도를 닦는 것보다 욕심을 버리기가 어렵지요. 그래서 선인들은 인적 끊어진 산속을 찾아 들어가 수양을 하는 것인지도 모르겠습니다."

"어린 놈이 제법 인생을 달관한 흉내를 내는구나."

"말을 배우고 사고(思考)라는 걸 하게 되었을 때부터 죽음과 싸워야 했던 삶입니다. 척박하게 살다 보니 나름대로 생각하는 바가 많았습니다."

"그래서 무엇을 알게 되었느냐?"

"삶이 아름답다는 것을 알게 되었습니다. 오늘도 살아 있음으로 감사하고 얼마의 생이 남아 있던 최선을 다해 살아야 함을 알게 되었습니다."

'노부가 일백 년을 고행하여 얻은 진리를 이 아이는 벌써 이해하고 있었던 말인가?'

검노는 불망을 물끄러미 쳐다보았다.

'어차피 나는 죽는다. 나의 모든 것은 사라지고 말 것이다.'

불망은 길게 한숨을 쉬더니 그 자신의 이야기를 시작했다. 그는 검노를 만나면 자신의 살아온 이야기를 하게 될 것임을 막연히 생각하고 있었다. 하지만 예상할 수 없었던 엉뚱한 곳에서 엉뚱한 방법으로 말하게 될 줄은 몰랐다.

불망은 적혈신화장에 맞은 일과 핏덩이를 살리기 위해 처절한 노력을 기울였던 어머니의 고통과 슬픔, 그리고 고독 진인과 마검혈. 눈 덮인 천산에서 오직 손끝으로만 절벽을 기어올랐으나 결국 마검혈을 빼앗기고 목숨까지 경각에 달해 추락하던 아득함.

이윽고 이야기를 마친 불망은 우울해졌다.

최선을 다해 살았으나, 살기 위해 이를 악물고 버티어냈던 하루하루는 눈물겹다.

그러다 문득 불망은 깨달았다.

'어머니가 내게 천마흡성대법을 가르친 것은… 검노와 묘탑노괴의 관계를 알고 있었기 때문이 아닐까?

결국 불망은 천마흡성대법을 익혔기 때문에 검노에게 구원을 받을 수 있었던 것이다. 어머니의 이 안배가 어찌 절묘하다고 하지 않을 수 있단 말인가.

불망은 검노를 만나면 반드시 물어볼 것이 있었다.

그것은 한 살밖에 안 된 갓난아기에게 적혈신화장을 발출한 자에 관한 것이다. 결국 그자에 의해 가문은 패망하였을 것이다.

하지만 불망은 이야기를 모두 마칠 때까지 그것을 묻지 못했다.

이선기의 장력을 맞고 절벽에서 떨어지던 날, 불망은 꿈을 꾸었다. 꿈은 현실보다 더욱 생생하게 불망의 가슴에 비수를 꽂았다.

아드님이십니다. 소가주님께서 태어나셨습니다. 이 아이가 내 아이라고 확신할 수 있겠느냐? 얼굴이 보이지 않는 남자의 비정한 한마디.

남자는 떠났고 산모는 울었다. 그리고 일 년. 새하얀 손 하나. 열 개의
꽃송이. 진홍빛 선혈.

왜?

아직 말을 배우지 못한 아기는 마음으로 물었다.

왜 날 때려요, 어머니?

불망의 운명은 적혈신화장으로 인해 가름되었다고 해도 과언이 아
니었다. 그래서 그는 미치도록 흉수를 알고 싶었다. 하지만 그날 이후,
불망은 흉수에 대한 궁금증과 적개심을 가슴으로 삭였다. 알고 싶지
않았다. 무서웠다. 우려가 현실이 될까 봐 두려움에 떨며 보낸 불면의
밤이 하루 이틀이 아니었다.

그래서 천산 깊이 파묻혀 오직 세월을 벗 삼아 헛되이 나이를 먹었
는지도 몰랐다.

하지만 운명은 그를 영원히 천산에 넣어두지 않았다.

"적혈신화장이라……."

불망은 묻지 않았으나 검노가 입을 열었다.

불망의 전신 세포가 긴장으로 곤두섰다. 그는 마른침을 삼키며 검노
의 입꼬리에 시선을 매달았다. 알고 싶지 않았지만 미치도록 궁금한
것 또한 사실이었다. 하지만 불망은 여전히 입을 열지 않았다.

"너는 적혈신화장에 맞고 용케 죽지 않았구나. 그는 너를 죽일 생각
이 없었을 것이다. 만일 너를 죽이려고 했다면 네 어머니의 처절한 노
력은 시작되지도 못했을 것이다. 너는 즉사하고 말았을 테니."

"……!"

"노부는 오직 한 사람에게 적혈신화장을 가르친 바가 있다. 하나 그가 흉수라고 생각하긴 몇 가지 이해할 수 없는 점이 있다. 때문에 현재로선 뭐라고 말하기 어려우나 그는 알고 있을 것이다. 네 가슴에 찍힌 열 개의 진홍빛 선혈이 누구로부터 시작된 것인지!"

"그가… 누굽니까?"

"훗날 북경에 가 군옥랑(軍玉朗)을 찾아보거라. 그는 북경에서 무척 유명한 사람이니 찾기 어렵지 않다. 그를 만나면 말해라. '북풍이 불어오니 대붕(大鵬)이 천산을 날아 하늘을 덮었습니다' . 그렇게 말한다면 그는 너를 내가 보낸 사람임을 알게 될 것이다. 그래서 그는 자신이 알고 있는 한도 내에서 네가 궁금해하는 것들을 숨김없이 말해줄 것이다. 그전에 네게 부탁이 있다."

"하명하십시오."

"적혈신화장과 묘탑노괴도 그러하지만 네가 능가장과 천산노인까지 알고 있다니 노부와의 인연이 결코 적지 않다. 노부는 너로 인해 운명의 전율을 느끼게 되었다. 너는 검노 무극경의 이후 운명을 대신해 줄 수 있겠느냐?"

"무슨 말씀이신지?"

"노부는 한 가지 일을 네게 맡기고자 한다."

"말씀해 주신다면 최선을 다해보겠습니다."

"그것은 바로."

이 순간 통한에 서려 있던 검노의 얼굴은 비장하게 굳었다.

"무림경영(武林經營)이다!"

2

"드디어 오십 년 숙원을 달성하게 되겠습니다."

온초산과 어깨를 나란히 한 채 제왕총의 비밀 통로를 걷고 있던 남완량이 말했다.

온초산은 가던 걸음을 멈추더니 남완량을 바라보았다.

"누가 자네에게 그런 말을 해?"

남완량은 깜짝 놀라며 급히 온초산을 향해 허리를 숙였다.

"속하가 주제넘었습니다. 공봉께서 죄를 물어주시기 바랍니다."

"그것은 비밀이 아니니 죄를 물을 것까진 없지. 하나 자네가 북리 호법 휘하의 조장이라면 지금보다 언행을 조심하는 게 좋아. 인간의 패망은 주먹이 아닌 세 치 혀에서 나오는 법이야."

"공봉의 말씀, 명심하겠습니다."

온초산은 희미하게 웃었다.

"이번 일만 잘 마무리된다면 성에서 자네의 위치도 공고히 될 것이야. 나는 복수를 하고 자네는 출세를 하겠지. 하지만… 너무 늦어버렸어."

"늦었다니, 무슨 말씀이신지요?"

"복수 말일세."

"군자의 복수는 청산의 녹수가 마르지 않는 한 늦지 않는 것 아닙니까?"

"하하하! 자네는 노부가 군자로 보이느냐?"

"……!"

"자네 말대로 군자의 복수는 청산의 녹수가 마르지 않는 한 늦지 않은 것인지도 모르지. 어차피 복수라는 건 상대를 짓밟는 것보단 내 자신의 위로가 목적이니 말이야. 하지만… 나같이 복수에 미친 늙은이는 잔인하게 복수를 하고 싶거든. 힘을 키우는 데 오십 년을 보냈어. 이제 복수할 때가 되었다고 일어섰는데, 이미 그자의 영혼과 육체는 이 땅에 존재하지 않아. 내가 복수를 하든 말든 죽어버린 그자는 알 수 없다는 거지. 그는 아무것도 모른 채 호의호식하며 죽을 때도 수만 문상객들의 애도 속에 웃으며 관 속으로 들어갔단 말일세. 나는 그것이 억울해."

"후손이 있지 않습니까? 결국 그는 제삿밥도 얻어먹지 못하는 비참한 신세가 되고 후손들은 모조리 목숨을 잃게 되니 살아 부귀영화가 무슨 소용이 있겠습니까."

"과연… 그럴까……."

온초산은 남완량이 아는 것이 많지 않다고 생각했다.

만약 그의 복수가 무엇인지 안다면 남완량은 결코 그런 식으로 말할 수 없었을 것이다.

온초산.

그는 묘강에서 태어났고 자랐다.

하지만 그는 완전한 묘족이 아니었다. 중원인이었던 아버지와 묘족이었던 어머니 사이에서 태어난 혼혈이었던 것이다. 아버지는 그가 어머니 뱃속에 있을 때 중원으로 돌아갔다. 편모슬하의 그는 꽤 불우한 어린 시절을 보냈다.

묘강의 거친 밀림 속에서 보호자 없이 생존하는 법을 배워야 했던 그는 닥치는 대로 세상을 살았다. 자연 그의 성정은 거칠고 흉포하게 변했으며 세상의 모든 것을 적대시했다.

어머니는 그가 열다섯 살 때, 아버지에 대해 말해주었다.

그의 아버지는 강호에서 이름만 대면 누구나 알고 존경해 마지않는 대협이었다. 어머니는 그가 아버지의 명예에 누가 되지 않게 살기를 바랐다.

온초산은 아버지를 알고 난 이후 혈통에 대한 자부심을 가졌다. 지금까지 섞여 살아왔던 주변의 잡종 놈들과는 피가 다른 것이다.

그는 그동안의 거친 생활을 모두 접고 아버지처럼 대협이 되고자 했다. 하지만 그의 결심은 아버지를 찾아 곤륜산에 오른 이후 산산이 부서지고 말았다. 그에게는 아버지였으나 아버지에게 있어서 그는 자식이 아니었다. 아버지와의 첫 만남에서 그는 처절한 인생의 패배자가 되어 넋이 나간 채 산을 내려왔다.

그는 삼 일 동안 시전 객점에서 게거품을 물며 술을 마셨다. 고래고래 소리를 지르고, 세상을 욕하고, 아버지를 찢어발겼다. 산에서 사람들이 내려왔다. 그는 죽지 않을 정도로 얻어맞고 거적때기에 둘둘 말린 채 그 거리에서 추방되었다.

호랑이 밥이 되지 않은 것은 천만다행이었다.

그는 몸을 추스르며 결심했다.

개 같은 세상! 대협이라는 위선의 탈을 쓴 채 겉으로는 인자한 얼굴, 뒤에선 온갖 구린 짓을 마다하지 않는 위군자(僞君子)가 대우받는 세상!

뒤집어엎으리라!

말살시켜 버리리라!

그는 아버지를 닮아 뛰어난 능력의 소유자였다.

그는 자신이 나고 자란 묘강의 특성을 이용해 조금씩 이름을 떨치기 시작했다. 언제부터인가 그의 이름 앞에는 '고왕' 이라는 무시무시한 별호가 붙기 시작했다.

혈불을 만난 건 십 년 전이었다.

혈불은 그에게 자신이 가진 무림 정복에 대한 원대한 계획을 설명했다.

묵묵히 듣고 있던 온초산은 마지막에 가서 불쑥 한마디 던졌다.

"곤륜을 내게 준다면 돕겠소."

도사들의 우두머리가 될 생각은 없었다. 그는 오직 잘난 척하는 도사들의 머리 위에 올라서 그들을 짓밟고 싶을 뿐이다. 그것이 그에게 남은 마지막 꿈이었다.

오십 년을 품어왔던 복수의 칼날.

"추문서(秋汝瑞)! 네놈이 이룩한 모든 것을 내 손으로 끝장내겠다!"

3

검노 무극경.

하늘은 그에게 가장 뛰어난 검을 주었다. 그래서 사람들은 그를 천하제일검이라 부르며 추앙해 마지않았다.

그는 일인자였으나 그의 파란만장한 생은 비극적이었다.

퀭한 외눈에 수족은 쇠사슬에 묶이고 몸 안에는 독충 미멸마고를 넣고 사는 천하제일검이라니.

불망은 난처한 얼굴로 그 사람의 비장한 얼굴을 바라보았다.

"후배는 아둔하여 무림을 경영할 만한 그릇이 되지 못합니다."

"처음부터 안 된다고 생각하면 이룰 수 있는 일이 무엇이겠느냐? 사나이의 치욕은 패하거나 목숨을 잃었을 때 오는 것이 아니다. 포기했을 때 오는 것이다. 강하다는 것. 일장에 산을 허물고 일검에 바다를 가른다고 해서 강한 것이 아니다. 강하다는 것은 묵묵히 목적지를 향해 정진하는 것이다. 부러지고 꺾이고 넘어져도… 목표를 향해 묵묵히 전진하는 것. 그래서 그 자신이 원하는 세상을 보고 말겠다는 의지다."

"……!"

"이 세상의 썩어빠진 모든 것들! 더럽고 가식적이고 비열한 것들! 옳은 건 없고 죄다 엉터리뿐인 것들! 어디를 둘러봐도 더러움만 가득한 이 땅을 네가 원하는 대로 바꿔보고 싶지 않느냐?"

"무림경영뿐 아니라 천하를 경영하고자 칼을 높이 치켜든 역사의 위정자들도 다 그리 말하지요. 썩어빠진 세상, 확 바꿔보기 위해 칼을 뽑았다고. 하지만 어떻습니까? 그들이 세상을 바꾸어놓았습니까? 그들은 기득권층을 물리치고 새로운 기득권층이 되어 예전과 마찬가지로 더러운 세상에 일조를 할 뿐입니다. 달라지기는커녕 세상은 더욱 썩을 뿐입니다. 후배마저 거기에 한 힘을 보태야 옳겠습니까?"

"물론이다."

검노의 음성은 단호했다.

"네가 잘못 알고 있는 것이 한 가지 있다. 너는 너뿐만 아니라 역사의 모든 위정자들을 과대평가하고 있다. 그렇다. 네 말대로 수많은 사람들이 세상을 바꾸기 위해 피와 뼈를 묻고 산을 허물었다. 하지만 달라진 것은 없다. 단 한 번, 단 한 사람으로 모든 것을 다 바꿀 수 있다고 생각하지 마라. 한 사람이 모든 것을 바꿀 수 있다는 건 어불성설이다. 그러니 너도 네가 모든 것을 바꿔야 한다고 생각하지 마라. 어제는 그들이 뼈를 묻었으니 오늘은 네놈이 묻을 뿐이다. 그래서 산을 허물고 길을 내야 한다. 그래서 우리의 후손들에게는 지금보다 조금 더 나은 세상을 건네주어야 한다. 그것이 우리의 몫이다. 그 이후의 일은 그들의 몫이다."

"……!"

"불망아, 파황성은 천하를 피로 물들일 것이다. 너도 눈치를 챘겠지만 제왕총은 가짜다. 혈불은 이미 제왕총의 모든 것을 가져가 버리고 빈껍데기 무덤으로 무림인들을 유혹했다. 너는 너의 후손에게 파황성이 피로 씻은 세상을 물려줄 것이냐? 네 손에 피를 묻히지 않겠다고 홀로 고고한 척하며 살다 갈 것이냐? 너도 장가를 가고 아이를 낳게 될 것이다. 그때 그 시절, 아버지는 무엇을 하였냐고 아이가 묻는다면 너는 뭐라고 말할 것이냐? 오직 세상을 관조하였다고 말하겠느냐?"

"……."

"너는 세상에 존재하는 백 가지 검을 보았다고 했다. 시련을 겪었다. 죽음과 싸웠으며 그 공포도 극복하였다. 하늘이 네게 이러한 운명을 준 까닭이 무엇이며 뒤늦게 너와 나를 만나게 한 이유는 또 무엇이겠느냐?"

"……."

“노부가 해줄 수 있는 말은 여기까지다. 마지막으로 나는 네게 백한 번째 검을 보여주겠다. 지금까지 네가 보아왔던 검류(劍流)완 확연히 다를 것이다. 그래서 네가 얻게 될지 그렇지 않을지는 오직 너의 자질에 달렸다. 하나 네가 백한 번째 검을 얻게 된다면… 너는 다시 한 번 노부의 말을 생각해 보기 바란다.”

검노는 침상으로 걸어가 그 밑에서 거대한 크기의 검을 꺼냈다.

불망은 그 검이 검노가 강호를 주유하던 시절 분신처럼 들고 다니던 묵철중검임을 알았다.

“만년한철(萬年寒鐵)과 천년정철(千年精鐵), 거기에 흑석강(黑石剛)을 섞어서 만든 검이다. 검은빛을 띠고 있고 크고 무겁다 하여 노부는 묵철중검이라 부른다. 받거라. 그리고 노부의 몸을 옥죄고 있는 쇠사슬을 끊어라.”

불망은 검노에게 묵철중검을 받았다.

그는 천산에서 자명검을 들어보았는데, 묵철중검은 자명검보다 훨씬 더 무거웠다.

묵철중검을 쥐자 흥분과 함께 짜릿한 전율이 찾아왔다.

불망은 묵철중검으로 쇠사슬을 내려쳤다.

깡!

퍼런 불꽃과 함께 쇠사슬은 맥없이 두 조각으로 나눠지며 검노의 수족을 자유롭게 했다.

“이렇게 간단한데 그동안 결박당해 계셨단 말입니까?”

불망은 이해할 수 없었다.

“결박당했든 당하지 않았든 무슨 상관이냐? 영혼을 옭아매지 못한다면 신체의 속박은 소용이 없다. 불망, 노부의 손을 보거라.”

그는 오른손을 불망에게 내밀었다.

“보이느냐?”

불망은 눈을 크게 뜨고 그의 오른손을 바라보았다.

손이 보이느냐고 묻는 것은 아닐 것이리라. 그렇다면 무엇이 보인단 말인가? 아무것도 보이지 않았다.

“보이지 않습니다.”

“자세히 보아라.”

그의 손이 뭔가를 움켜쥔 것처럼 반쯤 오므려졌다. 하나 그는 아무것도 쥐고 있지 않았다. 그 상태로 그의 손에서 백색 발광이 일었다. 처음에는 희미하였으나 백색발광은 점점 더 또렷한 색깔을 만들어갔다.

불망의 눈이 놀람으로 부릅떠졌다.

“보이느냐?”

“보입니다.”

검노가 물었고 불망은 기다렸다는 듯 고개를 끄덕였다.

“무엇이 보이느냐?”

“검입니다.”

형체가 있다고 해야 하나? 없다고 해야 하나?

검은 검이되, 그것은 무형의 검이었다. 속이 들여다보일 정도로, 그래서 검을 쥐고 있는 검노의 검버섯 핀 손이 들여다보일 정도로 투명한 빛의 검.

백색광검(白色光劍)은 검노의 손끝에서 점점 더 경이로운 빛을 발하며 형체를 만들었다.

"검의 형체가 모두 보이느냐?"

"그렇습니다. 검신(劍身)의 길이는 넉 자. 날은 잠자리 날개보다 얇아 부유하는 공기조차 베어버릴 듯 예리합니다."

"이것은 내 마음속의 검혼으로 이루어진 심검이다!'

"……!'

"그곳, 세상의 빛이란 빛은 모조리 사라진 암흑의 시공간. 한 점의 공기조차 부유하지 못하는 바로 그곳. 하늘의 연못. 천지의 심연에서 억겁의 세월을 잠들어 있는 검도자(劍道者)의 혼이 이룩한 이 검을 내가 깨웠다!'

불망은 누구에게도 내세우거나 자랑하지 않았지만 그 자신에 대한 자부심이 대단했다. 그것은 누구에게도 검을 배우지 않았으나 홀로 깨달았다는 데서 오는 자부심이었다.

검노는 단지 자신의 마음속에 있는 검을 불망에게 보여주었을 뿐이다. 그런데 불망의 자부심이 와르르 무너져 내렸다. 그는 이러한 검의 경지가 있을 것이라고는 상상조차 해본 적이 없었다.

그가 알고 있던 백 가지 검법이 머리 속에서 어지럽게 날아다녔다.

닿을 듯 닿을 듯, 그러나 닿을 수 없었던 미진했던 그 무엇이 백색광검을 보는 순간 확고하게 불망의 머리 속으로 쏟아져 들어왔다.

처음 검을 배울 때 사람들은 죽검, 혹은 목검을 든다. 검을 함부로 휘두르는 경지이기에 인명을 해할 수 있는 위험을 피하려는 것이다. 실력이 늘고 고수가 될수록 검이 날카롭고 무거워진다. 날렵함을 위해 가벼운 검을 선호할 수도 있으나, 결국 '맹렬하고 강맹하여 아무리 견고한 것이라도 부술 수 있다'라는 검리에 기인하여 검은 검도자의 공력이 뒷받침되는 한도 내에서 무거워지기 마련이었다.

검노가 강호를 주유할 때 보통 검보다 열 배 이상의 무게와 크기를 가진 묵철중검을 쓴 것도 다 그러한 이유다.

이 경지를 넘어서면 검은 다시 가벼워지기 시작한다.

연검(軟劍)을 쓰고 다시 목검, 죽검을 쓴다. 병장기의 날카로움에 구애를 받지 않기 때문이다. 결국 무검승유검(無劍勝有劍)의 경지에 이르게 되고 이것이 무초가 유초를 이긴다, 즉 서투름으로 교묘함을 이기고 가벼움으로 무거움을 누르는 경지가 되는 것이다.

이때가 되면 마음먹은 대로 검을 장악할 수 있게 된다. '마음대로 내지르면 그것이 곧 검리다'라는 경지다.

그래서 간단한 초식일수록 막기가 힘들다. 초식은 점점 간단해져 결국 무초가 되며 물아일체지경(物我一體之境)으로 물체에 연연하지 않는다. 초목죽석(草木竹石)이 모두 검으로 사용할 수 있게 되는 것이다.

강호무림에서 이러한 경지에 올라선 자는 오직 대무당파의 천무진인(天武眞人) 장삼봉뿐이다. 그는 말년에 태극검법(太極劍法)을 창안하여 유함으로 강함을 이기고 둔함으로 빠름을 막았다. 장삼봉은 제자들에게 말했다.

"열심히 수련하니 무검으로 유검을 이기는 경지에 도달하였다."

무검.

검이 없다.

이것은 바로 무형검기였던 것이다.

무검무초의 경지. 그것이 바로 검도의 끝이며, 검도자가 보고자 하는 최고의 경지다.

'장 진인(張眞人)이 이루었다고 하나 그것은 이론으로만 전해질 뿐, 누구도 증명해 보일 수 없었다. 후인들은 장 진인을 신격화시키기 위해 무당이 그를 과장했다고 말했다. 하나 내가 그러한 경지를 직접 보게 되었구나.'

"이것을 네게 주겠다."

"……!"

"이 저주스러운 세상에서 노부가 얻었던 모든 것을 미련없이 털어버리고 홀가분하게 떠나고 싶다."

"노선배님!"

"모든 것을 운명이라고 생각해라. 너를 고통에 몰아넣었던 적혈신화장은 노부에 의해 창안되었다. 그 빚을 갚는 것이라 생각해라."

백색광검이 더욱 강한 빛을 뿌렸다.

검노는 불망의 어깨를 눌렀다. 불망은 묵철중검을 움켜쥔 채 검노 앞에 털썩 한쪽 무릎을 꿇었다.

"인간의 몸속엔 무한한 힘이 내재하고 있다. 아무리 쓰고 또 써도 마르지 않는 무한한 생명력, 그것은 영원한 생명을 얻는 일. 본원적(本源的) 잠응대능력(潛凝大能力)이라 한다."

불망은 묵묵히 그의 말에 귀를 기울였다.

"그 힘은 너무 크고 영능하여 만약 인간의 체내에 잠재해 있는 본원적 잠응대능력을 모두 격발해 낼 수 있다면 능히 천하제일의 고수가 될 수 있을 것이다."

백색광검을 든 검노의 오른손이 불망의 정수리로 올라갔다.

우우우우웅!

백색광검에서 청량한 음향이 울렸다. 그와 동시에 불망의 백회혈을
향해 백색광검이 밀려 내려가기 시작했다.

불망은 마치 하늘 한편이 열리고 대거력이 한꺼번에 백회혈을 타고
몸 안으로 밀려드는 충격에 휩싸였다. 불망은 이 상황을 이해할 수 없
었다. 검이 그 자신의 머리 속에 꽂혀가는 것이다. 하지만 고통도 아픔
도 없다. 기쁨도 쾌락도 없다. 그냥 검이 들어오고 있는 것이다.

"노부가 평생을 이루었던 힘이 너의 잠웅대능력을 깨울 것이다. 노
부의 혼과 힘과 공력이 심검을 이루었다. 심검은 너의 백회혈을 열게
하고 너의 마음을 열게 하고 너를 세상의 금제로부터 해방시킬 것이
다."

백색광검은 모조리 그의 머리 속을 뚫고 들어가 세상에 형체를 남기
지 않았다. 대신 검노의 검버섯 핀 손이 불망의 백회혈을 누르고 있었
다. 그의 평생 공력이 불망에게 쏟아져 들어왔다.

불망의 육체가 급격한 변화를 일으키기 시작했다.

그는 순간적으로 발작을 일으키는 것처럼 격렬하게 경련했다. 체내
의 모공이 모조리 열려지며 몸 안의 모든 것들이 피부를 뚫고 터져 나
올 것처럼 무섭게 요동쳤다.

도저히 견뎌낼 수 없을 것 같은 극렬한 고통이 찾아왔다. 전신에서
지독한 악취와 함께 땀이 비처럼 쏟아졌다. 통증은 가중되었다. 그러
나 통증이 가중되면 될수록 그의 의식은 오히려 맑아졌다.

백색광검은 그의 온몸 구석구석을 누볐다. 얽힌 곳을 끊었고 막힌
곳을 뚫었다. 하지만 그로 인한 통증은 느낄 수 없었다. 그저 무형지기

하나가 몸 안을 유영하고 있음을 느낄 뿐이다.

불망의 머리 위에서 증기가 피어올랐다. 그것은 흡사 망령처럼 흐느적거리더니 이내 증발해 버렸다.

그때 불망은 체내를 누비며 용솟음치는 엄청난 기운을 느꼈다. 그것은 샘처럼 솟아오르며 불망의 전신에 기이한 쾌감을 불러일으켰다.

개운했다.

질펀한 정사(情事) 끝에 아낌없이 사정(射精)한 기분이다.

전신의 모든 세포 구석구석까지 용솟음치는 무한한 앙양감(昂揚感)은 그가 곧 우주요, 우주가 그임을 느끼게 해주었다.

'아……!'

자신도 모르게 흘러나오는 탄성과 함께 불망은 감격의 눈물을 폭포처럼 흘렸다.

4

"아무래도 안 되겠소! 대전을 빠져나가는 것이 급선무요!"

군무강은 눈앞의 석벽을 쳐내며 청담자를 향해 소리쳤다.

구천십지대금쇄진에 갇힌 군웅들은 곳곳에서 우왕좌왕하며 오히려 혼란을 가중시켰다.

"밖으로 나가잔 말이오?"

"별수없지 않소? 여기서 떼죽음을 당하느니 나갈 수 있는 자는 나가는 편이 낫소. 석단도 무너져 버렸으니 여기에서 무슨 할 일이 더 있단 말이오!"

이어 그는 내공을 실어 외쳤다.

"모두 들으시오! 우리가 통과할 문은 저쪽 동문이오! 살아남는다면 모두 그곳에서 만납시다!"

이제는 석벽뿐 아니었다. 대전 전체가 흔들리며 무너지려 하고 있었다. 사상자만 이미 사십 명이 넘었다. 군웅들은 먼저 간 동료의 시신을 밟으며 악전고투했다.

"뭉치면 살고 흩어지면 죽소! 혼자 떨어지지 말고 가급적 모여서 전진하시오!"

외침과 동시에 군무강은 동쪽 석문을 향해 신형을 날렸다.

주변에 있던 군웅들이 그의 뒤를 따라 연속적으로 몸을 날렸다.

석벽이 회전하며 군무강을 향해 달려들었다.

군무강은 석벽을 향해 장력을 내갈겼다.

쾅!

사방으로 파편이 튀며 뒤이어 단말마가 울려 퍼졌다.

군무강은 허공에서 공중제비를 돌며 석벽 위로 올라섰다. 그는 석벽과 석벽을 밟으며 연속적으로 신형을 날렸다. 이윽고 그는 석문에 가장 먼저 도착했다.

허공으로 날아오른 군무강이 석벽을 피하는 것이 아니라 오히려 밟으며 재도약하는 것을 본 군웅들은 모조리 그를 따라 허공을 날아올랐다.

석벽의 높이는 삼 장가량이었으니, 진기를 모아 도약한다면 오를 수 있었다. 다만 석벽이 스스로 움직이고 있으니, 정확히 밟고 서는 것이 어려울 뿐이다.

"이상하군요."

숨을 헉헉거린 채 대전을 빠져나온 청수자가 청담자를 향해 말했다.

"무엇이 말이냐?"

"구천십지대금쇄진이 이토록 허무하다니 말입니다."

"그게 무슨 말이오? 우리가 빠져나온 게 이상하다는 말이오?"

군무강은 울컥하여 소리쳤다.

청수자는 고개를 푹 숙이더니 다시 말했다.

"무량수불… 군 도우께서는 빈도의 말을 깊이 새겨듣지 마십시오. 빈도는 다만… 구천십지대금쇄진을 만든 자가 다른 뜻이 있는 것 같아서……."

"다른 뜻이라니?"

"우리를 몰살하겠다는 생각이 없었다는 것이지요."

"……!"

"……!"

"몰살을 하겠다면 우리가 나갈 수 없게 기관으로 문을 잠그면 되는 것입니다. 오히려 간단하지요."

"듣고 보니 그도 그렇군."

"아무래도 우리는 더 신중을 기해야 할 것 같습니다. 이제는 보물이 문제가 아니라… 제왕총을 빠져나가는 것이 문제인 거 같습니다."

이제는 살았다며 한숨 고른 군웅들의 얼굴이 청수자의 비관적인 말에 침중하게 굳었다.

듣고 보니 그의 말은 일리가 있었다.

나갈 수 있게 퇴로을 열어놓고 진을 설치하는 바보가 어디 있단 말인가?

조수방은 한쪽 벽에 기댄 채 숨을 헐떡이고 있었다. 그는 혼자 힘으로 석벽을 오르지 못해 옆에 있던 낙일세에게 도움을 청했고, 낙일세는 그를 옆구리에 끼고 대전을 빠져나왔다.

"조 분타주, 몸이 많이 상한 모양이오."

낙일세는 조수방의 안위를 진심으로 걱정했다.

정도연합의 우두머리는 명목상 청담자였으나 대책을 세우고 실질적으로 무리를 이끈 자는 조수방이었다. 그가 죽는다면 정도연합은 머리를 잃어버리는 셈이었다. 낙일세가 조수방의 안위를 걱정하는 건 그 자신의 안위를 돌보는 것이나 다름없었다.

"괘, 괜찮습니다. 재채기가 자꾸 나와서……."

"안에서 돌가루를 너무 마신 모양이오. 숨을 좀 오래 참았다가 내쉬어보시오. 그럼 좀 괜찮을지도… 에취!"

그때 낙일세도 코끝이 간지러워지며 재채기가 나왔다.

"이런, 나도… 에취!"

"산 자는 모두 나온 모양이오. 안에 사람이 더 있소?"

군무강이 대전 안으로 얼굴을 내밀고 외쳤다.

대답이 없었다. 오직 죽은 자와 정신을 잃고 쓰러진 자만 남은 모양이었다. 형편이 된다면 아직 죽지 않은 자들도 구해내야 하지만 군웅들은 그럴 여력까진 없었다.

"본 가의 피해가 어떠냐?"

군무강은 남천의에게 물었다.

"일곱 명이 살아남았습니다."

“열셋을 잃었단 말이냐?”

“죄송합니다.”

청해군가뿐 아니었다.

대개의 문파들이 오 할 이상의 세력을 대전에서 잃었다.

모두가 침통했으나 살아남은 자들은 다시 살기 위해 움직여야 했다.

“오늘의 이 원한은 잊지 않겠다. 살아 돌아간다면 파황성을 부수기 위해 내 모든 힘을 쏟으리라!”

제자들의 시체를 두고 떠나야 하는 군무강은 주먹을 불끈 쥐었다.

그때였다.

슈슈슈슛!

수십 개의 비도가 대전 밖 석벽에서 화살처럼 쏘아졌다. 재채기를 하던 낙일세는 눈 깜짝할 사이에 짓쳐드는 비도를 미처 보지 못하고 어깨에 격중당했다.

팟!

피가 튀었다.

다급해진 제자들이 천막밀밀의 수법으로 검을 휘저으며 낙일세의 앞을 가로막았다.

“보주님, 괜찮으십니까?”

“이곳도 안전한 곳은 되지 못하오! 벗어납시다!”

군무강이 다시 앞장을 섰다. 비좁은 통로에 군웅들이 우르르 몰려들었다. 비도가 활동하기 좋은 환경이었다.

“으윽!”

“큭!”

통로에서 연이어 비명이 터지며 군웅들이 무릎을 꿇었다. 그러나 누구 하나 낙오된 자를 돌보지 않았다.

제왕총 밖으로 나가기 위해서는 온 길을 되짚어가야 한다. 하지만 이미 방향 감각을 상실한 군웅들은 어디가 어디인지 분간하지 못한 채 오로지 앞장선 자의 뒤를 쫓았다.

군무강을 제치고 앞장선 자는 염운산이었다.

그는 무공이 강한 제자 둘을 좌우에 대동한 채 통로를 미친 듯이 달려갔다.

"앞에 광장이 나타났소! 들어가야 할지, 말아야 할지 판단해 주시오!"

"비도를 피하고 봅시다. 어서 가시오! 어서!"

염운산의 외침에 낙일세가 화답했다.

그들은 앞서거니 뒤서거니 신형을 날리며 비도를 피해 급급히 광장으로 뛰어들어 갔다.

곳곳에 통로가 뚫린 광장은 넓었다.

희미한 유등(油燈)이 벽에 매달려 기분 나쁜 빛을 뿌리는 것만 제한다면 그런대로 안전한 곳처럼 보였다. 하지만 군웅들의 그러한 생각은 채 일각도 지나지 않아 깡그리 사라져 버렸다.

쿠르르릉! 쾅!

우레와 같은 소리가 나며 그들이 들어선 입구에 석 자 두께의 철문이 내려앉았다. 철문과 함께 잠시 안도했던 군웅들의 가슴도 덜컥 내려앉았다.

'함정!'

군웅들은 들어온 통로와 가장 가까운 다른 통로를 향해 우르르 달려 갔다. 하지만 그곳 역시 철문이 내려앉으며 광장을 외부와 차단시켰다.

군웅들은 다시 다른 통로를 향해 고개를 돌렸다.

그때 군웅들은 난생처음 제왕총에서 다른 사람들의 모습을 볼 수 있었다. 일단의 무리들이 통로를 통해 광장 안으로 쏟아져 들어오고 있었다.

그중 뱀을 닮은 지팡이를 쥔 한 사람을 보며 청담자가 부르짖었다.

"그, 그대는… 온초산!"

5

다시 눈을 뜬 불망은 해연히 놀랐다.

검노는 생명의 불꽃이 다해 수초처럼 흐느적거리고 있었다.

피부는 푸르죽죽하게 죽어가고 있었으며 얼굴은 눈뜨고 볼 수 없을 정도로 피폐해졌다.

검이 머리 속으로 들어온다는 것.

그것은 그의 모든 것이 들어온다는 의미라는 걸 불망은 모르고 있었다.

그렇다.

검노는 불망에게 검을 줌으로 해서 자신의 모든 것을 털어버리고 홀가분하게 떠날 수 있게 된 것이다.

이미 진력을 상실한 그는 급격하게 죽음을 향해 치닫고 있었다.

‘과연 그는 이렇게밖에 할 수 없었단 말인가? 그 스스로 온초산과 파황성에 대적할 순 없었단 말인가?’

의문이 머리 속을 떠나지 않았다.

그러나 모고가 죽는다면 자고가 죽고 자고가 죽는다면 검노 또한 죽게 된다. 검노에겐 선택의 여지가 없었다. 그래서 그는 분연히 일어나 검을 들 수 없었던 것이다. 검을 드는 순간 그의 인생은 허무로 끝나는 것이기에.

‘이렇게 해서라도 나를 남겨두는 것… 그것이 내가 영원히 사는 길임을……’

불망은 모든 것을 다 놓아버리고 흐느적거리는 검노를 부축했다.

“노선배님!”

불망의 얼굴은 안타까움과 아쉬움, 회한으로 점철되어 있었다.

검노가 침중하게 얼굴을 굳혔다.

“노부가 이 땅의 천하제일검이다. 동정할 필요는 없다.”

“그렇습니다. 노선배님께서 천하제일검이십니다.”

“하나… 나는 천하제일검으로서 부끄러운 몸이다. 일인자의 자리에 있으면서 강호무림에 아무것도 기여한 바가 없다.”

검노는 가쁜 숨을 숨기며 한자한자 힘주어 말했다.

공력을 상실한 그는 힘없는 늙은이에 불과했다. 고독은 저항력이 사라진 그의 내장마저 갉아먹고 있을 것이다. 죽음은 바로 목까지 치밀어 올랐다.

“마지막으로 노부는… 너에게 나를 남겼다. 나를 대신할 수 있겠느냐?”

“신명을 바치겠습니다.”

“그래… 그래야지. 그래야… 내가 이 땅에 살다 간 의미가 있지.”

검노는 노망든 노인이 어린 손자에게 재롱이라도 떠는 것처럼 천진난만하게 웃었다. 하나 죽음을 기다리는 쓸쓸함만은 어쩔 수 없는 미소다. 누구보다 죽음에 대한 고찰이 깊은 불망은 가슴이 미어졌다.

“제가 할아버지라 불러도 되겠습니까?”

“그래 주겠느냐? 평생을 외롭게 살아온 나의 손자가 되어주겠느냐? 아아… 너를 좀 더 일찍 만났더라면…….”

“할아버지…….”

불망의 시선에 안타까움이 매달렸다.

검노는 더욱 홀가분해졌다.

불망은 말없이 검노의 손을 잡았다.

손끝으로 전해진 검노의 손은 이미 살아 있는 사람의 손이 아니었다. 싸늘하게 내려간 체온만이 느껴졌다.

그것이 마지막이었다.

검노는 더 이상 어떤 말도 불망에게 해주지 못했다.

검노의 고개가 힘없이 옆으로 꺾였다.

죽음.

비극의 운명 속에서 그는 영웅으로서 최후를 맞이했다.

불망은 석상처럼 굳은 채 한동안 그 자리에서 움직이지 못했다.

“무림경영! 소손은 막연히 꿈꾸고 있었습니다. 이제 할아버지께서 어둡던 무림경영의 길에 등불을 밝혀주셨습니다. 불망이 존재하는 한 할아버지의 뜻을 받들겠습니다.”

향도 없었고 지전(紙錢)도 없었다. 그가 할 수 있는 건 진심을 다한 마음과 배례(拜禮)뿐이다.

떠나야 할 시간이 되었다.

그는 검노의 유체를 버려두고 갈 수 없었다. 그렇다고 함께 떠날 수도 없는 일이다. 앞으로 무슨 일이 일어날지 모르니.

그는 석실을 밝힌 불빛으로 검노의 몸을 태웠다.

순식간에 살 타는 냄새가 석실을 뒤덮었다.

"제가 다 알아서 하겠습니다. 할아버지, 편히 쉬십시오."

이윽고 검노는 생사의 속박을 벗어던지고 공(空)이 되었다.

기쁨도 잊으며 슬픔 또한 버렸다.

해탈도 없으며 번뇌 또한 있지 않다.

배고픔, 목마름, 사랑, 애증도 잊었다.

혼은 망각(妄覺)을 누비고 육신은 영겁(永劫)을 안았다.

인생의 흥망성쇠가 부질없다.

열세 살 어린 나이에 불망은 능소언에게 물었다.

"도란 무엇입니까?"

능소언은 무릎 꿇은 어린 불망을 내려다보며 천천히 입을 열었다.

"만물이 저절로 흘러가도록 내버려 두는 것이 아닐까요? 천지가 함께 숨을 쉬는데 생사가 아쉬울 건 무엇인가요? 해가 뜨고 지고 다시 뜨는 것처럼 죽는 것도 사는 것도 꼭 분간이 있는 건 아니겠지요."

불망은 그녀의 말을 이해할 수 없었다.

인간의 도리라는 건 그런 게 아니다. 사람의 정을 깨닫지 못하고 어떻게 도를 말할 수 있겠는가. 그러나 불망은 이제 그녀의 말이 어렴풋이 이해되기 시작했다.

불망은 불에 타 들어가는 검노의 시체도 부질없다는 걸 느꼈다.

'저절로 흘러가도록…….'

불망은 능소언의 그 말을 되새기며 석실을 나왔다.

어렴풋이 그것에 대한 도리가 잡힐 듯 다가왔으나, 저절로 흘러가도록 내버려 둘 수 없는 것이 있다.

바로 양정이다.

第4章

나는 지금
싸우러 가는 것이오

불망은 처음 검노를 만났던 대전으로 돌아갔다.

미로처럼 이어진 제왕총에서 길을 잃어버리지 않으려면 원래 왔던 곳으로 돌아가서, 거기서부터 새로이 시작해야 한다는 생각 때문이었다.

그런데 대전에 도착했을 때, 그는 믿을 수 없다는 듯 눈을 부릅떴다.

석단은 부서졌고, 바닥은 돌무더기로 인해 발 디딜 틈이 없었다. 곳곳에 병장기가 널렸고 사람의 잔해가 피범벅 속에서 휴지처럼 구겨져 있었다.

불망은 몇 구의 시체를 보고 이들이 정도연합의 군웅들임을 알았다. 혈검련은 없었고, 황색가사를 입은 라마승들도 보이지 않았다.

'정도인들이 제왕총에 들어왔다면 혈검련과 포달랍궁의 승려들도 들어왔을 것이다. 그런데 정도인들의 시체밖에 보이지 않는 이유는?

대전의 상황은 그 자신이 모르는 사이 제왕총 안에서 굉장히 많은 일들이 있었음을 편린적으로 보여주었다.

'할아버지가 아니었다면… 어쩌면 나도 이 자리에서 목숨을 잃었을지도 모르겠구나.'

참상의 잔해가 불망의 가슴 한구석을 싸늘하게 식혔다.

"으… 으. 여, 여기… 나를 좀……."

그때 어디선가 신음과 함께 구조의 소리가 들렸다.

불망은 소리가 나는 쪽을 향해 고개를 돌렸다.

무너진 돌무더기에 등을 기댄 채 한 사람이 숨을 헉헉대고 있었다.

한쪽 다리가 으스러지고 머리에서 피가 흐르고 있었다. 그는 대전 안의 유일한 생존자였다.

"어떻게 된 것이오?"

불망은 그 사람에게 다가가 물었다.

그 사람은 힘겹게 손짓하며 불망에게 구조 요청을 하였으나, 그를 보는 순간 눈에 놀람의 빛이 어렸다.

"이, 이런… 너… 였군. 아직 죽지… 않았어?"

불망은 그를 몰랐으나 그는 불망을 알았다.

불망은 그가 자신을 알든 모르든 관심이 없었다. 현재 그의 관심은 오직 하나뿐이었다.

"혹시 그녀를 보았소?"

"그녀… 라니? 누구 말… 이야?"

"나와 함께 있던 여자 말이오."

"아……!"

"봤소?"

"봤지. 처, 처절하게… 살아남았더군."

'처절하게!'

"지금 나보다… 더 처절하게……. 하지만… 쿨럭… 곧 죽을 거 같
아…….'

그 사람은 말을 하는 도중 피를 쏟아냈다.

불망은 그 사람의 목을 움켜쥐고 끌어 올렸다.

"어디 있어?"

거의 탈진 지경인 그 사람은 불망의 힘에 먼지처럼 가볍게 들어올려
졌다.

"몰라."

"말해!"

목을 쥔 불망의 손에 힘이 들어갔다.

그는 숨이 막혀 컥컥거렸다. 이 상태라면 아는 것이 있어도 말할 수
없었다. 불망은 그가 죽어버릴지도 모른다는 생각이 들자 손에서 힘을
풀었다.

"서, 설옥… 쿨럭… 설옥상을 찾아서… 물어봐. 그녀가… 데려갔
어."

"설옥상은 어디 있소?"

"제, 제왕총 안에……. 하지만… 이제는… 없을지도 모르지. 모든
것은 그녀가 속한… 파황성의 음모… 였으니."

"제왕총 어디?"

“그, 그 이상은… 나도… 몰라!”

사내가 버둥거리며 악을 썼다.

불망은 그의 목을 잡은 손을 풀었다.

“악!”

으스러진 다리가 바닥에 먼저 닿으며 사내는 자지러지게 비명을 토했다.

불망은 미안하다는 말도 없이 등을 돌렸다.

“이, 이봐… 그냥 가면 어떡해? 나, 나를… 데려가 줘. 여, 여기… 혼자 있는 동안… 무서워 죽을 거 같았어……. 보, 보라구……. 다 시체들뿐이야…….”

사내의 음성은 애절하고 비굴했다.

하지만 불망은 뒤도 돌아보지 않은 채 말했다.

“나는 지금 싸우러 가는 것이오. 당신은 이곳에 있는 게 더 안전할 것 같소.”

2

천지가 일시에 떠나갈 듯한 함성이 전후좌우, 사방에서 밀물처럼 터져 나온 것은 그때였다.

“우와아아아!”

그와 동시에 희미한 유등 하나에 의지하고 있던 어둠이 사라지고 광장은 대낮처럼 환하게 밝아졌다.

“……!”

“……!”

청담자를 비롯한 군웅들은 대경을 금치 못하며 고개를 돌려 사방을 돌아보았다. 전신을 흑의로 칭칭 둘러싼 무사들이 그들을 에워싼 채 포위망을 좁혀왔다.

온초산은 상대가 가소롭다는 듯 히죽 웃고 있었다.

“으음.”

꽉 깨문 군무강의 입술 사이로 신음이 흘렀다.

‘또다시 함정에 빠지고 말았어!’

퇴로는 차단되었고 앞은 적이다.

그때 옆에 서 있던 청담자가 침통한 음성으로 말했다.

“무량수불… 우리는 구양 분타주의 말을 좀 더 의미 깊게 들었어야 했소.”

“진인, 이제 와서 그런 말이 무슨 소용이오. 우리 쪽의 사기만 떨어뜨릴 뿐이오.”

군무강은 청담자의 대가 약한 것을 알고 있었으나 이 정도까지인 줄 몰랐다. 그는 내심 끌끌 혀를 차며 생각했다.

‘대곤륜의 영화가 그의 손에서 끝장나겠구나.’

하지만 남의 문파 걱정할 때가 아니었다. 청해군가 역시 역사 속으로 사라질 판이었다. 군무강은 그 자신의 죽음을 기정사실화하며 남천의에게 전음을 보냈다.

“남총관, 오늘 이곳을 벗어나기는 어려울 것 같다. 내가 손을 쓰게 되면 너는 나를 도울 필요 없다. 나는 신경 쓰지 말고 있는 재주를 다해 제왕총을 빠져나가 세가로 돌아가라. 그리고 나의 유지(遺志)를 말해주어라. 염기(廉氣)는 아직 경험이 부족해 작금의 대세를 이끌기 어려우니 유강(唯强)을 차기 가주로 삼는다.”

일천불사를 결하고 있던 남천의였다.

군무강의 전음을 듣는 순간 불끈 쥐고 있던 주먹에서 점점 힘이 빠져나갔다.

‘가주님……’

군무강은 어깨를 당당히 편 채 전면을 응시했다.

그는 조금도 위축되지 않은 채 죽음의 준비를 끝냈다.

‘강하신 분……’

남천의는 주군과 함께 죽고 싶었다. 그것이 명예로운 무사의 죽음이다. 그러나 주군은 도망칠 것을 원했다. 그래서 제왕총의 상황을 세가에 알려 결속을 다지고 후일을 대비하라는 것이다.

“내 친구…… 무강!”

남천의는 군무강의 이름을 불렀다.

“……!”

“삼십 년이 훨씬 지난 것 같아. 내가 자네의 이름을 불러본 게.”

“그런가?”

“사람들은 내가 자네의 가문에 허리 굽히고 들어가 하인이 되었다고 뒤에서 손가락질하였지만 나는 자네가 내 친구였다는 것이 자랑스러웠어. 자랑스러운 내 친구를 위해 기꺼이 하인 노릇을 할 수 있었네. 무강, 알지? 나, 자네를 진심으로 좋아했어.”

“알아. 나도 늘 자네가 고마웠어. 자네가 아니었다면 지금의 내가 어찌 있을 수 있겠나.”

"아니야. 내가 옆에 없었어도 자네는 잘해냈을 거야. 하지만 이번만큼은 내 도움이 절실히 필요한 거 같아. 그래, 내 반드시 살아남아 자네의 뜻을 염기와 유강에게 전하겠네. 통쾌하게, 그리고… 마음 놓고 싸우게. 떠날 때, 따로 인사는 하지 않겠네."

불알친구였다.

시냇가에서 고추를 드러내고 함께 그물질을 하던.

군무강의 두 눈에서 뜨거운 눈물이 흘렀다. 하지만 그는 눈물을 닦을 생각도 못했다. 군무강은 울고 있었지만 누구도 그를 돌아보지 않았다.

장중(場中)은 다른 사람을 돌볼 수 없을 만큼 침통한 물결이 흐를 뿐이다.

"제자들을 모두 대비시키게. 그리고 신호가 떨어지면 모두 허공으로 솟구쳐 이 자리를 피하도록 하게."

청담자는 청수자에게 암흑과도 같은 절망의 말을 했다. 각자 알아서 살아남으라는…….

청담자의 말을 들으며 고왕 온초산이 키득거렸다.

"청담자, 오랜만에 만났는데 도망갈 생각부터 하나? 이거 참, 뭐라고 말할 수 없을 정도로 난감한걸."

"온초산! 네가 이번 음모의 주동자냐?"

군무강은 어느새 눈물을 지웠는지, 예의 당당함을 되찾고 소리쳤다.

"군가야! 너 역시 황천길이 멀지 않았는데 아직도 그 불같은 성격을 버리지 못했구나. 곧 명부라는 먼 길을 떠날 테니 호통 칠 힘이라도 아껴두려무나."

"크하하핫! 너 같은 인간 버러지를 두고 내 어찌 그 먼 길을 혼자 떠날 수 있겠느냐? 내 능력이 모자라 너희 모두를 데려갈 순 없겠지만 네놈만은 꼭 길동무로 삼아야겠다!"

"나는 아직 할 일이 많아. 백 년 후에나 갈 것이니 먼저 가서 기다리고 있거라!"

"혈불의 개 노릇이 할 일이더냐? 어리석은 놈! 오늘 우리 정도연합이 네놈을 심판하지 못한다 하더라도 역사가 네놈을 심판하리라!"

"군가야! 아무 곳에서나 역사를 들먹이지 마라! 역사는 강자의 논리로 지배되는 법이야! 천륜을 거역한 자가 인의군자로 탈바꿈되어 만인의 머리 위에서 군림해도 모른 척하는 것이 역사야! 놈은 강자에게 철저하리만큼 비겁하지!"

"삐뚤어진 논리로 사람을 현혹시키는 요사로운 언변이로다! 무기를 들어라. 네놈에게 정의가 무엇인지를 가르쳐 주겠다!"

군무강은 한 발 앞으로 나와 우뚝 섰다.

그는 일 대 일 대결을 벌여 온초산을 밟고 상대의 사기를 꺾어버릴 속셈이었다.

"쿡쿡쿡. 군가야, 이 싸움은 이미 나의 승리야. 내가 왜 네놈과 일 대 일 대결을 벌인단 말이냐?"

"무량수불… 몇 마디 말로써 은원이 해결될 수 없을 게요. 온 도우(瑥道友)는 손을 쓸려면 어서 쓰시오."

청담자가 군무강의 옆으로 나서며 말했다.

온초산은 날카로운 눈빛으로 청담자를 노려보았다.

"수군(秀珺), 그리고 보니 아직 인사를 하지 않았군. 자네가 내 아버지의 뒤를 이어 곤륜의 이십삼대 장문인에 오른 걸 일단 축하해 주지.”

수군은 청담자의 속명(俗名)이었다.

청담자의 얼굴이 미미하게 일그러졌다.

‘아버지?’

‘곤륜의 전대 장문인인 평성진인(平成眞人)이 아버지라고?’

영문을 모르는 제자들과 군웅들이 의아한 표정으로 청담자와 온초산을 번갈아 바라보았다.

“쿡쿡. 과연 곤륜의 말코도사들은 위군자의 제자답게 위군자로군. 수군, 그 사실을 지금까지 숨겨왔던 것인가? 곤륜이 일백 년 만에 배출한 기재라던 평성진인 추문서가 젊은 시절 묘강에서 한 여자를 만났고 그 여자와의 사이에 사생아가 있었다는 사실을 말이야.”

분노로 얼굴이 뻘겋게 달아오른 청수자가 검을 뽑았다.

“온초산! 그 입 다물라!”

한 소리 격분에 찬 호통성과 함께 수중의 검이 허공을 갈랐다. 곤륜파의 성명절기인 운룡대팔식(雲龍大八式) 중 용음해열(龍音海裂)이다.

슈가가가각!

순식간에 청수자의 검은 무수한 검화로 화하며 온초산에게 밀려들었다.

하나 용음해열의 검세는 온초산에게 가까이 가지도 못한 채 그의 옆에 있던 남완량의 일검에 시퍼런 불꽃만을 남긴 채 바람처럼 사라져 버렸다.

“아직 내 말이 끝나지 않았어!”

뒤이어 온초산의 장력이 청수자의 가슴팍을 내질렀다.

펑!

"커억!"

청수자는 내력이 격탕쳐 그 자리에서 털썩 무릎을 꿇었다.

"그는 친아들인 나를 거부했어! 오히려 자신의 명예에 손상이 간다는 이유로 죽이려 했다고!"

온초산은 악을 썼다.

"너는 그때의 일을 모두 알고 있어! 어디 내 말이 틀렸다면 틀렸다고 해봐!"

온초산의 바들바들 떨리는 손가락이 청담자를 가리켰다.

"휴……!"

청담자는 길게 한숨을 내쉬었다.

"틀리지 않소. 그대의 말이 모두 맞소. 빈도 역시 그대를 죽여도 좋다라는 명을 받고 화영루(花影樓)에 갔었소. 하나 거기에 얽힌 사연은 몇 마디 말로써 풀기 어렵소. 더욱이 사부님께서는 이미 오래전에 진몰하시어 세상에 계시지 않소. 이미 고인이 되신 분을 모욕하는 일은… 옳지 않소."

"죄를 지어도 죽으면 그만이라는 건가?"

"……!"

"그렇게는 할 수 없어. 나는 맹세했어! 내가 살아남기만 한다면… 이 더러운 곤륜산에서 내려가기만 한다면… 곤륜을 피로 씻어버릴 것이라고!"

"……!"

“오십 년이 걸렸어. 내 스스로에게 한 약속을 지키기까지는.”

“별 시답잖은 이유로군. 그래, 다 폭로하고 나니 속은 좀 후련하시오?”

그때, 한 소리 맑은 음성이 통로 한편에서 들렸다.

군웅들은 일제히 고개를 돌려 소리나는 쪽을 바라보았다.

어깨 위에 천으로 싼 직사각형의 거대한 물건을 걸쳐 놓은 한 남자가 천천히 광장 안으로 들어오고 있었다.

“저, 저자는!”

“너는 누구냐?”

온초산은 원독에 찬 눈빛을 풀지 않고 그를 향해 소리쳤다.

“나? 불망이오. 당신이 온초산이오?”

3

정도연합의 군웅들과 온초산을 비롯한 파황성의 고수들은 양옆으로 갈라서 있었다. 불망은 그 사이를 천천히 걸어 들어왔다.

남완량은 먼발치에서 불망을 본 적이 있으나, 바로 앞에서 본 건 오늘이 처음이었다.

‘자신감이 넘치는 놈이로군. 사지인 줄 알면서 기어들어 오다니!’

불망은 남완량을 알지 못했으니 그를 살펴볼 일도 없었다.

그는 오로지 온초산을 노려보며 천천히 걸어오고 있을 뿐이었다.

“불망이라?”

그가 시선을 떼지 않고 계속 노려보자 온초산은 피식 웃었다.

"이름은 들었다만 머리에 피도 안 마른 놈이라는 건 몰랐구나. 어쨌든 고맙다. 네놈이 노부의 복수를 도운 일등공신이다."

"고마울 건 없소. 내가 여기 온 건 당신의 목숨을 빼앗기 위함이니."

"어린 놈이라 역시 혈기가 앞서는군. 노부의 목숨을 빼앗기 위해서는 여기 있는 자들이 모두 죽어야 해. 가능하겠느냐?"

"온초산! 네놈의 죽음에 내가 왜 포함되어야 하는 거지? 나는 네놈을 위해 죽고 싶은 생각이 전혀 없어!"

군무강이 소리쳤다.

"쿡쿡. 군가야, 내가 왜 단칼에 네놈들을 베지 않고 이야기를 계속하고 있는 줄 아느냐?"

"……?"

"너희들 중 이미 절반 이상은 노부의 유명고(幽冥蠱)에 중독되었어! 노부가 죽는다면 너희들도 죽어!"

"무슨 헛소리냐?"

"저 녀석한테 물어보면 알 거야."

온초산의 손가락이 조수방을 가리켰다.

순간 조수방은 가슴이 덜컥 내려앉았다. 그는 온초산을 보는 순간 석단 위 관 속에 있던 구더기를 떠올렸다. 그래도 설마했었다. 하지만 그가 손가락으로 자신을 가리키며 유명고에 대해 물어보라고 하자 절망에 사로잡히고 말았다. 조수방의 얼굴이 삽시간에 하얗게 탈색되었다.

"유명고는 감기와 같아 중독자의 숨과 입김만으로도 옮는다네. 살수 있는 방법은 투항하여 내게 해약을 얻는 것뿐이지. 크하하하핫! 특히 곤륜의 말코도사들이 투항한다면 반드시 살려주겠다. 대신 내 신발의 더러운 흙먼지를 혀로 핥아야 해.”

“조 분타주, 저자의 말이 사실인가?”

묻는 낙일세 역시 조수방과 마찬가지로 얼굴이 하얗게 탈색되었다. 그 자신, 조수방의 옆에 있으면서 그를 도왔다. 낙일세는 조수방이 연신 재채기와 헛구역질을 하였음을 알았다. 어느 순간부터 그도 조수방처럼 재채기를 시작하였고 속이 좋지 못하고 비위가 상했다.

“그게… 사실인 듯합니다.”

조수방은 넋이 나간 듯 절망적인 음성으로 말했다.

“이……!”

낙일세가 움찔하며 팔을 들어올렸다.

일장에 조수방을 때려죽이고 싶었다. 그러나 차마 내려치지는 못했다.

유명고.

사람의 이지를 상실케 하고 결국 죽음에 이르게 한다는 고다.

군웅들은 암암리에 몸속의 진기를 운용했다.

몇 명의 얼굴이 참담하게 일그러졌다. 또 몇 명은 길게 안도의 한숨을 내쉬었다.

“기회는 한 번뿐이다. 다시 말하지만 투항하고 본 성에 충성을 맹세하는 자에겐 해약을 주겠다. 셋을 셀 동안 결정해라. 하나!”

군웅들이 서로의 얼굴을 바라보았다.

“둘!”

유명고에 중독된 군웅들이 무기를 버리고 무릎을 꿇기 시작했다.

"더러운 자식들! 목숨이 아까워 놈들에게 무릎을 꿇는단 말이냐?"

무릎을 꿇은 자들은 얼굴을 들지 못했다.

삶과 죽음의 기로에 선 조수방은 망설였다. 하나 그는 지금까지 쌓아 올린 명예가 있어 차마 무릎을 꿇지 못했다.

"머리를 자르면 피가 나니 오직 하나 죽을 사(死) 자뿐! 살아서 욕을 당하느니 죽어 영웅의 기개를 떨침이 옳을 것이다!"

군무강은 기백을 떨쳤다.

무릎 꿇은 자들이 고개를 숙이며 부끄러움을 감추지 못했다. 하나 부끄러움은 잠시뿐이지만 목숨은 영원했다.

"셋!"

그때였다.

번쩍—!

순간적으로 허공에 일섬 섬광이 일었다. 거의 보이지 않을 정도의 빠른 속도로 허공을 스쳐 간 묵광(墨光)이다. 그것은 상상조차 할 수 없는 신쾌무비한 속도로 온초산의 미간을 짓이길 듯 짓쳐들었다.

"허억!"

온초산은 헛바람을 들이키며 엉덩방아를 찧듯 털썩 주저앉았다.

온초산의 옆에 있던 남완량의 신형이 기이하게 뒤틀리는가 싶더니 일순 그의 손에서 새파란 검광이 터져 나왔다. 검광은 그 끝이 보였다 싶은 순간 이미 불망의 목 앞에 도달했다. 실로 상상도 못할 엄청난 쾌검이었다. 불망은 온초산을 포기하고 검광을 쳐냈다.

까깡!

시퍼런 불꽃이 분수처럼 터져 나왔다.

한 번의 부딪침에 남완량은 불망의 힘을 이기지 못하고 피화살과 함께 뒤로 주르륵! 밀려 나가며 수하들의 부축을 받았다.

남완량과 온초산은 도저히 믿을 수 없다는 듯 눈을 부릅뜨며 동시에 외쳤다.

"그것은 묵철중검!"

"알면 됐다!"

불망은 양손으로 묵철중검을 잡은 채 달려오는 흑의무사들을 향해 휘둘렀다. 시커먼 강기가 일직선을 이룬 채 부챗살처럼 퍼지며 사방으로 사출되었다. 묵철중검에 부딪친 모든 것들이 반 토막으로 갈라졌다. 그것이 병장기든, 사람이든.

"크아아악!"

"으악!"

사방으로 처절하기 이를 데 없는 단말마가 홍수처럼 터져 나왔다.

장내는 삽시간에 아수라 지옥으로 변했다.

"저자가 검노의 묵철중검을 왜 가지고 있는 겁니까?!"

남완량은 온초산에게 다가가 울부짖듯 소리쳤다. 평상시와 달리 언성을 높였으나 상황이 너무 다급해 그도, 온초산도 느끼지 못했다.

"나도 모르겠다. 검노! 그를 찾아야 해!"

'저 녀석! 뭐란 말인가? 그리고 갑자기 검노라니? 도대체 어떻게 돌아가는 상황이야?'

군무강은 불망의 가공할 위세를 멍하게 바라보며 생각했다.

"기회를 놓치시면 안됩니다, 가주님!"

도망가기 위해 계속 사태를 관망하고 있었던 남천의였기에 판단이 빨랐다. 그는 군무강에게 다급한 전음을 보냈다.

군무강은 번뜩 정신을 차렸다.

"이때다! 공격하라!"

"우와아아아아!"

엄청난 함성이 솟구쳐 오르더니 군무강을 비롯한 군웅들이 일제히 흑의무사들을 향해 쇄도해 들기 시작했다.

투항하기 위해 무릎을 꿇었던 자들 중 몇 명이 일어서더니 다시 무기를 들었다.

해약!

온초산을 죽이고 빼앗으면 된다.

거세게 부딪치는 병장기의 부서지는 듯한 금속성과 처절한 비명이 터져 나오며 서로 뒤엉킨 상태에서 죽고 죽이는 살육전이 시작되었다. 피가 튀고 살이 튀며 떨어져 나간 사지가 허공을 나는 참혹하기 이를 데 없는 대혈전의 서막이었다.

4

휘익! 휘리릭!

날카로운 파공음을 허공에 끌며 불망의 신형이 동과 서로 바람을 갈랐다. 그는 어제의 그가 아니었다. 그는 그 자신이 얼마나 강해졌는지도 모를 정도로 강해져 있었다.

"아느냐?"

불망은 묵철중검을 두 손으로 잡아 머리 위로 들어올린 채 외쳤다.

“온초산! 앞으로 너는 이 순간을 영원히 저주하게 될 것이다!”

빙로에서 흘러나온 듯 얼음처럼 싸늘한 그의 음성.

불망의 두 손이 힘차게 묵철중검을 앞으로 찌름과 동시에 불기둥 검기에서 강력한 뇌전이 일었다.

콰콰콰쾅!

엄청난 굉음이 하늘로 터져 나오면서 불기둥 검기에 부딪친 자들은 뼈도 남기지 않은 채 대폭발을 일으켰다.

불망은 그 자신의 몸속에서 검노의 분노가 폭발하고 있다고 느꼈다.

이것은 그의 검이 아니었다.

이것은 오로지 검노의 검이자, 검노의 분노였다.

그는 그 자신의 힘을 주체할 수 없었다. 바위를 부수려 했는데, 산이 허물어지는 힘이 쏟아져 나왔다. 불망, 그 자신조차 놀랄 정도의 강력한 힘이었다.

“뒤로 물러나라! 뒤로!”

남완량의 부관 조철영(曹哲令)은 다급하게 외쳤다.

흑의무사들이 일제히 뒤로 밀려나고 그 순간 미친 듯이 타오르는 불길 속에서 무언가 은빛 섬전들이 스쳤다.

그것은 은사망(銀絲芒)이라는 이름의 암기다.

흑의무사들이 물러나고 불망만 남은 자리에 세찬 소낙비처럼 은사망이 쏟아졌다.

불망은 반사적으로 묵철중검을 휘둘러 날아오는 은사망을 퉁겨냈다. 그러나 그것은 평범한 은사망이 아니었다. 표면에 화약을 발라놓았다. 그래서 묵철중검에 부딪치는 즉시 폭발을 일으키며 불망의 전신에 새파란 불길을 퍼부었다.

펑펑펑!

연달아 터지는 은사망으로 인해 불망의 몸은 폭죽놀이를 하는 것 같았다. 빗방울 하나하나가 모여 대해를 이루듯 은사망의 폭발로 인해 불망의 의복에 삽시간에 불이 붙었다.

불망의 온몸이 불길로 뒤덮였다.

하지만 불망은 끄떡도 하지 않았다.

그는 불에 휩싸인 채 묵철중검으로 새로운 불기둥 검기를 토해냈다.

“……!”

“……!”

그의 놀라운 신위에 군웅들은 벌린 입을 다물지 못했다.

불망의 무공은 인간의 경지를 넘어섰다.

전면을 방어하고 있는 흑의무사들의 뒤에서 은사망을 사출하던 무사들은 더 이상 은사망을 던질 의미를 찾지 못했다. 그들은 태연하게 불길 속에서 전진해 오는 불망을 망연히 바라보았다.

“겨우 이것뿐이냐?”

불망은 불길에 휩싸인 채 파황성의 공격을 비웃었다.

흑의무사들이 불망의 묵철중검을 피해 분분히 뒤로 물러났다. 그의 거대한 검에서 쏟아지는 불기둥 검기도 검기지만, 요행히 뚫고 들어가 그와 부딪친다 하더라도 묵철중검에 들고 있던 병기가 고철처럼 파괴되니 도무지 방법이 없는 것이다.

“공봉을 보호하고 완전히 뒤로 물러나라!”

남완량은 도저히 참지 못하고 후퇴를 명했다.

십여 명의 흑의무사들이 온초산을 감싸며 뒷걸음질쳤다. 남은 흑의무사들은 죽기를 각오하고 불망에게 달려들었다.

하지만 말 그대로 추풍낙엽이었다.

정도연합의 군웅들은 손과 넋을 놓고 불망의 뒤에서 그를 지켜볼 뿐이었다. 싸우고 싶어도 흑의무사들이 모조리 불망에게 달려들고 있어 상대가 없었다.

'이, 인간이 아니다!'

불망의 전면.

연속적으로 터지는 불기둥 검기 속에서 불에 탄 잔해들과 완전히 숨통이 끊어지지 않은 무수한 생명들이 죽음을 맞이하지 못한 고통에 몸부림치고 있었다.

'젊은 시절의 검노도 이 정도는 아니었으리라. 만약 저자가 강호에 나가 중앙무대에 오른다면 천하제일검좌(天下第一劍座)는 저자의 차지가 되겠구나!'

불망과 구원을 가진 염운산은 가슴이 섬뜩하게 내려앉았다.

'혁아가 저자에게 패했다면 그것은 부끄러운 일이 아니다. 목숨을 건질 수 있었다는 것이 오히려 천만다행인……'

불망이 하루아침에 인간의 능력을 초월한 고수가 되었다고 생각할 수 없었던 염운산은 그가 원래부터 그러한 능력의 고수였다고 믿었다.

'저자가 양정의 일을 알게 된다면 반드시 나를 죽이려 할 것이다. 이제 그만 가면을 벗고 파황성으로 돌아가야 한단 말인가? 하나 저자의 능력이라면 이곳에서의 파황성은……'

이중첩자였던 염운산의 고민은 시작되었다.

도망치지 못한 흑의무사들은 불기둥 검기 속에 모조리 매몰되었다.

불망은 광장을 접수한 것으로 만족할 수 없었다. 그가 해야 할 일은 아직 시작도 되지 않았다.

그는 온초산이 도망친 석문을 향해 걸어갔다.

"부, 불 소협!"

그때 불망의 뒤에서 청수자가 더듬거리며 그를 불렀다. 불망을 뭐라고 호칭해야 할지 몰라 더듬거린 것이다.

불망이 무표정한 얼굴로 고개를 돌려 청수자를 바라보았다.

"자, 잠깐만 기다려 보시오. 잠깐만."

청수자는 불망의 앞으로 달려가더니 허리를 굽혀 사지가 떨어져 나간 시체 하나를 집어 들었다. 불망은 그가 뭘 하자는 행동인지 몰랐으나 묵묵히 지켜보았다.

청수자는 집어 든 시체를 석문 밖 흑의무사들이 도망친 통로를 향해 던졌다.

시체가 통로의 바닥에 막 닿는 순간이었다.

무수한 빛살들이 찰나적으로 허공을 갈랐다.

통로는 대전과 달리 짙은 어둠이었지만 불망은 분명히 볼 수 있었다. 양옆과 아래위에서 소나기처럼 쏟아져 나온 은창(銀槍)과 그것에 의해 산산조각이 나 그 형체도 알아볼 수 없을 정도로 철저하게 파괴되어 버린 시체를.

시체를 완전히 분쇄하여 피와 가루로 만들어 버린 은창들은 눈 깜짝할 사이에 원위치로 모습을 감췄다.

어느새 몰려들어 와 지켜보고 있던 군웅들이 모조리 혀를 내둘렀다.

“역시 예상대로였어. 부, 불 소협, 진몰분쇄대진(盡沒粉碎大陣)이오. 들어가면 안 되오.”

진몰분쇄대진은 환수선생의 이십사대진 중 첫 번째에 해당하는 기문진으로 들어갈 수는 있어도 나올 수는 없다고 알려져 있었다. 환수선생 스스로 개미새끼 한 마리 지나갈 수 없다고 자신한 진몰분쇄대진은 설사 금강불괴지신이라 할지라도 반드시 분쇄시키는 것으로 유명했다.

“천라지망도 이런 천라지망이 없을 것 같구려.”

“그렇다면 우리는 여기에 또 갇힌 것이오?”

군웅들이 한마디씩 거들었다.

“진몰분쇄대진은 주로 동창(東廠) 등 정보를 취급하는 곳에서 침입자를 방비하기 위한 목적으로 설계되었소. 어떤 경우에도 적의 침입을 막아 정보 유출을 방지할 수 있기 때문이오. 진몰분쇄대진은 달리 오보추혼진(五步追魂陣)이라 불리기도 하는데 그건 설사 은창을 막거나 견딘다 할지라도 그 안에서 다섯 걸음 이상을 움직이게 된다면 진 자체가 통째로 폭발하여 침입자를 분쇄시키기 때문이오.”

“알려주어 고맙소. 더 하실 말씀이 있소?”

불망은 청수자보다 머리통 하나는 컸다.

그가 밑으로 청수자를 내려다보자 청수자는 불망을 올려다보며 고개를 가로저었다. 더 할 말은 없었다.

불망은 다시 걸음을 옮기기 시작했다.

청수자는 불망이 자신의 경고에도 아랑곳하지 않고 걸음을 옮기자 팔을 들어 다시 위험의 말을 하려 하였으나 청담자가 그의 어깨를 잡았다. 청수자는 청담자를 바라보았다. 청담자가 고개를 저었다. 청수자는 들었던 팔을 힘없이 내려놓았다.

불망은 통로로 들어가기 전, 무심한 시선으로 전면을 응시했다.

통로의 끝으로 거대한 석문이 시야에 들어왔다. 온초산은 그곳으로 피신했을 것이다.

불망의 신형은 망설임없이 통로 안으로 진입했다.

슈슈슈슈슉!

요란한 파공음과 함께 양옆과 천장과 바닥의 석벽에서 은창들이 무수히 튀어나왔다. 피하고 말고 할 것도 없는 쾌속무비한 기습이었다.

불망의 신형이 바닥의 은창을 피해 허공으로 떠올랐다.

'양정!'

그 상태로 불망은 속으로 부르짖었다.

'어떤 위험이 있어도 너를 향한 걸음을 멈추지 않겠다!'

묵철중검이 허공에서 번뜩였다.

은창들이 잘려 나가며 우수수 떨어졌다. 아니, 절단된 직후 미처 떨어지기도 전에 불망이 그 속으로 비집고 들어감으로써 앞으로 튕겨 나가는 것이다.

뒤에서 불망의 신위를 지켜보던 군웅들은 다시 할 말을 잊었다.

묵철중검은 보통 사람은 들 수도 없을 정도의 무게다. 설사 검보다 무거운 도라 할지라도 묵철중검보다 무겁고 큰 것은 본 적도 없고 존재한다는 말도 들어본 적이 없다.

무겁다는 것은 느리다는 것과 상통한다.

한데, 불망은 그 무거운 검을 쾌검으로 사용하고 있다. 기관진식에 의해 사방에서 쏟아지는 은창들보다 더 빠르게.

'과연 저자의 공력이 어느 정도이기에……'

보여지는 불망의 신위는 압도적이었으나, 정작 그는 숨 돌릴 여유조차 없는 긴장의 연속이었다.

세 번째 걸음을 떼었다.

청수자의 말대로라면 남은 것은 이제 두 걸음!

'석벽 너머에 공간이 확보되어 있을 것이다!'

은창이 발출되기 위해서는 당연히 공간 확보가 필요한 법이었다.

한 걸음을 내딛는 것과 동시에 묵철중검이 눈부신 섬광을 남긴 채 석벽 사이로 쑤셔 박혔다. 불망은 묵철중검을 둥그렇게 휘돌려 석벽에 구멍을 냈다. 둥글게 잘려 나간 석벽이 우수수 떨어지며 불망의 신형은 그 안으로 뛰어들었다.

과연 은창이 숨겨져 있던 곳으로 꽤 넓은 공간이 확보되어 있었다.

불망의 예리한 시선이 어느 한곳을 쏘아보았다. 그곳엔 기관을 움직이던 십여 명의 흑의인들이 엉거주춤하게 서서 석벽을 깨부수고 뛰어들어 온 불망을 멍하게 바라보았다.

불망이 진몰분쇄대진에 뛰어들고 석벽을 부수고 흑의인들의 앞에 나타나기까지는 채 일각도 소요되지 않았다.

그야말로 찰나의 순간이었기에 흑의인들은 불망을 어떻게 해보려는 생각조차 하지 못했다. 다만 이것이 꿈인지 생신지 분간이 되지 않는다는 듯 넋이 빠진 채 눈만 끔벅거렸다.

불망은 흑의인들이 제정신을 차릴 때까지 기다릴 이유가 없었다.

묵철중검은 분노의 검광을 발출했다.

그와 동시에 불망은 흑의인들을 향해 달리기 시작했다.

기관과 사람과 그들이 황급히 집어 들기 시작하는 병장기들이 묵철중검과 부딪쳤다. 쇳소리와 비명 소리와 불꽃이 튀는 소리가 한데 어우러졌다. 피보라를 동반한 채 꼬리에 꼬리를 물며 인간이 내지를 수 있는 모든 절규들이 터져 나왔다.

흑의인들은 손써볼 사이도 없었다.

그나마 다행인 것은 불망의 묵철중검에 요행히 걸리지 않은 자는 살아남았다는 것이다. 불망은 무기를 버리고 쓰러진 자는 돌아보지 않았던 것이다.

기관이 모두 폐쇄되었으니 진 따위가 무슨 소용이 있겠는가.

군웅들은 행여 불망을 놓칠세라 그의 뒤를 따랐다.

어떤 자의 침입도 불허한다는 진물분쇄대진이 이토록 허무하게 무너지자 청수자는 고개를 들 수 없었다. 그는 본의 아니게 불망에게 공갈협박을 한 셈이었다.

혈풍과 죽음이 휩쓸고 간 폐허를 지나며 입을 여는 자는 단 한 명도 없었다. 그들은 묵묵히 눈과 마음으로 새로운 영웅의 탄생을 지켜보고 있을 뿐이었다.

5

육면이 모두 철벽으로 뒤덮인 밀실이었다.

검을 품에 안은 이십여 명의 무사들이 무릎을 꿇은 채 바닥에 줄지어 늘어선 좌대 위에 두 줄로 마주 앉아 있었다. 한 줄은 설옥상을 비롯한 혈검련의 무사들이었고 다른 한 줄은 남완량과 그의 수하들이었다.

그 상좌에 온초산이 앉아 있었다.

"도대체 이게 어떻게 된 일이야? 어디서 그따위 놈이 튀어나와 노부의 오십 년 적공(積功)을 망쳐!"

쾅!

좌탁을 내려치는 온초산의 음성에는 분노와 답답함이 뒤엉켜 있었다.

좌중은 물을 끼얹은 듯 침통한 분위기였다.

온초산은 생각하면 할수록 분노가 치밀어 오르는지 얼굴이 점점 벌겋게 달아올랐다.

"검노를 찾으러 간 자는 왜 안 오는 거야?"

그때였다.

"파죽지세입니다!"

급히 밀실 안으로 들어온 중년의 흑의무사는 온초산을 향해 다급히 입을 열었다.

"그자가 석문을 부수고 배면에 진입했습니다."

"오, 오보추혼진이 깨졌단 말이냐?"

중인들의 안색이 급변했다.

싸늘히 굳어져 버린 그들의 표정은 그들이 느낀 충격의 심도를 대변했다.

그때 다시 한 명의 흑의무사가 밀실 안으로 뛰어들었다.

"공봉! 검노가 불에 타 죽었습니다!"

"뭣이!"

너무 놀란 온초산은 벌떡 일어섰다.

"지금까지 잘 살아 있던 자가 갑자기 왜 죽어?"

"사인(死因)은 성으로 옮겨 조사해 보아야 알겠지만… 형태로 보아 진기가 모조리 소진된 듯 보였습니다."

"진기가 소진되었다고? 진기가!"

"공봉, 예상치 못했던 기습 앞에 방법이 없습니다. 공봉, 대책을 하명해 주십시오."

"검노가 죽다니… 검노가……. 그자의 모든 것이 다 나의 것이었는데!"

진이 파괴되었다는 것보다 검노의 죽음이 온초산에겐 더 충격이었다. 검노가 살아 있었다면 온초산은 그를 수하로 부릴 수 있었고, 명을 내려 불망을 처치하면 되었다.

그런데 그가 죽었다니!

'그것도 진기가 모조리 소진된……. 가만… 진기가 모조리 소진되었다는 건……?

"진기가 모조리 소진되었다는 게 무슨 뜻이냐?"

온초산은 남완량의 침통한 얼굴을 쳐다보며 물었다.

"그자가 묵철중검을 가지고 있는 것으로 보아 검노와 그자가 만난 건 확실한 것 같습니다. 그 와중에 진기가 모조리 소진되어 죽었다면 빼앗거나 전수해 주었거나 둘 중 하나일 겁니다."

"어느 쪽이나 그 불망이란 놈이 검노의 내공력을 차지했다는 것이 아니냐?"

"그렇게 추측됩니다."

온초산은 미칠 것 같았다. 그는 검노를 차지하기 위해 꽤 공을 들였다. 그런데 죽 쒀서 개를 준 꼴이 되었다.

'늙은이! 검노의 무공과 공력을 빼앗기 위해 그를 살려두더니 결국 화근을 만들었어.'

설옥상은 온초산 류의 인물을 좋아하지 않았다.

무사는 무사다워야 한다. 무사가 머리를 굴리고 음모를 꾸미고, 무공이 아닌 독이나 각종 암습으로 일관한다면 어찌 그를 무사라고 할 수 있겠는가.

하지만 설옥상이 잘못 생각하고 있었다. 그건 온초산이 그 자신을 무사라고 생각하지 않는다는 점이다. 그러니 그녀가 생각하는 무사의 관점이 온초산에겐 해당하지 않았다.

"설 련주."

온초산은 절망적인 표정으로 설옥상을 불렀다.

설옥상은 표정없는 얼굴로 그를 바라보았다.

"아무래도 그대가 나서주어야 할 것 같아. 우리들 중 놈을 잡을 수 있는 사람은 그대뿐이야."

6

"으아악!"

"아악!"

불망은 처절한 비명을 몰고 다녔다.

묵철중검의 검기가 허공을 난무할 때마다 사방으로 피떡이 된 육편이 비처럼 쏟아져 내렸다. 난무하는 검광이 번뜩일 때마다 피비는 더욱 거세졌다.

콰직!

베어진 것인지 부서진 것인지 알 수 없는 파공음과 함께 흑의무사의 두개골이 양방향으로 터져 나가며 도살은 멈췄다. 적들 중 오로지 두 발만을 땅에 딛고 서 있는 자는 더 이상 없었다.

불망이 지나온 길.

기관장치들이 피에 절은 고철 덩어리처럼 뒤엉켜 있었다. 그 사이사이는 시산혈해다. 이 처참무비한 참경이 한 사람에 의해 이루어졌다고 믿기 어려울 정도로 통로는 시체의 산과 피의 바다를 이루었다.

하지만 모두 다 죽은 것은 아니다.

팔다리가 부서지고 두개골이 반쯤은 날아갔으나 아직 죽지 않은 자도 있었다.

불망은 아직 죽지 않은 자 중 그 부상 정도가 가장 약한 자를 찾아 고개를 돌렸다. 팔이 부서져서 너덜거리고 이가 몽땅 부러져 합죽이가 된 입으로 연신 피를 뿜어내는 자다.

불망은 그자를 향해 걸어갔다.

"온초산은?"

불망은 그자의 목에 핏물이 줄줄 흘러내리는 묵철중검을 대고 억양 없는 음성으로 물었다.

눈앞에서 동료의 피, 아니, 자신의 피일지도 모르는 핏물이 흘러내리는 칼은 공포였다. 묵철중검을 바라보는 합죽이사내의 눈동자가 바들바들 떨렸다.

"온초산은?"

"어버버버……."

합죽이사내는 뭐라고 말을 하고 싶었으나 이가 부서지고 혀까지 뭉개진 상태인지라 말을 할 수 없었다. 하지만 그는 죽지 않기 위해 있는 힘을 다해 누구도 알아들을 수 없는 말을 쏟아냈다.

"온초산은?"

"어버버버… 어버."

그는 말을 할 수 없어 너덜거리는 팔이라도 움직여 보려 하였으나 이미 부서진 팔은 마음대로 움직여지지 않았다. 그는 안타깝게도 불망이 원하는 정보를 줄 수 없었다.

겨누고 있던 불망의 묵철중검이 그의 머리통을 내려쳤다.

퍽!

그는 비명조차 지르지 못하고 뇌수를 철철 흘러내며 즉사했다.

"온초산은?"

불망은 즉사한 합죽이사내의 마지막을 지켜보지도 않은 채 또 다른 자의 목에 묵철중검을 댔다.

그자는 아직 죽지 않았으나 곧 죽을 것 같은 자였다. 복부가 갈라져 피와 내장이 배 밖으로 흘러내렸다. 그자는 정신이 아득할 정도로 고통스러웠으나 불망의 묵철중검이 목에 닿자 미치도록 살고 싶었다.

"사, 살려… 주… 세요……."

"온초산은?"

"저, 저… 석문을 열고 들어가면… 오른쪽으로 기관을 작동하는…

장치가 있습니다. 하, 하지만… 기관이 모두 부서져서…….”

“온초산은?”

불망이 세 번째 ‘온초산은?’ 이라고 묻자 사내는 기겁했다. 불망이 세 번을 묻고 원하는 대답을 얻지 못하자 망설임없이 옆의 동료를 쳐 죽이지 않았던가.

“수, 수동으로… 여는 방법이… 있습니다. 기관장치를… 왼쪽으로 세 번, 오른쪽으로 여섯 번 돌리면 됩니다.”

그는 그 자신의 상처도 생각하지 않고 다급히 외쳤다.

“이 지옥 속에서 너 혼자 살아남을 것이다.”

불망은 부상자들의 목숨마저 남겨두지 않았다. 그의 발과 손과 묵철 중검이 살기 위해 꿈틀거리는 부상자들의 생명까지 모조리 거두었다. 유일하게 살아남은 자는 불망에게 정보를 제공해 준 바로 그 사람뿐이었다.

‘사… 사신(死神).’

뒤에서 묵묵히 불망을 쫓아온 청담자는 자신도 모르게 온몸을 부르르 떨었다.

‘반항할 수 없는 자들마저 짓밟아 죽이다니! 설사… 혈불이라 할지라도… 저보다 잔인하지는 못하리라.’

그는 이처럼 지독하고 완벽하게 사람을 죽이는 자를 본 적이 없었다.

‘오늘 그의 도움으로 험지를 벗어날 수 있다 할지라도 그는… 마성에 물들어 있으니 우리에게 이로운 자가 될 수 없다. 오히려 적이 될 가능성이 농후하다.’

하지만 그에게 구함을 받았으니 은혜를 입었다.

곤륜파.

비록 말석(末席)이었으나 강호무림에서 열 개의 하늘로 추앙받는 구파일방 중 하나다. 무림의 정의를 수호해야 할 의무와 권리를 가지고 있었다.

불망을 바라보던 청담자는 혼란에 빠졌다.

第5章
나의 심장은
오직 너로 인해
뜨거운 피가 흐른다

수십 구의 시체에서 쏟아진 피가 바닥에 고였다. 그 피를 밟으며 불망은 전진을 멈추지 않았다. 피를 밟고 걷는다는 건 참으로 남다른 감회다.

하지만 불망은 그러한 감회를 지우며 마음을 독하게 먹었다.

'원하든, 원하지 않든… 평생을 피 속에서 살아야 할 삶이다.'

감회를 가질 필요는 없었다.

석문은 안에서 잠겨 있었다.

보통 사람들은 잠긴 석문을 여는 데 열쇠를 필요로 하지만 그는 그렇지 않았다. 그의 손바닥이 석문을 내려쳤다.

쾅!

석문은 가루가 되어 우수수 떨어졌다.

불망이 거쳐 왔던 석실 중 가장 큰 석실이었다.

그러나 무수한 흑의검사들이 포진한 석실은 비좁아 보였다. 불망이 얼핏 보아도 그 수는 이백이 넘어 보였다.

'지금까지 보았던 자들 중 가장 강한 자들이군.'

당연했다. 이들은 북리진강 휘하의 무사들로 중원 정복의 선봉대원들이었으니.

이미 칼을 뽑고 피를 보았으니 쌍방이 나눌 대화는 없었다.

불망은 말없이 묵철중검을 들어올렸다.

흑의무사들은 빠른 속도로 사방으로 모이고 나뉘며 방어를 위한 진형을 갖췄다.

스팟!

불망의 신형이 자리를 박차고 허공을 갈랐다. 그는 한줄기 눈부신 빛살로 화해 흑의무사들의 진형으로 찔러 들어갔다. 동시에 가공스러운 공세가 펼쳐졌다.

무수한 파육음과 절삭음, 선연한 진홍색 피보라가 석실을 가득 매우기 시작했다.

"……!"

청담자는 전신을 파르르 떨며 적진을 누비는 불망을 주시했다.

그 역시 죽음과 무관할 수 없는 몸이다. 하지만 이처럼 처절한 참경은 죽음, 그 한마디로 대변할 수 없었다.

흑의무사들은 저항다운 저항 한번 못해보고 피를 뿌리며 무너져 가고 있었다. 하지만 쌍방 어느 쪽도 비명이나 신음을 입 밖에 내지 않았다.

그저 듣는 것만으로 등골이 시릴 정도로 소름 끼치는 기괴스러운 쇄골음과 파육음들이 연속적으로 터져 나왔고 동체에서 떨어져 나간 사지와 머리통, 그리고 박살난 검편(劍片)들과 수천 줄기의 피화살이 허공을 가득 채울 뿐이다.

"이거 참, 뭐라고 말하기가 어렵소. 내가 꿈을 꾸고 있는 것 같기도 하고……."

청담자의 옆으로 다가온 군무강이 고개를 절레절레 저으며 말했다.

청담자는 그의 말에 대응하지 않았다. 오직 마음이 무거울 뿐이었다.

불망이 펼쳐 내는 가공스러운 검광에 부딪치는 것들은 어린아이가 가지고 놀다가 싫증나 내던져 버린 장난감처럼 부서져 나갔다.

마구잡이로 이뤄지는 도살에는 오랜 시간이 필요치 않았다.

그것은 흑의무사들의 격렬한 저항도 한몫했다.

허공의 벽을 박살 내버릴 듯한 강기와 석벽이 터져 나갈 듯 퍼부어지는 천변만화의 절초들, 그리고 검기와 장력, 폭우처럼 쏟아지는 암기들.

흑의무사들의 공세는 끝도 한도 없었고 미친 듯이 공세를 퍼부어댐으로써 불망의 공격 속도도 점점 빨랐다.

"그만 멈춰."

그때 한 여자의 음성이 들렸다.

그 여자의 음성을 듣는 순간 피의 혈극을 벌이고 있던 불망의 신형이 움찔거렸다.

'설옥상!'

그녀의 한마디에 살아남은 흑의무사들이 썰물처럼 뒤로 물러 나갔다.

오직 불망만이 그 자리에 우뚝 서 있었다. 불망의 발아래는 부서진 병장기와 동강난 시체들이 산처럼 쌓여 있었다.

"련주님을 뵙습니다."

흑의무사들이 일제히 설옥상을 향해 허리를 숙였다. 하나 모두 같은 표정을 짓자고 약속이라도 한 것처럼 얼굴 가득 싸움을 멈추게 한 설옥상에 대한 불만이 역력했다.

그들은 북리진강의 친위무사들이었다. 거기에 대한 자부심은 대단했다. 그것은 죽을지언정 패배를 인정할 수 없는 자부심이었다.

'북리 호법께서 계셨다면 오늘의 치욕은 없었을 것이다!'

설옥상은 흑의무사들의 자부심을 인정해 줄 만큼 너그러운 인물이 아니었다. 그녀는 흑의무사들을 안중에 두지 않고 불망을 향해 웃었다.

"불망, 굉장히 잔인해졌군."

"청소를 하는 것뿐이다."

"대적할 수 없는 자까지 모조리 죽이며 여기까지 왔다고 하던데, 청소를 너무 깨끗이 한 거 아니야?"

"미래의 화근을 제거하는 일을 게을리 했다간 오래 살기 힘들어. 너도 잘 알 텐데."

"하하! 그래, 네 말을 듣고 보니 난 너무 인정에 약해서 탈이었군. 널 죽일 기회가 있었는데도 죽이지 않았어. 가질 수 있다고 생각한 거지. 지금 보니 정말 무모한 생각이었어. 하지만 한 치 앞을 못 내다보는 것이 사람이라고, 네가 이처럼 잔인하고 무시무시한 고수가 될 거라고 무슨 재주로 생각할 수 있겠어?"

"그녀는 어디 있나?"

"그녀라니?"

"잡아뗄 생각인가?"

"몰라."

"양정!"

불망은 악을 쓰듯 소리쳤다.

설옥상은 끌끌 혀를 차며 고개를 설레설레 저었다.

"머리가 제법 도는 줄 알았는데 의외로 답답한 구석이 있는 친구로군. 세상 사는 방법을 배우려면 아직 멀었어."

"내 인생을 지적할 필요는 없어. 넌 그냥 그녀를 되돌려주기만 하면 돼."

"설 련주, 노부의 말이 맞지 않았느냐?"

그때 설옥상의 뒤에서 온초산이 걸어나왔다.

하지만 불망은 온초산이 보이지 않았다. 왜냐하면 그의 모든 신경세포가 모조리 온초산의 앞, 사륜거에 앉아 있는 한 사람에게 쏠려 있었기 때문이다.

"양정!"

불망은 있는 힘을 다해 소리쳤다.

2

그녀는 백색 천으로 눈을 가린 채 사륜거에 앉아 있었다.

'그녀는 다리를 다쳤었어.'

어쩌면 그녀가 영원히 일어설 수 없을지도 모른다는 생각에 불망의 가슴은 갈기갈기 찢어졌다.

'그런데 눈은 왜… 가리고 있는 것일까?

그녀가 시력까지 잃었다는 걸 불망은 몰랐다.

"오, 오빠……! 어디 있나요? 어디?"

양정의 눈을 가린 백색 천이 축축하게 젖어들었다.

그녀는 팔을 앞으로 휘저으며 달려오고 싶었다. 하지만 그녀는 혼자 걸을 수도 없었고 사륜거에서 일어날 수도 없었다. 왜냐하면 그녀는 사륜거와 함께 묶여 있었기 때문이다.

불망은 양정을 향해 걸어갔다.

"다가오지 마! 가까이 오면 이 아이를 죽여 버리겠다!"

온초산은 그녀의 목에 비수를 대며 소리쳤다.

"너… 눈을 다쳤느냐? 왜? 왜… 가린 거지?"

불망은 온초산의 협박 따위는 귀에 들리지도 않는 듯 양정을 향한 걸음을 멈추지 않았다.

"그냥 눈이 아파서… 하지만 나, 나는 괜찮아요. 나는……. 오빠는 어떤가요?"

"나도 괜찮다. 단지… 네가 옆에 없어 살아도 사는 것이 아니었을 뿐……."

"미안해요. 오빠의 옆을 지켜주지 못해서 정말 미안해요."

"다가오지 말라고 했잖아! 오면 이 아이를 죽여 버리겠다고!"

"너 따위가 죽일 수 있을 것 같아! 그녀의 몸에 손을 대는 순간, 너도 죽어!"

불망의 손이 허공으로 올라갔다. 하지만 허공으로 올라간 불망의 손은 움찔거릴 뿐, 온초산을 향해 장력을 내지르지 못했다. 그것은 온초산이 그녀를 죽일까 봐 두려웠기 때문은 아니었다. 불망은 온초산이 그녀의 목에 비수를 꽂는 것보다 빠르게 온초산을 쳐 죽일 자신이 있었다. 그러나 어이없게도 불망은 그 자신을 못 믿었다. 그는 천지를 뒤덮고 남을 만한 개세적인 공력을 가지고 있었으나, 그것을 아직 자신의 것으로 완벽하게 소화하지 못했다. 자연 세기가 가늠되지 않았고 정교함이 떨어졌다. 지금의 불망에게 있어서는 무자비하게 사람을 죽일 수는 있었어도 한 명 한 명 골라 죽이는 것은 자신이 없었다.

"불망! 네놈의 무공을 인정한다! 그런 내가 아무 방비도 없이 왔을 것 같으냐?"

"……!"

"이 아이의 몸에는 천지폭열탄(天地爆熱彈)이 매달려 있어! 충격이 가해지면 그대로 폭발해 버리지! 이따위 대전은 흔적도 없이 무너지고 말 거야!"

"온초산! 다 같이 죽자는 것이냐?"

"이 아이를 죽일 셈이냐?"

"……!"

불망은 주춤거렸다. 그 자신이 죽을지언정 양정을 죽게 할 수는 없었다.

"설옥상! 저 늙은이는 그렇다 쳐도 네가 인질극의 한 축을 담당했다는 건 너답지 않은 처사였다. 죽는 게 두려웠다면 차라리 내게 살려달라고 빌지 그랬느냐? 그렇다면 옛정을 생각해서 너 하나만은 살려주었을 것이다."

온초산을 어쩌지 못하자 불망의 분노는 설옥상을 향했다.

설옥상은 뒷짐을 진 채 우뚝 서서 대답하지 않았다.

"불망! 함부로 말하지 마라!"

제월광이 설옥상을 대신해 소리쳤다.

"우리 모두가 반대했지만 련주는 저놈들에게 사로잡힌 그녀를 구했다!"

제월광의 손가락이 정도연합의 군웅들을 가리켰다.

청담자는 그의 손가락이 자신을 향하자 고개를 들지 못했다.

정말 한 치 앞을 알 수 없는 것이 인생이지만, 이 꼴을 당할 줄 알았다면 결코 그녀를 포기하지 않았을 것이다. 의와 협을 놓친 자의 말로다. 진작 구양요의 말을 들었어야 했다.

"버려두면 그냥 죽었을 것이다! 하지만 련주는 자신의 진원진기를 주면서까지 그녀를 살렸다! 무사의 도리를 다한 것이다!"

"……!"

"인질극이라고? 그것 역시 네놈 때문이야! 네놈이 그녀가 어디 있냐고 묻지만 않았어도 인질극은 없었어!"

"저자의 말이 모두 사실이냐?"

불망은 양정에게 물었다.

양정은 고개를 끄덕였다.

불망은 그제야 조금 전 했던 설옥상의 말이 이해되었다.

'머리가 제법 도는 줄 알았는데 의외로 답답한 구석이 있는 친구로군. 세상 사는 방법을 배우려면 아직 멀었어.' 라고 설옥상은 말했다. 그때 온초산이 양정이 탄 사륜거를 끌고 나오며 '설 련주, 노부의 말이 맞지 않았느냐?' 라고 화답했다.

이 둘은 인질극에 대해 의견 충돌이 있었고 결국 불망이 양정을 원하느냐 원하지 않느냐로 판가름하기로 했던 것이다.

불망은 상황을 정리했으나 한 가지 의문이 남았다.

그것은 원초적인 것으로 설옥상이 왜 양정을 살렸을까, 하는 것이다. 음모의 정중앙에 서서 오직 그녀를 살리는 것으로 무사의 도리를 다했다라는 말은 어불성설이다.

"불망, 나로서도 너의 생명을 책임지기는 어렵다. 너는 이미 돌아올 수 없는 다리를 건넜어. 하지만 설옥상의 이름을 걸고 그녀의 생명은 반드시 보장해 주마."

"언니! 언니는 뭔가 잘못 알고 있어요! 그는 나와 동업자로 계약을 하고 여기까지 함께 왔을 뿐이에요. 관계랄 것도 없어요. 내가 그를 조금 좋아하긴 했지만 그는 나를 좋아하지 않아요. 그는 언니와 거래를 하지 않을 거예요!"

"이미 늦었다. 여기서 너의 그 말에 설득당할 사람은 아무도 없다."

"설옥상, 네 말을 믿겠다."

"불 대협! 여자 하나 때문에 대세를 그르칠 셈이오?"

불망이 투항할 의사를 밝히자 낙일세는 놀라 급급히 소리쳤다. 그가 투항한다면 유명고에 중독된 자신의 해약은 누가 구해준단 말인가!

“시끄러워!”

분노한 불망은 낙일세를 향해 장력을 내갈겼다.

정도연합이 양정을 죽이려 했다는 사실을 알게 된 불망의 장력에는 조금의 사정도 없었다.

쿠아아아아앙!

가공할 거력(巨力)이 낙일세의 전신을 덮쳤다.

콰앙!

산산이 분리된 낙일세의 피와 살과 뼈가 우수수 바닥에 쌓였다.

정도연합의 군웅들 사이에 싸늘한 정적이 흘렀다.

천룡검보주의 제자들은 피눈물을 흘렸지만 누구도 불망에게 원수를 갚겠다며 검을 뽑지 못했다. 이미 그들은 마음속 깊은 곳에서부터 불망에게 대항할 수 없었던 것이다.

“설옥상, 그녀를 살려다오.”

쿵!

불망은 한쪽 무릎을 꺾었다. 원해서가 아니라면 누구에게도 꺾여본 적이 없는 무릎이었다. 굴욕적이다.

“악—!”

양정은 자지러질 듯 비명을 질렀다.

“불망! 당신 미쳤어! 나같이 천한 계집 때문에 무릎을 꿇어? 우리 두 사람은 처음부터 어울리지 않았어! 만난 이후 서로가 되는 일이 하나도 없었잖아! 지금이라도 늦지 않았어! 가버려! 당신은 내 앞에서 사라져 버려!”

“정아, 너는 나의 칼이다!”

"무슨 말을 하든 듣고 싶지 않아!"

"나의 냉혈 심장은 오직 너로 인해서만 뜨거운 피가 흘러."

양정은 말문이 탁 막혔다. 가슴이 갈기갈기 찢어졌다. 그의 사랑을 원했으나 그가 자신을 사랑한다는 사실이 원망스러웠다.

"바보… 세상에 좋은 여자들이 얼마나 많은데… 나 같은 계집애를……!"

그를 만지고 쓰다듬고 보듬어주고 싶었다. 하지만 양정은 그를 볼 수조차 없었다. 애통하고 한스럽다. 차라리 처음부터 살려달라고 하지 말 것을. 그를 한 번만이라도 다시 보고 싶다는 욕심 때문에…….

욕심은 언제나 화를 불렀다.

'위험한 놈이다!'

조수방은 불망의 신위를 보는 즉시 그렇게 생각했다. 하지만 그때는 단지 위험했을 뿐이나 지금의 그는 반드시 죽어야 할 자였다. 살아남는다면 그는 정도연합에도 칼을 댈 것이다.

하지만 죽음에는 때가 있는 법이다. 지금은 그가 죽어선 안 된다. 그가 죽는다면 정도연합은 제왕총을 빠져나갈 수 없다. 불망의 죽음은 그 자신이 제왕총을 빠져나간 후가 되는 것이 바람직했다.

'그를 살릴 수 있는 방법은 무엇일까?'

유명고의 기운 때문에 정신이 혼미한 와중에서도 조수방은 불망을 살릴 수 있는 방법을 생각해 내려고 머리를 쥐어짰다.

불망의 다른 한쪽 무릎도 바닥에 꺾였다.

그는 완전히 무릎을 꿇고 상대의 처분을 바라는 상태가 된 것이다.

동료들의 죽음을 겪은 흑의무사들의 눈에서 피눈물과 함께 살기가 솟구쳤다.

"설 련주, 내 스스로 천령개를 내려치면 되겠느냐?"

다른 사람에게 죽임을 당하느니 자결하는 편이 낫다.

"쿡쿡. 노부가 네놈을 그리 간단히 죽일 것 같으냐? 나는 검노의 공력을 돌려받아야겠다."

"네게 물은 것이 아니야."

불망은 온초산을 거들떠보지도 않았다.

"노부 대답이 그녀의 대답이야!"

"그렇다면 말해주지! 내게 공력을 받는다면 너는 전신 세맥이 모조리 터져 죽을 것이야."

"그건 네놈이 걱정할 문제가 아니야! 네놈은 주기만 하면 돼!"

"그럼 해볼까?"

불망은 무릎을 꿇은 채로 씨익 웃었다.

공력을 받기 위해서는 쌍방의 몸이 닿아야 할뿐더러 움직일 수도 없다. 어느 한쪽이 살심을 가지고 있다면 그대로 죽음이다.

하지만 온초산은 나름대로 방법을 가지고 있었다. 그것은 고독이다. 불망의 몸에 고독을 심어놓고 이지를 상실시키면 되는 것이다. 검노에겐 실패하였으나 그로 인해 배운 것도 있으니 불망에겐 실패할 까닭이 없다.

설옥상은 은은히 미간을 찌푸렸다.

그녀는 온초산과 한 배를 타고 있었으나 그가 강해지는 걸 원치 않았다. 검노와 불망의 공력까지 받아들인다면 내공 면에선 온초산을 능가할 자는 거의 없을 것이다. 인간은 간사한 동물인지라 힘을 얻는다면 펼치고 싶어진다. 말을 타면 달리고 싶은 것과 같은 이치다. 만에 하나 그가 불망의 공력을 빼앗는다면 설옥상은 그 둘을 한꺼번에 죽이는 수밖에 없다고 생각했다.

조수방은 그 자신의 생명을 걸고 마지막 도박을 준비했다.

더 늦는다면 기회는 없다.

'지금도 좋은 기회는 아니지만 그래도 도박을 해볼 만하지.'

그는 무사이기도 했지만 정보를 담당하는 자였다. 최악의 순간에 사용할 수 있는 호신용 암기를 가지고 있는 건 당연했다. 그것은 용수철을 사용하여 조그마한 화살을 발사하는 통 모양의 발사기였다. 소매 속에 감추어 사용할 수 있다고 하여 수전(袖箭)이라 부른다.

그의 수전이 한 사람을 겨냥했다.

다행히 사람들은 모두 불망에게 온 신경을 집중하고 있었다.

'세기를 조절해야 한다. 죽여야 하지만 충격을 주어서는 안 돼!'

슈슈슈슉!

소매 끝에서 어른의 중지 손가락만 한 쇠침이 연달아 발사되었다.

"윽!"

답답한 신음과 함께 양정의 고개가 밑으로 뚝 떨어졌다.

'됐어!'

조수방은 쾌재를 불렀다.

양정의 쇄골 밑으로 붉은 선혈이 배어 나왔다.

"정아!"

무릎을 꿇고 있던 불망은 해연히 놀라며 벌떡 일어났다.

그가 일어나자 위기를 느낀 흑의무사들이 일제히 쇄도해 들었다. 대여섯 개의 검이 불망의 요혈을 향해 짓쳐들었다.

"안 돼! 그녀가 터지면 안 돼! 손을 멈춰!"

온초산은 흑의무사들의 가공할 검기에 고래고래 소리 질렀다.

흑의무사들이 주춤거렸다. 양정에게 천지폭열탄이 장착되어 있다는 사실을 뒤늦게 깨달았다.

불망은 양정에게 달려가는 속도를 늦추지 않으며 호신강기를 일으켰다.

펑!

쇄도해 들던 검이 그의 반탄지기에 부러지며 흑의무사들이 바닥을 뒹굴었다.

"조 분타주, 이 무슨 해괴한 짓이오?"

아무도 볼 수 없었지만 조수방의 옆에 서 있던 군무강은 볼 수 있었다. 조수방의 소매 끝에서 날카로운 쇠침이 미세한 파공음과 함께 연달아 발사되는 것을.

군무강이 준엄하게 지적하자 조수방은 안색이 핼쑥해졌다. 그가 자신의 비겁한 행위를 목격한 것이다.

"산다는 게 중요합니다. 죽으면 모두 끝입니다."

조수방의 음성과 표정은 곧 비장해졌다.

"또한 양정에게 행했던 우리의 일을 안 이상… 그와 우리는 친구가 될 수 없습니다. 우리를 위해서도 그녀는 죽는 게 낫습니다."

"그래도 이건……."

군무강은 더 말하지 못했다. 그 역시 불망을 적으로 두고 살아갈 순 없었다. 망자는 말하지 못한다. 그녀에게 해를 끼치지 않았다고 모두 입을 맞춰 말하면 된다. 군무강의 그러한 생각은 손바닥으로 하늘을 가리는 일이었으나, 그는 특별히 머리가 좋지 못한 관계로 그렇게밖에 생각할 수 없었다.

온초산은 불망이 폭풍 같은 기세로 달려오자 양정을 버리고 남완량의 뒤로 도망쳤다. 그의 살기가 충천한 얼굴과 활화산처럼 타오르는 시선을 감당할 수 없었다.

눈앞의 상황에 혼이 나가 버릴 정도로 정신이 바짝 말라 버린 양정이었다. 거기에 쇠침이 날아와 박히자 그녀는 엄청난 정신적 고통을 견디지 못하고 혼절해 버렸다. 그녀가 사륜거에 묶여 있지 않아 몸을 움직일 수 있었더라면 천지폭열탄은 반드시 터지고 말았을 것이다. 물론 조수방의 수전은 그것까지 염두에 두고 날아간 것이지만.

불망은 양정의 상태를 점검하기 시작했다.

구멍난 둑에서 물이 쏟아지듯 그녀의 쇄골에서 검은 피가 흘렀다. 암기에 독이 발라져 있음이 분명했다.

피범벅이 된 불망의 손이 양정의 쇄골을 어루만졌다. 가슴이 미어진다.

그날,

침엽수가 빽빽이 하늘을 뒤덮은 숲. 서산으로 해는 지고 어둠이 깔린 그곳은 주화입마에 빠진 불망의 인생처럼 한 치 앞을 분간하기 어려웠다. 불망은 정신이 혼미한 가운데, 덥고 뜨겁고 차갑고 서늘하기를 반복했다. 고열에 들떠 헛소리가 나왔고 죽음을 재촉하는 마귀(魔

鬼)는 불망의 옆에서 팔베개를 하고 누워 귓전을 간질이듯 속삭였다.

불망아, 어서 죽어야지. 어서…….

다시는 돌아올 수 없을 것 같은 공포와 암흑의 시공간 속에서 한 줌 빛이 들어왔다.

양정, 그녀다.

섬세하고 촉촉하고 솜뭉치처럼 보드라운…….

양정은 그날의 일을 불망에게 말하지 않았고 불망도 아는 척하지 않았다. 하지만 그날 이후 불망에게 있어서 양정은 운명이 되었다.

파파파팟!

불망의 손이 현란하게 양정의 전신 혈도를 짚어갔다.

임독양맥에서 시작해 기경팔맥과 십이경맥으로 이어졌다.

그가 움직이는 동안 아무도 입을 열지 않았다. 불망은 이곳에 오직 그와 양정만이 있는 듯 주위를 신경 쓰지 않고 그녀에게 집중했다.

우웅.

양정의 쇄골에 올려진 불망의 손이 투명하게 변하며 동심원의 회오리가 소용돌이쳤다.

'미기흡공(迷氣吸功)!'

설옥상은 그가 지금 강렬한 흡인력으로 양정의 몸 안에 박힌 암기를 끄집어내겠다는 것임을 알았다.

파앗!

양정의 쇄골을 뚫고 쇠침이 피부 밖으로 돌출되었다.

물건의 길이는 세 치, 끝부분이 세 갈래로 갈라져 있어 마치 낚싯바

늘처럼 살 속을 파고들면 빠져나올 수 없는 형태를 가지고 있었다.

"염왕차(閻王叉)!"

웬만한 일에 표정을 드러내지 않는 설옥상도 이번에는 제법 놀랐는지 신음처럼 쇠침의 이름을 중얼거렸다.

그녀의 중얼거림은 엄청난 파장을 일으켰다.

"저, 저것이 마교의 비전암기인 저주의 염왕차란 말이오?"

군무강은 설옥상의 말에 화답한 것이었으나 그 시선은 조수방을 바라보고 있었다. 네가 어떻게 마교의 염왕차를 가지고 있냐는 시선이었다.

"과연 파황성의 마도들다운 물건이다. 염왕차라니! 저주받은 마교의 신물이 오늘 파황성에 의해 모습을 나타냈구나!"

조수방은 군무강의 의혹 담긴 시선은 아랑곳하지 않고 군웅들을 향해 외쳤다. 불망에게 들으라고 하는 말이었다.

불망은 몇 개의 염왕차를 물끄러미 내려다보더니 이내 바닥에 버렸다. 염왕차를 누가 사용했는지는 아직 중요한 일이 아니었다. 오직 그녀를 살려내는 일만이 중요했다.

불망은 그녀의 상체를 앞으로 구부리게 하고 등을 쓰다듬었다.

"우웩!"

소리와 함께 양정은 입에서 검은 피를 쏟아냈다.

'사, 살려내다니! 독이 발라진 염왕차를 맞은 자를… 살려내다니!'

조수방은 기겁하여 눈알이 뒤집힐 지경이었다.

"괜찮으냐? 많이 다치지는 않았느냐?"

"오빠……."

양정은 애잔하게 불망을 바라보았다. 그러나 그녀가 아무리 애잔하게 바라보아도 백색 천으로 가려진 그녀의 눈엔 어둠만이 들어올 뿐이다. 하지만 눈으로 보는 것만이 다는 아니었다.

그의 체취, 그의 시선, 그의 숨결, 그리고 그의 심장 박동 소리…….

조수방은 그녀가 되살아날 것이라고는 생각지 못했다. 미기흡공으로 사람의 몸 안에 박힌 암기를 뽑는 것은 초일류고수가 아니라면 흉내 내지 못하는 것이긴 했다. 그러나 불망의 능력이라면 가능했다. 하지만 염왕차에 발라놓은 독물까지 빨아들이는 것은 실로 상상하기 어려운 능력이었다.

조수방은 초조함을 견디지 못하고 소리쳤다.

"불 소협! 저들은 천지폭열탄도 모자라 염왕차로 그녀를 죽이려고 했소! 간악하기 이를 데 없는 자들이오! 더 이상 사정을 봐줄 필요 없소!"

"이놈! 무슨 개소리냐? 인질로 잡은 자를 누가 해한단 말이냐!"

온초산은 허파가 뒤집힐 지경이었다. 눈을 뜨고 있는 가운데 졸지에 불망에게 양정을 빼앗긴 것이다.

불망의 투명한 눈이 조수방을 쳐다보았다.

조수방은 감히 그와 눈을 부딪칠 자신이 없어 고개를 옆으로 돌려 보지 못한 척했다.

"당신 이름이 뭔가?"

불망은 조수방에게 물었다.

조수방은 더 이상 그를 외면할 수 없었다. 그는 불망을 향해 정식으로 포권했다.

"조수방이오. 무림맹 청해지부를 맡고 있소. 소생이 살아서 나간다면 불 소협이 보여주신 오늘의 영웅대도를 반드시 무림맹에 보고하여 만세에 길이 남도록 하겠소."

"조수방, 염왕차는 당신의 소매 끝에서 나왔다."

"……!"

"하나 이번 일은 불문에 붙이겠다. 당신 때문에 그녀를 구해낼 수 있었으니."

조수방은 '난 아니야!' 라고 외치고 싶었다. 하지만 말이 나오지 않았다. 청각은 공력에 비례했다. 조수방은 아직 그러한 경지에 올라서지 못했기 때문에 불망의 청각을 과소평가했다.

"불망, 아직 구해낸 것은 아니야. 천지폭열탄을 가진 그녀를 데리고 네가 이곳을 벗어날 수 있을까를 잘 생각해 봐. 상황이 변한 건 없어."

비록 그녀가 불망의 손에 들어갔지만 온초산은 아직 승기를 잡고 있었다. 불망의 무공이 아무리 강하다 해도 그녀에게 충격을 주지 않고 신위를 발휘하기 어렵기 때문이다.

"그렇다고 누구에게 그녀를 맡기고 싸울 수 있을까? 저놈들도 너를 도와줄 것 같진 않은데."

온초산이 손가락으로 정도연합을 가리켰다.

사실이었다. 불망은 지금 이 순간 아무도 믿을 수 없었다.

군무강은 내심 길게 한숨을 쉬더니 앞으로 나섰다.

"불 소협, 나를 믿게. 내가 책임지고 그녀를 돌보겠네."

그는 제왕총에 들어와 온갖 고난을 겪으며 깨닫는 바가 많았다. 그것은 지난 인생에서 한 번도 경험해 보지 못한 충격들이었다.

"당신의 지금 그 마음은 사실일 거라 믿소. 하나 영원할 수는 없을 것이오. 나의 것은 내가 지키도록 하겠소. 당신은 당신의 안위와 당신의 문파나 돌보도록 하시오."

불망은 양정의 앞을 굳건히 지켰다.

양정은 아팠다. 몸의 상처가 아픈 것이 아니라 마음이 아팠다.

'불망……'

마음속으로 그를 부르는 양정의 음성이 애잔하다.

'당신을 위해 아무것도 할 수 없다는 게 나는 너무… 슬퍼.'

양정은 마지막으로… 자신의 옆에 우뚝 서 있는 불망의 차가운 손을 잡았다. 단 한 번만이라도 그를 보고 싶어 목숨을 구걸했다. 그녀의 소원은 이루어졌다. 더 이상 욕심을 내지 말자. 이제 그를 놓아주어야 한다. 어차피 어울리지 않았다. 성격도 판이하게 달라 함께 있게 되면 싸울 일만 많을 것이다.

온초산이 남완량에게 눈으로 지시했다.

남완량은 흑의무사들을 움직였다. 불망을 향한 포위망이 점점 좁아졌다.

'당신을 닮은 아이를 낳고 싶었는데……. 미안해요. 내가 떠난다면 당신은 무슨 수를 써서라도 제지하겠지요. 그래서 말도 못하고 떠나요. 미안해요, 정말 미안해요. 그리고… 사랑했어요……'

그의 앞에서 마지막을 아름답게 보여주고 가고 싶었다. 하지만 스스로 움직일 수조차 없는 양정은 방법이 없었다. 그녀는 혀를 깨물었고 정신을 완전히 잃어버리는 순간까지 입을 굳게 닫아 핏물이 흐르지 않게 했다.

아득하다.

세상이 점점 꺼져 들어간다.

하지만 마지막이라는 생각을 잃어버리는 그 순간까지도 놓치고 싶
지 않은 사람 하나.

'불망…….'

양정의 고개가 밑으로 떨어졌다. 그녀의 입에서 핏물이 눈물처럼 흘
러나왔다. 불망의 손을 잡은 양정의 손이 싸늘히 식어가며 서서히 힘
이 빠져나갔다.

그녀의 식어가는 체온은 곧 불망에게 전해졌다. 불망의 손이 바들바
들 떨린다.

"헉! 야, 양정이… 자결했다!"

군웅들은 소리쳤다.

3

내가 흘려보낸 지독한 세월과 함께 나는 모든 것을 끝내려 해요. 곧
영원한 안식이 다가올 거 같아요. 그러나 당신, 눈물 흘리지 않기를 바
라요……. 내 영혼의 마지막 호흡으로 당신을 느끼고 축복할 수 있으니
나는 기뻐요. 알죠? 내가 얼마나 간절히 당신을 갈망했는지…….

불망은 마음으로 그녀의 음성을 들으며 그렇게 서 있었다.

그녀는 몽유병 환자처럼 세상을 빠져나가고 있었다. 불망은 조금만
건드려도 피를 흘리는 상처처럼 남았다.

그녀의 존재는 영혼보다 심장보다 더 뜨겁게, 그 자신에게 의지와

타오름을 주었다고 생각하였으나 그것은 다 진부한 말장난이었다. 그녀와 불망 사이에 존재하던 고통과 사고(思考), 추억은 모두 떨어져 나가고 텅 빈 몸뚱이만 남아 있을 뿐이다.

낯설었다.

지금 이 순간의 시간들이 그의 것이 아닌 타인의 것처럼 느껴졌다.

불망은 마지막으로 그녀를 껴안았다. 허리에 두르고 있던 천지폭열탄이 제거되었고 사륜거와 함께 그녀를 묶어두었던 천잠사도 끊어졌다. 영혼이 해방된 그녀는 신체를 옥죄던 속박들마저 모두 떨궈낸 것이다. 그녀는 깃털처럼 가벼웠다.

불망은 흑의무사들로부터 등을 보이고 있었으나 흑의무사들은 공격하지 못했다.

불망은 군웅들을 향해 등을 돌렸다.

"가져가라. 돌려주겠다."

그는 천지폭열탄을 온초산에게 던졌다.

온초산은 해연히 놀라며 급급히 몸을 날렸다.

쾅―!

천지폭열탄은 석벽에 부딪치며 거대한 구멍을 뚫었다.

그와 동시에 불망의 신형이 허공으로 날아올랐다. 순간 허공에서 눈부신 광채들이 샘솟기 시작했다.

허공으로 날아오른 그의 신형이 완전히 눈부신 광채로 뒤덮인 순간, 장내 곳곳에서 무수한 군웅들이 목과 가슴을 쥐어뜯으며 쓰러져 가기 시작했다.

"크아악!"

"으악!"

피아의 구분이 없었다. 불망은 친구도 없었고 적도 없었다. 오직 그 자신의 분노를 표출할 뿐이었다.

석부가 우르릉! 소리를 내며 흔들렸다. 천장에서 돌덩이들이 우박처럼 떨어졌다.

군웅들은 각기 살아남기 위해 아우성쳤다. 그들은 힘을 합치며 쇄도하는 검기에 대항했다.

혈검련은 신속히 자리를 이동했다.

설옥상을 중심으로 그들은 각자의 검파 위에 손은 얹었다. 그녀는 양정의 죽음을 애도했으나 자신의 모든 것과 바꿀 정도로 애도할 순 없었다.

슈아아아아앙!

형용할 수 없는 기세로 그들의 손에서 엄청난 검기가 불기둥처럼 뻗었다. 모두 열두 줄기의 시퍼런 검기였다.

불망은 반사적으로 고개를 돌렸다.

검기는 지척에 다가왔다. 거기에는 인간의 능력으로는 감당할 수 없을 만큼 파괴적인 위력이 담겨 있었다. 불망은 그 위력을 맞받아칠 수 있었다. 하지만 양정의 안위는……. 시체조차 보존시켜 주지 못한다면 불망은 죽어 어찌 그녀를 볼 수 있겠는가.

허공을 날아온 검기들이 그의 신형을 관통하려는 순간이었다.

불망은 진원진기까지 끌어올려 그들을 향해 묵철중검을 내리꽂았다.

장내가 앞을 볼 수 없을 만큼 눈부신 광채로 뒤덮였다.

무수히 엇갈리는 시퍼런 검기와 한순간 허공을 자욱이 뒤덮어 버린 휘황한 광채들이 폭사했다.

콰콰콰쾅!

엄청난 폭음이 터져 나왔다.

마치 제왕총 전부가 일시에 무너지는 듯한 폭음이었다. 그러나 군웅들이 볼 수 있었던 것은 눈을 뜨기조차 어려운 휘황한 광채의 잔영뿐이었다. 정황은 그 잔영들의 광휘에 가려 보이지 않았다.

군웅들은 병장기를 부여잡은 채 미간을 찌푸리며 광휘 너머를 살폈다. 정황을 알지 못한다면 그 다음 공격을 피할 수 없는 법이다.

쿠르르르릉! 콰쾅!

폭음과 함께 천장에서 돌덩이들이 마구 머리 위로 쏟아졌으나 누구 하나 움직이지 않았다. 이윽고 그들의 시신경을 일시지간 마비시켰던 잔영이 사라졌다. 군웅들은 황급히 고개를 돌려 정황을 훑어보았다.

“……!”

“……!”

놀랍게도 원래 있던 자리에서 불망의 신형이 보이지 않았다. 다만 그가 떠 있던 허공에 붉은 혈무가 완전히 사라지지 않고 아직도 휘황히 빛나는 빛살들 사이에 어려 있었다.

“헉—!”

누군가가 경악에 찬 신음을 발했다. 그 사람의 시선은 석부의 천장을 올려다보고 있었다.

군웅 둘이 일제히 그 사람을 따라 천장을 올려보았다.

“이럴 수가!”

제왕총의 천장이 마치 벼락을 맞은 듯 묵사발이 되어 있었다. 곳곳에 엄청난 크기의 구멍이 뚫려 있었다. 그것은 마치 하늘로 올라가는 동굴이 뚫려 있는 것 같았다.

그러나 무엇보다 그들을 공포스럽게 한 것은 혈검련의 시체들이었다. 시체는 하나같이 석벽 속에 처박혀 있었다. 온전한 형체를 유지한 시체는 단 한 구도 없었다. 어떤 곳에는 수급 하나만 처박혀 있었고 또 어떤 곳에는 팔 하나가 거꾸로 처박혀 칼을 쥔 손이 밖으로 덜렁거리고 있었다. 얼핏 보기엔 석벽을 뚫고 팔이 돋은 듯했다.

혈검련 중 살아남은 자는 설옥상뿐이다.

그녀는 두 팔로 검을 쥔 채 부들부들 떨고 있었다.

“으으…….”

군웅들은 자신들도 모르게 신음을 흘렸다.

천장을 뚫고 사라져 버린 불망에게 경외를 넘어선 공포를 느끼지 않을 자가 없었다.

만장단애의 안개가 뚫린 구멍 사이로 스며들기 시작했다.

4

불망은 터질 것 같은 가슴으로 양정의 시체를 안고 만장단애의 안개 속을 달렸다. 안개에 가려져 희미한 풍물이 휙휙 소리를 내며 그의 주변을 스쳤다.

달리는 동안 그는 아무 생각도 나지 않았다.

무엇을 어떻게 해야 한다는 목적이나 목표도 없었다. 단지 터질 것처럼 가슴이 쿵쾅거렸다. 어서 이 지긋지긋한 제왕총을 벗어나고 싶었다. 더러운 인간들과 시간을 공유하고 싶지 않았다.

안개가 폐부 깊숙이 들어왔다.

안개에 부딪친 불망의 얼굴은 마치 세수를 한 것처럼 축축히 젖어갔다. 그는 우는 것에 익숙하지 않았다. 그래서 그의 젖은 얼굴은 눈물 때문이 아니라고 생각했다. 그렇다. 그것은 안개 때문이었다.

아무리 달려도 안개는 끝나지 않았다.

불망은 기어이 길을 잃고 말았다. 천지사방이 분간되지 않아 어디를 어떻게 달리고 있는지조차 알 수 없었다. 이곳 만장단애, 곤륜의 노련한 사냥꾼들조차 들어오기를 꺼려하는 곳이다.

길을 잃었어도 그는 거리낌이 없었다.

불망은 한 마리 비조(飛鳥)처럼 허공을 날 듯 달렸다.

그녀는 하늘을 날고자 했다. 불우했던 시절을 훨훨 날려 버리고 더 높은 창공으로 나래를 펴고자 했다. 대붕이 구만 리 장천을 날아오르듯.

하지만 그녀의 꿈은 꿈으로만 끝났다.

"살아서는 이루지 못했으나……!"

불망은 악을 쓰듯 안개 속에 외쳤다.

"죽어서라도 사람들을 너의 발아래 두게 해주마!"

5

마차를 만드는 사람은 다른 사람이 부귀해지기를 바라고 관을 짜는 사람은 다른 사람이 일찍 죽기를 바란다. 이것은 마차를 만드는 사람이 선하고 관을 짜는 사람이 악하기 때문이 아니다. 사람들이 부귀해지지 않으면 마차가 팔리지 않고 사람들이 죽지 않으면 관이 팔리지 않기 때문이다. 다시 말해 자신이 돈을 더 벌기 위해 이런 생각을 하는 것이다.

방휴(方休)가 가난한 것은 보통 사람들이 갖는 탐욕을 갖지 않기 때문이었다. 그는 수입에 관계없이 관을 짜는 일이 좋아—다른 사람들은 미쳤다고 하지만—평생의 업으로 삼았다.

하지만 가끔은 허기가 져서 더 이상 대패질을 할 수 없을 때도 있었다.

"빌어먹을!"

배가 고프니 짜증이 났다.

그는 들고 있던 대패를 집어 던지며 집 안에 먹을 것이 있는지 찾아보았다. 불행히도 배를 채워줄 만한 음식은 아무것도 없었다. 하긴 관을 팔지 못했으니 먹을 것이 있을 까닭이 없다.

올해로 그는 일 갑자의 한서(寒暑)와 풍파(風波)를 겪은 몸이었다. 사람 나이 육십이면 결코 적은 나이는 아니었지만 얼굴에 새겨진 골 깊은 삶의 질곡은 나이보다 훨씬 더 그를 늙게 보이게 했다.

방휴의 집안은 삼대(三代)째 가난을 운명처럼 짊어지고 살아왔다. 너무 가난했기에 딸을 주겠다는 사람도 없었다. 그는 젊은 시절 가난을 대물림하지 않겠다고 말해왔는데, 그것은 현실이 되었다. 그는 혼자 몸이었으니 가업이든 가난이든 물려줄 후사가 없었다.

"빌어먹을! 아무래도 밖에 나가 구걸이라도 해야겠어!"

그는 대패를 잡았던 손에 쪽박을 들었다. 구질구질하기는 했지만 관을 짜는 것보다 이편의 수입이 더 나았다. 언제부터인가 그는 자신도 모르는 사이 두 가지 직업을 가지고 있었던 것이다.

그런데 쪽박을 들고 일어서던 순간, 그는 뒷덜미에 서늘한 기운을 느끼며 그 자리에서 얼어붙고 말았다.

"……!"

피 냄새가 확하고 몰려왔다. 그것은 방휴에게는 굉장히 익숙한 죽음의 냄새였다.

'이크! 손님이다!'

그는 쪽박을 슬며시 내려놓으며 뒤를 돌아보았다.

불을 밝히지 않아 어두운 작업장 입구에 한 남자가 한 여자를 안고 어둠처럼 서 있었다. 여자는 죽은 것 같았다. 밑으로 축 처진 팔이 그것을 말해주고 있었다.

방휴는 마음속으로 굉장히 기뻤으나 겉으로는 애도를 가장한 슬픔을 보였다. 그것은 그의 직업이었기에 얼굴 표정을 일순간에 바꾸는 것쯤은 식은 죽 먹기였다.

"얼마나 슬프시겠습니까? 삼가 고인의 명복을 빕니다."

방휴는 불망에게 허리를 숙이며 애도했다.

시선은 자연 안긴 여자에게로 돌아갔다. 여자는 온몸에 상처를 입고 있었다. 남자는 등 뒤로 자신의 키만 한 큰 칼을 메고 있다.

'무림인인 모양이군.'

한 번 보자 여자의 치수가 방휴의 머리 속에 그려졌다.

"관을 주시오."

불망의 음성은 침통했다.

"상례(喪禮)에 따라 염습을 하시겠습니까?"

방휴는 슬쩍 불망의 눈치를 보더니 말했다. 손님은 염습이 뭔지 모르는 것 같았다. 방휴는 설명하기 시작했다.

"염습이라 함은 간단히 말해 죽은 사람에게 옷을 입히는 절차를 일컬음이지요. 먼저 향나무를 삶은 물로 망자를 목욕시킵니다. 이때 손님께서 구입하셔야 할 장례용품은 폭건(幅巾:시신의 머리에 씌우는 건), 멱목(幎目:시신의 얼굴을 덮는 천), 충이(充耳:시신의 귀를 막는 솜), 악수(幄手:시신의 손을 싸는 손 싸개), 오낭(五囊:시신을 목욕시킬 때 빠진 머리카락과 좌우 손톱, 발톱 등을 넣는 주머니) 등입니다."

관을 구해 시신을 넣고 땅에 묻으면 되는 것이라고 생각하고 있던 불망은 한 사람의 죽음에 꽤 많은 종류의 물품이 필요하다는 걸 이때 처음으로 알았다.

"이렇게 염습을 마치게 되면 입관(入棺)하게 됩니다. 입관을 할 때에는 칠성판(七星板:시신을 받치기 위해 관 바닥에 놓는 널빤지), 관보(棺保:영구 덮개), 천금(天衾:입관할 때 시신이 덮는 이불), 횡대(橫帶:매장할 때 영구 위에 흙이 닿지 않도록 덮는 널빤지)가 필요합지요."

방휴는 빠진 물건이 없는지 기억하려고 애썼다. 평생을 해온 일이었지만, 제법 먹고살 만한 집이 아니라면 상례에 따라 장례를 치르지 않았다. 관도 호사스럽다. 거죽에 둘둘 말아 지게에 지고 가 땅에 파묻히는 게 일반적이다. 물론 많은 사람들이 관을 사용하기는 했으나 그 정도 돈이 있는 사람들은 방휴를 이용하지 않았다.

"관을 주시오."

불망은 이 사람이 너무 말이 많다고 생각했다.

"그럼 관만 드리도록 하겠습니다. 그런데 관에도 향나무 관과 오동

나무 관, 홍송나무 관이 있습지요. 어느 것으로……?"

방휴도 불망의 얼굴에 은은히 드러나는 짜증스러운 표정을 읽을 수 있었다. 하지만 선택은 고객이 하는 것이니 그는 관의 종류에 대해서 또 안내를 해주지 않을 수 없었다.

"향나무 관은 그 은은한 향과 색, 방충, 방습의 효과가 탁월합니다. 홍송, 즉 소나무 관은 원목 자체의 향기가 매우 은은하며 감촉이 부드러워 단아한 자태가 느껴지지요. 특히 저희 집에서는 옹이가 없는 통판을 사용하고 있습니다. 그리고 오동나무 관은……."

불망은 짜증이 점점 더 솟구쳤다.

그는 장례에 필요한 용구를 사기 위함이 아니라 관이 필요해서 온 것이다. 사람은 죽으면 그만이었다. 땅속에서 영원히 살며 결국 흙으로 돌아가는 것. 오랫동안 보존되면 무엇 할 것이고 잘 썩지 않는다면 또 무엇 할 것인가. 중요한 것은 살아남은 자가 얼마나 그 사람을 애도하고 마음 깊이 그리워하냐는 것이다. 돈 몇 푼 따위로 그 사람의 애도를 대신할 수 없다.

특히 그는 지금 다른 사람과 말을 하고 싶은 심정이 아니었다.

불망의 한 손이 더 이상 참지 못하고 바닥을 내려쳤다.

쾅!

그의 발밑으로 두 자가 넘는 웅덩이가 파졌다.

"지금 당장 관을 주지 않는다면 당신을 여기에 파묻어 버리겠소!"

第6章

결코
변해서는 안 되는 것,
신님

1

하늘과 땅이 맞닿은 곳에 거대한 호수가 있다.

한어로 천지(天地)라는 뜻을 가진 이 호수는 나무 한 그루 없이 일천 리를 끝없이 펼쳐져 있는 라마교의 성호(聖湖)다.

맑은 날이면 저 멀리 설산(雪山)이 눈에 밟힐 듯 가깝게 보였고, 밤이 되면 하늘에서 쏟아지는 별빛이 맑은 호수에 그대로 투영되어 마치 눈부신 별들이 거대한 바다를 이루고 있는 듯한 장관을 연출한다.

그러나 오늘.

눈부신 별빛 대신 황색의 물결이 천지호를 뒤덮고 있었다.

족히 수천을 헤아릴 라마승들이 손에 마니차를 들고 모여 있었던 것이다.

"옴마니반메훔."

“옴마니반메홈.”

되풀이하여 암송한다면 천하에 존재하는 모든 해로운 힘을 물리칠 수 있다고 믿는 염불이다. 라마승들은 일제히 ‘옴마니반메홈’ 을 읊조리며 자신이 위치한 자리에서 조금도 움직이지 않은 채 진심으로 천하에 존재하는 모든 해로운 힘을 물리쳐 달라고 염불했다.

그렇게 얼마나 오랜 시간을 보냈는지 라마승들의 황색가사는 밤이슬에 흠뻑 젖어 있었다.

그들의 시선이 향한 곳.

거대한 연단이 설치되어 있었고 몇 사람이 착석하고 있었다.

모두가 호호백발을 휘날리는 노라마들이었다.

그러나 단 한 사람, 열 살도 되지 않았을 것 같은 어린아이가 황색가사를 입고 근엄하게 앉아 있다. 아이의 천진난만한 얼굴과 주위의 근엄은 어울리지 않았다. 하지만 이 아이는 천진난만한 얼굴로 근엄한 노라마들을 좌우로 거느린 채 연단의 상석을 차지하고 있었다.

연단에서 한 사람이 일어섰다.

어떻게 보면 사십대의 중년인으로, 또 어떻게 보면 백 살이 훨씬 넘어 보이는 노라마였다. 그 사람은 구부정한 자세로 한 손에 선장(禪杖)을 짚고 좌중을 내려보았다.

그가 연단에 서자 염불을 외던 라마승들이 일제히 침묵했다.

그는 달라이라마의 환생자(還生者)를 결정하는 판첸라마[轉生活佛]다.

황색의 물결이 판첸라마를 향해 합장하며 고개를 숙였다.

“법왕께서 육체의 탈을 벗고 새로이 오셨도다. 너희들은 진실로 법왕을 맞으라."

"오오… 달라이라마시여!"

"옴마니반메홈, 옴마니반메홈."

판첸라마가 소년, 달라이라마에게 허리를 굽혔다.

소년, 달라이라마는 힐끗 옆에 앉은 노인을 훔쳐보았다. 그는 황색 가사를 입고 노승의 복장을 하고 있었으나 파황성의 지밀전주 항곡파찬이었다.

항곡파찬은 소년 달라이라마를 향해 고개를 끄덕였다.

소년은 자신의 키보다 훨씬 큰 선장을 들고 일어섰다.

그는 덥석 고개를 숙이며 라마승들을 향해 예를 갖췄다.

달라이라마를 부르짖던 라마승들이 일제히 호흡을 멈췄다.

전대 달라이라마가 돌연 입적(入寂)한 후 새로운 달라이라마의 환생이 처음 공식석상에 모습을 나타낸 것이다.

잔기침 소리 하나 들려오지 않는 정적 속에서 달라이라마가 입을 열었다.

"지난밤, 나는 여섯 개의 어금니를 가진 흰 코끼리를 타고 도솔천궁을 출발하였다. 한량없는 천신들은 여러 풍악을 울리며 갖가지 이름있는 향을 피우고 하늘의 아름다운 꽃을 흩뿌리면서 나의 뒤를 따랐다. 대로에는 수많은 백성들이 세상의 구원을 기다리며 엎드려 빌었다."

"오! 달라이라마시여!"

"너희들이 옴마니반메홈을 외우는 것은 매우 좋다. 그러나 진언을 외우는 동안 그 뜻을 생각해야만 한다. 우리는 우리 자신의 밖에서 부처의 뜻을 구해서는 안 된다. 부처의 본질은 우리 자신 안에 있다. 진

언도 마찬가지다. 너희들이 누구에게 세상의 모든 해로움을 물리쳐 달라고 하는 것이냐? 부처냐? 나냐? 아니면 중생이냐? 세상 사람들은 이 도리를 모르기 때문에 도탄에 빠진다. 나는 절대적인 정신적 자유에 도달했다. 그리하여 천하 중생들에게 이 도리를 전해주려 한다. 부처님 아래, 천하가 하나다. 그것을 알지 못한다면 불법으로 구제하고, 그래도 아니 된다면 가진바 능력으로 구제하라. 나의 뜻을 받들어 몸을 행하라. 그것이 바로 부처의 뜻이다."

달라이라마는 정교일치의 절대 권력을 가지고 있다.

아무리 어린 외모를 가지고 있다 할지라도 그는 환생에 환생을 거듭한 살아 있는 관음이다. 그의 말은 곧 법이요, 뜻이다.

"오오! 달라이라마시여! 당신의 뜻대로 하소서!"

라마승들은 그의 말이 끝나기를 기다렸다는 듯 합장하며 예를 올렸다.

달라이라마는 선장으로 연단을 쾅! 소리가 나도록 내려치며 좌중을 조용히 시켰다. 그리고 낭랑한 음성으로 게송을 외기 시작했다.

진실과 자유와 피와 땀과 열정.
이 모든 것들이 물 가운데 거품이니
활짝 열고 어디에도 갇히지 말라.
오직 만물이 의지하는 불력만이 있을 뿐이다.
일어서라.
상을 만들어놓고 다른 것을 보지 못하는 자들에게
한 송이 가녀린 꽃송이에도 진리가 있음을 알려주고자 노력하라.

2

천하 만인의 대평등을 위해 여기 불력을 행하고자 한다.

그로 인한 멸살 대상은 다음과 같다.

정도무림맹을 비롯한 구파일방, 삼십삼세가 등 중원 십만 정도인.

녹림연합맹을 비롯한 장강수로십팔채 등 중원 십만 흑도인.

일월교를 비롯한 중원 십만 마도인.

혈불이 이끄는 피에 굶주린 악마의 화신들은 곤륜파를 시작으로 삽시간에 전 중원을 휩쓸기 시작했다.

혈불을 반대하는 곳은 지옥으로 화했다.

그 누구도 혈불을 막지 못했다.

피가 튀고 육편이 난무했다.

그리고 오는 것은 인산의 시신을 파먹기 위해 찾아든 수천, 수만 마리의 까마귀 떼뿐이었다.

가공할 공포의 대혈로가 끝없이 이어졌다.

3

곤륜산.

산을 한 번 오르면 일생 동안 지은 죄를 씻어주며, 열 번을 오르면 오백 년의 윤회(輪回) 중에 지은 죄를 면할 수 있고, 백 번을 오르면 하늘에 오를 수 있다고 전해진다.

불망은 지게에 관을 싣고 곤륜산을 오르기 시작했다.

그러나 하늘에 닿을 만큼 높고 깊은 산이다. 쉬지 않고 올라도 절봉의 끝까지 닿는 데는 삼 일 밤낮이 걸렸다. 불망은 단 일각도 쉬지 않고 곤륜산을 올랐다. 그것이 필생의 업(業)인 양 먹지도 않았고 자지도 않았다. 그는 점점 지쳐 갔다. 아무리 전륜한 내공의 소유자라 할지라도 지게에 관을 싣고 험산절곡을 먹지도 자지도 않은 채 오르는 것은 쉬운 일이 아니었다.

정상에 선 그의 눈은 퀭했다.

하늘을 뚫어버릴 듯 치솟아오른 낙락장송이 그의 발아래 있었다. 그림 같은 풍경이었으나 그의 눈에는 아무것도 보이지 않았다. 피폐해진 정신은 어떤 사고도 되지 않았다. 삼 일 동안 물 한 모금 마시지 못한 입술은 바싹 타올라 허연 껍질로 갈라져 나갔다.

이제 겨우 한 번을 올랐다.

그래서 일생 동안 지은 그녀의 죄를 씻어주었다.

마음 같아서는 백 번을 올라 그녀가 하늘의 선녀가 되도록 해주고 싶었다. 하지만 그는 그렇게 하지 못했다. 그 자신이 힘들어서가 아니라 그녀가 힘들어서다. 삼 일이 지났을 뿐인데 이미 시신은 조금씩 부패하기 시작했다. 그건 그녀가 원하는 바가 아닐 것이다.

헤어질 시간이 가까워왔다.

영혼은 이미 오래전에 떠나 버렸다. 이제 그녀의 육체마저 놓아버려야 한다고 생각하자 다시 가슴이 미어져 왔다. 지친 몸과 마음, 그러나 정신은 점점 또렷해진다.

몇 번 장력을 휘갈기자 웅덩이가 파졌다.

불망은 웅덩이 속으로 뛰어내려 가 발로 땅을 고르고 손으로 다듬었다. 바닥을 엉금엉금 기며 관을 평평하게 놓을 수 있도록 작은 돌멩이들을 골라냈다.

웅덩이 밖으로 돌멩이를 집어 던지는 그의 손등 위로 눈물 한 방울이 떨어졌다. 새카맣게 다 타 들어간 그의 가슴에 아직도 습기가 남아 있는 모양이었다.

그는 웅덩이 바닥에 얼굴을 파묻고 처음으로 오열했다.

콧물과 눈물이 범벅이 된다.

하늘의 견우성(牽牛星)과 직녀성(織女星)은 은하수가 막혔을지라도 칠월칠석 일 년에 한 번씩 때를 어기지 않고 만날 수 있다. 하지만 그는 일 년에 한 번은커녕 목숨이 다하는 그 순간까지 그녀를 만날 수 없게 되었다.

무덤이 만들어졌다.

그녀의 관 위로 흙을 덮으며 불망은 맹세했다.

다시는 나의 것을 빼앗기지 않겠다고.

먼동이 트고 아침이 왔다.

온 산에 새들이 지저귀고 바람은 따뜻했다.

한 사람은 떠났으나 세상은 아무것도 변하지 않았다.

그렇다.

떠난 사람만이 서럽고 외로울 뿐이었다. 그 한 사람이 사라졌다고 해서 세상은 아무것도 달라지지 않는다.

아침.

지저귀는 새소리.

맑게 흐르는 시냇물.

"무엇이!"

불망은 마음에 들지 않았다. 그녀가 사라졌어도 아무도 통곡하지 않는 이 세상이 싫었다. 새들은 나뭇가지에 앉아 즐겁게 지저귀고 있었다.

"무엇이 그리 즐겁단 말이냐?"

쿠아아아아앙!

불망의 절대공력을 실은 장력이 지저귀는 새들을 향해 날아갔다.

펑!

새들이 그 자리에서 으스러졌다. 새들이 앉았던 고목은 허리가 부러진 채 흉물스럽게 뒤로 넘어갔다. 그는 있는 힘껏 장력을 내질렀으나 마음이 시원해지지 않았다.

쾅! 콰쾅! 쾅쾅!

그는 천지사방을 향해 미친 듯이 장력을 쏘아대기 시작했다.

세상을 향한 분노와 절규가 그의 장력 속에서 울부짖었다. 바위가 가루가 되고 나무가 불타올랐다. 산짐승들이 피떡이 되어 날아갔으며 새들은 날개를 잃고 바닥으로 떨어져 통구이가 되었다.

그는 미쳤다.

눈에 보이는 것이 없었다.

장력으로도 성이 풀리지 않자 그는 묵철중검을 들었다. 그의 봉두난발이 악룡(惡龍)이 치솟아오르는 듯 허공으로 곤두섰다. 내력을 극성으로 끌어올린 까닭이었다.

콰르르르릉!

일검에 대지가 갈라진다.

손끝이 흔들릴 때마다 검기가 빗발치듯 쏟아져 내렸다. 휘황한 검광이 허공을 가득 뒤덮었다.

산을 허물고 바다를 밀어내듯 일대의 모든 것이 허물어지기 시작했다. 구릉이 무너져 평지가 되고 단애가 지진을 만난 듯 흔들리더니 일거에 주저앉는다. 그 속에서 불망의 신형은 선불 맞은 멧돼지처럼 허공을 날뛰며 보이지 않는다. 오직 마검만이 가공할 빛을 뿜어낸다.

콰앙! 쾅! 콰쾅!

천지개벽의 순간처럼 모든 것이 타오르고 시커멓게 물들어 버렸다.

온 산에 불이 붙으며 초록으로 빛나던 산은 가을 단풍처럼 붉게 타올랐다. 천지사방으로 매캐한 연기가 사람의 숨을 막는다.

다시 밤이 왔다.

시커멓게 그을린 불망의 신형이 허공에서 떨어졌다.

콰직!

묵철중검이 한 자 이상 땅에 박혔다.

불망은 묵철중검을 움켜쥔 채 한쪽 무릎을 꿇고 웅크리고 있다. 묵철중검의 검신을 움켜쥔 그의 손에서 피가 흐른다. 그는 그 상태에서 굳어버린 듯 움직이지 않았다. 수천만 갈래로 흩어져 내리던 악룡의 검화는 그의 머리 위에서 흐트러지기 시작했다.

쏴아아아아아……!

신선의 땅, 곤륜이 불타오르기 때문인가?

하늘에서 비가 내리기 시작했다.

4

쏴아아아아— 쾅!

무엇이든 집어삼킬 듯한 거대한 폭풍우 속, 한줄기 광망을 동반한 벼락이 내리쳤다.

일순 사위가 환해지며 주작대로(朱雀大路)의 양옆으로 위용을 자랑하며 즐비하게 늘어서 있는 고루거각들이 광망 속에 나타났다가 사라졌다. 하늘에 구멍이라도 뚫렸는지 비는 벌써 하루 반나절을 하염없이 내리고 있었다.

일 년 열두 달 사람들로 붐비던 주작대로는 인적을 찾아볼 길 없다.

주작대로의 크고 작은 주루들은 일찍이 홍등(紅燈)을 내걸고 영업 준비를 끝냈으나 주루의 안과 밖은 쥐새끼 한 마리 구경할 수 없었다. 장사를 공친 지 벌써 이틀째였다. 이대로 삼 일만 더 비가 내린다면 사람들은 홍수에 떠내려가 죽기 전에 굶어 죽고 말 것이다.

"설마, 세상이 이대로 망하는 건 아니겠지?"

연수(娟秀)는 창밖으로 쏟아지는 폭우를 보며 시름에 잠겼다. 이틀 전 약초를 캐러 산에 올랐다가 엄청난 대지진과 산불을 만나 황급히 내려온 이후 비는 주야장천 내렸다.

일 년 열두 달 사내들의 호탕한 웃음소리와 야화(夜花)들의 간드러진 웃음소리가 끊이지 않는 화각(花閣)이었으나 어제오늘은 눈을 씻고 봐도 손님을 찾을 길 없었다.

“아무래도 서왕모(西王母)께서 화가 단단히 나신 것 같아.”

평상시라면 손님을 맞이하기 위해 꽃단장을 하고 있어야 할 해화(海花)였다. 하지만 지금 그녀는 창가에 턱을 괴고 서서 쏟아지는 비를 바라보고 있었다.

“해화 언니, 서왕모라니? 그게 누구야?”

그녀의 옆에서 그녀와 똑같은 자세로 턱을 괸 채 밖을 내다보고 있던 연수가 고개를 갸웃거렸다.

“서왕모 몰라?”

“응.”

“하긴 열세 살짜리 꼬마 애가 뭘 알겠냐? 서왕모는 저기 저 곤륜산에 구중궁궐을 짓고 산다는 전설 속의 여신이야.”

“그럼 선녀야?”

폭우에 가려진 곤륜산은 보이지 않았다.

“선녀가 아니라 신이라니까.”

“선녀하고 신은 다른가?”

“바보. 당연히 다르지. 선녀보다 신이 훨씬 더 높아. 좌우지간 그녀가 살고 있는 궁전에는 삼천 년에 한 번씩 익는 선도(仙桃)가 자라는데 그것을 먹는 사람은 영생을 얻는다고 알려져 있어. 너 서유기(西遊記) 알지?”

“응.”

“서유기에 나오는 손오공이 따 먹었다고 하는 복숭아가 바로 서왕모의 선도야.”

“아하, 그렇구나. 그런데 서왕모가 왜 화가 났다는 건데?”

연수는 눈을 초롱초롱 빛내며 다시 물었다.

"서왕모에 관한 전설은 꽤 많은데, 그중 제일 유명한 게 견우와 직녀의 이야기야. 서왕모의 한마디 노여움이 애정이 깊은 견우와 직녀를 갈라놓았지. 그들은 아직까지 여전히 멀고 먼 은하계를 사이에 두고 떨어져 있으며 매년 칠월 칠일에야 비로소 까치가 놓은 다리 위에서 서로 얼굴을 한 번 볼 수 있다고 해."

"견우와 직녀 이야긴 나도 알아. 예전에 엄마가 이야기해 줬는데, 정말 슬펐어. 하지만 그건 진짜 있었던 일이 아니잖아."

"그래, 진짜 있었던 일이 아니지. 정말로 그런 일이 있다면 그 연인들은 얼마나 슬프겠어. 나 같으면 가슴이 터져서 죽고 말았을 거야."

"나도."

"서왕모가 화가 나면 비가 내리지. 오늘처럼 말이야."

"아, 그렇구나."

"그래. 오늘은 또 어떤 연인이 서왕모의 노여움을 사서 이렇게 비가 내리는지 모르겠구나."

창밖을 내다보는 그녀의 얼굴에선 아련한 그리움이 매달려 있었다.

"피, 언니는 감수성이 너무 예민해. 그건 이야기일 뿐이라고. 그냥 사람들이 하는 이야기. 비가 올 때마다 연인들이 헤어진다면 세상에 남아 있는 연인이 어디 있겠어?"

"연수야, 산다는 건 뭘까?"

"아이쿠! 또 시작되었다. 난 몰라. 산다는 걸 알기엔 난 너무 어리다고. 언니 혼자 열심히 생각해 봐. 홍(弘) 아저씨가 화를 풀풀 내며 올라올 때가 다 됐어. 경을 치기 전에 내려가서 물 끓일래. 그런데 손님도 없는데 물을 끓여서 뭐 한담?"

"안녕."

해화는 뒤도 돌아보지 않고 건성으로 말했다.

방을 나가는 연수는 도무지 해화를 이해할 수 없었다.

그녀는 기녀였다. 얼굴도 예쁘고 마음씨도 고와 화각에서 손님을 제일 많이 거느리고 있었다. 자연 돈도 많이 벌었다. 그녀는 돈이 너무 많아(?) 주변의 불쌍한 사람들에게 골고루 나눠주기도 했다. 연수도 가끔 그녀에게 용돈을 얻어 써본 경험이 있었다. 다른 사람을 도와줄 수 있을 정도로 돈이 많다는 건 행복한 일이다.

연수의 짧은 머리로는 왜 그녀가 가끔씩 저렇게 우울하고 혹은 고독한 분위기에 젖는지 당최 알 수 없었다.

'홍홍! 나처럼 가난하지도 않으면서 말이야.'

5

쾅쾅!

"아직도 안 일어나고 뭐 하냐? 비가 그쳤단 말이다!"

홍 아저씨가 밖에서 거세게 문을 두드렸다.

연수는 이불 속에 더 누워 있고 싶었지만 비가 그쳤다는 말에 번쩍 눈이 떠졌다.

창문을 열어보니 하늘 위로 무지개가 떠 있었다. 얼마 만에 보는 파란 하늘인가. 연수는 야호! 하며 만세를 불렀다. 만세를 부른 김에 그 상태로 기지개를 켰다. 피곤이 쌓였는지 온몸에서 우두둑 소리가 났다.

창밖에서 빗자루를 든 홍 아저씨의 얼굴이 불쑥 나타났다.

"그 나이에 벌써 관절염 있냐?"

"어머나! 깜짝이야?"

"놀라긴."

"애 떨어질 뻔했잖아요, 아저씨!"

"어떤 놈이냐? 우리 연수 뱃속에 애 서게 한 놈이!"

"아저씨! 좌우지간 내가 미쳐."

"그래그래. 흰소리 그만 할 테니 어서 일어나라. 비가 그치니까 할 일이 태산이다. 너는 또 약초를 캐러 산에 올라야 하지 않느냐?"

그녀는 화각에서 기녀들의 잡일을 돕고 있었지만 그것은 부업이었다. 그녀의 주업은 곤륜산을 떠돌며 약초를 캐는 것이었다.

그녀는 다섯 살 때 친부모에게 팔려 화각에 왔다. 그녀를 산 사람은 화각의 늙은 기녀인 감옥경(甘玉京)이었다. 그녀는 차츰 나이가 들자 자신의 시중을 들어줄 계집아이를 하나 산 것이다. 감옥경은 하녀로 그녀를 사들였으나 차츰 정이 들어 두 사람은 모녀 관계가 되었다. 모녀의 정은 깊었다.

그런데 삼 년 전, 화각에 희대의 색골로 알려진 염협(艶俠) 천주옹(天主擁)이 방문했다. 기녀들은 무림인을 그다지 반가워하지 않았다. 그들은 평범한 남자들과 달리 밤이 새도록 자신의 절륜한 정력을 기녀에게 확인시켜 주려는 묘한 습성이 있기 때문이었다. 무공도 강하지만 정력도 강하다는 소리를 반드시 듣고 싶어했다. 거기에 색골로 알려진 천주옹이다. 기녀들이 모두 외면하고 딴전을 부릴 때, 감옥경이 그를 상대했다.

단 하룻밤이었다.

그녀는 반신불수가 되었다.

그 밤에 무슨 일이 일어났는지는 오직 감옥경과 천주웅밖에 몰랐다. 천주웅은 떠났고 감옥경은 입을 열지 않았다.

감옥경은 꽤 유능한 기녀였으나, 대부분의 기녀가 그러하듯 자리보전을 하고 눕자 빈털터리였다.

화각의 주인은 감옥경 모녀를 쫓아내려 하였으나 다행히 그녀는 주변의 신망을 잃지 않아 길거리로 내몰리는 봉변만은 면할 수 있었다. 대신 연수가 기루의 잡일을 도와야 했다. 그리고 그녀는 어머니의 병에 좋다는 약초를 찾아 온 산을 헤매기 시작했다.

벌써 삼 년이 흘렀다.

사람들은 그만하면 어린 네가 할 도리는 다 했으니 그만 어머니를 내다버리라고 말했지만 연수는 그렇게 할 수 없었다.

비 온 뒤, 거짓말처럼 태양 빛이 내리 쬐였다.

연수는 마구간을 치우라는 홍 아저씨의 말을 외면한 채 바랑을 들고 냅다 산으로 뛰었다. 그녀는 어머니의 병에 좋다는 약초를 캐는 것도 캐는 것이지만, 산이 좋았다. 그녀의 억압된 삶에서 오직 산만이 자유였다. 이곳에 혼자 있으면 무엇이든 그녀의 마음대로 할 수 있었다.

한차례 흙탕물이 내려오고 씻겨간 계곡은 잘 빨아 널린 빨래처럼 깨끗했다.

연수는 계곡의 바위 위에 앉아 다리를 물에 담근 채 물장구를 쳤다.

옥처럼 희고 자그마한 발은 앙증맞을 정도로 귀여웠다. 그러나 자세히 보면 그녀의 흰 종아리는 온통 상처투성이였다. 약초를 캐기 위해 온 산을 누비며 얻은 훈장 같은 상처였다.

첨벙.

발끝으로 물방울을 퉁겼다. 물방울은 그녀의 종아리를 타고 또르르 흘러내렸다. 그녀는 발가락을 꼼지락거려 보기도 했다. 그러다 고개 숙여 수면에 자신의 얼굴을 비춰보기도 했다.

맑은 강물 아래 내려다보이는 하늘은 푸르렀다. 간간이 깃털 구름이 푸른 하늘을 가리며 흘렀지만, 구름이 있어 하늘은 더욱 푸르러 보였다.

하늘을 바라보는 연수의 눈도 푸르고 맑았다.

비록 시궁창보다 더 지저분한 환경에서 살고 있지만 영혼만큼은 순수한 소녀였다. 삶을 긍정적으로 바라볼 줄도 알았다. 삶이 고달프다고 해서 그녀가 삶을 버릴 수는 없었다. 버리거나 피할 수 없다면 즐기는 편이 낫다. 그것이 덜 힘들고 그 자신을 덜 비참하게 만드는 일이었다.

이제 겨우 열세 살에 그러한 이치를 깨달았다는 건 불행한 일이었다.

계곡물에 발을 담그고 푸른 하늘을 보고 있자니 시간 가는 줄 몰랐다.

그녀는 조금씩 몸이 추워지자 서쪽 하늘을 올려다보았다. 서서히 해가 지고 있었다.

"어머! 벌써!"

그녀는 깜짝 놀라며 한곳에 아무렇게나 버려두었던 바랑을 찾았다.

바랑은 텅 비어 있었다. 한 뿌리의 약초도 캐지 못한 것이다.

"미쳤어! 내가 정말 미친 거야!"

연수는 주먹으로 자신의 머리통을 쾅쾅 쥐어박으며 급히 일어났다.

가끔 멍하니 넋을 놓고 하늘을 보다가 약초를 캐는 시간을 놓쳐 버리기 일쑤였다. 그녀는 더 늦기 전에 한 뿌리의 약초라도 캐서 내려가야 했다.

6

그런데 이상한 일이었다.

삼 년을 매일같이 오가던 산중에서 그녀는 길을 잃어버렸다.

산은 산불로 인해 온통 타버렸고 그 후 내린 비로 인해 시커멓게 죽어 있었다. 하지만 그렇다고 해서 길을 잃어버릴 수 있는 건 아니었다. 문제는 산로가 허물어지고 고목은 뿌리가 뽑힌 채 흉물스럽게 나자빠져 있다는 것이다. 뿐만 아니었다. 곳곳에 산짐승들이 통구이가 되어 있었고 하늘을 날았던 새들은 진흙탕 속에 처박혀 있었다.

원래 알고 있던 길이 없어지자 한 발 들어가니 첩첩산중이었다.

"이건 정말 이상한데…… . 귀신에 홀린 것 같아."

제집처럼 드나들던 산은 난생처음 온 것처럼 낯설었다.

"아무리 산불에 폭우까지 내렸다고 해도 산이 허물어지고 산짐승들이 모조리 죽어 있다는 건… 해화 언니 말대로 설마 서왕모가…… . 앗! 녹용이다!"

불을 피해 도망치다 봉변을 당했는지 사슴들이 떼죽음을 당해 있었다.

"이게 웬 횡재야!"

연수는 날 듯이 달려가 바랑 속에서 비수를 꺼냈다. 그녀는 누가 볼세라 재빠르게 사슴뿔을 자르기 시작했다. 돈 주고도 살 수 없는 귀한 약재다. 그것이 지천으로 널려 있었다.

'가만… 호랑이 가죽을 벗기면… 그게 얼마야?'

잃은 길이야 하늘의 별을 쫓아 찾으면 그만이고 당장 눈앞의 약재들이 반가웠다. 그녀는 만세! 라도 부르고 싶은 심정이었다.

"하늘이 내 정성에 감복해 드디어 복을 내리셨구나!"

서걱서걱!

사슴뿔을 자르는 그녀의 손길에 신명이 났다.

그러면서 그녀는 연신 사방으로 시선을 돌리며 사슴이 몇 마리인가 세어보고 어디 호랑이 죽은 놈이 없는지 찾았다.

그런데 하늘이라도 날 듯 환했던 그녀의 얼굴이 어느 한곳을 보는 순간 그대로 굳어버리고 말았다. 그것은 무너진 소나무 가지 아래 뒤덮여 있어 잘 보이지 않았다. 그래서 연수는 그것이 무엇인지 알아내기 위해 시력을 집중해야 했다.

'사람이다!'

거대한 칼을 지면에 박아 중심을 잡은 채 한쪽 무릎을 꿇은 채 웅크리고 있는 남자였다. 남자는 그대로 굳어버린 듯 움직이지 않았다.

녹용을 썰고 있던 연수의 손이 멈춰졌다.

짐승의 시체를 보는 것과 사람의 시체를 보는 것은 느낌이 전혀 달랐다.

시체는 엉망이었다.

머리카락은 산발이 된 채 얼굴을 뒤덮고 있었으며 옷도 걸레처럼 찢겨진 채 불에 탔다. 전신은 온통 상처투성이였는데, 상처는 삼 일 밤낮 동안 내린 비를 내리 맞았는지 퉁퉁 불은 채 입을 쩌억 벌리고 있었다.

'저 칼… 엄청난걸. 황소도 한 방에 잡겠어.'

연수는 화각을 출입하는 무림인들을 꽤 보았지만 이 사람처럼 거대한 칼을 가진 무림인은 보지 못했다.

그녀는 어린 나이였지만 여러 번 시체를 본 경험이 있었다.

화각의 노류장화(路柳墻花)들이 젊은 시절 화려한 삶을 잊지 못해 비관 자살하는 것을 여러 번 보았을뿐더러, 돈이 되는 기녀를 서로 차지하기 위해 목숨을 걸고 벌이는 호화자(기둥서방)들의 칼부림까지.

그래서 그녀는 시체를 단 한 번도 보지 못한 사람보다는 제법 대범했지만, 그렇다고 해서 시체가 섬뜩하지 않은 것은 아니었다.

그녀는 일단 이 사람이 정말 죽은 사람인지 알아보아야 했다.

그녀는 함부로 다가가지 못하고 부러진 나뭇가지를 주워 멀리서 시체를 툭툭 건드렸다. 물에 퉁퉁 불은 시체는 반응이 없었다.

"이 사람도 인생이 참 안됐구나."

살아본 사람들은 인생 그까짓 것 별거없다고 하지만, 이름없는 산중에서 고혼이 되어 시체조차 보존하지 못하는 인생이란 그 삶이 얼마나 고달팠겠는가.

그녀는 주변을 살폈다.

주위에 달리 그녀를 지켜보는 눈이 있을 까닭이 없었다.

"미안해요. 어차피 아저씨는 쓸 수 없게 되었으니 은자가 있으면 좀 가져갈게요."

시체의 행색은 부유해 보이지 않았다. 하지만 아무리 적은 액수라 할지라도 연수는 만족할 수 있었다. 그녀는 조심스럽게 시체 옆으로 다가가 주머니를 뒤지기 시작했다.

그런데 없었다.

돈은커녕 돈이 될 만한 그 무엇도 가지지 못한 빈털터리 시체였던 것이다. 연수는 실망했다. 그러다 그녀는 묵철중검에 시선이 돌아갔다. 그것은 무림인이라면 누구도 탐할 만한 희대의 기병이었다. 하지만 연수의 눈에는 거대한 고철덩어리일 뿐이다. 대장간에 가져간다면 돈이 될 것 같았다.

묵철중검은 깊이 땅에 박혀 있었고, 시체의 손은 검병을 움켜쥐고 있었다.

'일단 칼을 접수하자.'

연수는 시체의 손을 만지는 것이 꺼림칙했지만 물건을 가지기 위해서는 하는 수 없었다. 연수는 칼을 쥔 시체의 손가락을 떼어내려 힘을 썼다. 하지만 손가락은 그대로 굳어버렸는지 검병에서 떨어지지 않았다. 연수는 온 힘을 다했으나 손가락 하나를 떼어내지 못했다.

"이 아저씨 성격 까칠하시네. 죽어서까지 무슨 미련이 있다고. 좀 놔주세요. 필요한 사람 가져가 쓰면 서로 좋잖아요."

연수는 자신이 온 힘을 다해도 손가락 하나 떼어내지 못하자 버럭 소리쳤다.

"으음……."

그때 시체의 입에서 더운 기운과 함께 가는 신음성이 흘렀다.

그녀는 등줄기에 소름이 쫙 돋으며 귀신의 손이라도 잡은 듯 기겁했
다. 손을 놓음과 동시에 꽈당 소리를 내며 엉덩방아까지 찧고 말았다.

'부, 분명… 아까는 아무 소리도 안 들렸는데…….'

서산으로 붉은 노을은 완전히 넘어가지 않았다. 시체는 노을빛에 붉
게 물들어 피를 머금고 있는 것 같았다. 연수는 시체에서 눈을 떼지 못
했다. 한 번의 신음 이후 시체에서는 다시 반응이 없었다. 그녀는 조금
안정을 찾았다.

'내가 잘못 들었나? 그러고 보니… 오늘 점심도 안 먹고 저녁도 안
먹어서…….'

배가 고파 허기가 지니 헛것이 들린 모양이었다.

'아무래도 이건 안 건드리는 게 좋겠다. 녹용이 훨씬 더 비쌀 텐
데… 무겁기만 한 칼은 가져가서 뭐 하겠어.'

그녀는 엉덩이의 흙을 털어내며 일어났다. 그때 그녀는 다시 볼 수
있었다. 시체의 손이 움찔거리는 것을.

그녀의 눈이 더할 수 없을 만큼 커졌다. 그녀는 완전히 알 수 있었
다. 이 시체는, 아니, 이 사람은 죽은 것이 아니라는 걸.

"으음… 으……."

미약했으나 신음성은 가늘게 다시 이어졌다.

"미, 미안해요. 저, 전… 아저씨가 죽었는 줄 알고……."

이럴 때는 삼십육계 줄행랑이 최고다.

그녀는 주춤주춤 뒷걸음질을 쳤다. 하지만 오금이 저려 발걸음이 제
대로 떨어지지 않았다.

그때 시체, 불망이 번쩍 눈을 떴다. 있는 힘을 다해 뜬 것이나 흐릿

하다.

"아악—!"

연수는 불망의 희미한 눈빛을 대하자 비명을 질렀다.

"누… 구… 냐……? 너……."

불망의 갈라 터진 입술이 달싹거렸다. 그 속에서 쏟아지는 음성은 마치 저승 유부에서 들려오는 것처럼 괴기스럽다.

"저, 저는 연수예요."

그녀는 차마 불망을 바라보지 못하고 고개를 푹 숙였다. 물건을 훔치려 한 죄가 있기 때문이었다.

"내가… 살았느냐? 죽었… 느냐……?"

"네?"

그 자신이 살아서 말을 하고 있으면서 살았는지 죽었는지를 묻자 연수는 언뜻 그 뜻을 알아들을 수 없었다. 한참을 생각하고 난 뒤에야 이 사람이 이곳이 이승인지 저승인지 묻고 있는 것이라고 결론 내렸다.

"여긴 곤륜산인데……."

연수는 선뜻 불망에게 다가가지 못하고 멀리 떨어져서 그를 살폈다. 불망은 다시 시체가 되었다. 신음 소리조차 흘러나오지 않았다.

연수는 머리가 어지러웠다. 계속 그를 보고 있자 그가 산 것인지 죽은 것인지 그녀 자신도 헷갈리기 시작했다. 시체가 말을 할 수 없으니 그가 아직까지 죽지 않은 것만은 확실했다. 그러나 조금만 기다리면 그는 완전히 죽을 것 같았다.

'죽는다면 저 아저씨의 물건을 내가 가져가도 괜찮은 거잖아? 그럼 나는 미안해할 필요도 없지.'

시체를 늦게 발견했나, 일찍 발견했나의 차이일 뿐이었다.

그녀는 불망과 멀찍이 떨어진 암반 위에 앉아 그가 완전히 죽을 때까지 기다리기 시작했다. 그냥 가버리기는 꺼림칙했던 것이다.

얼마의 시간이 지났을까?

붉게 타오르던 서산의 해도 조금씩 떨어지고 있었다.

하지만 불망은 미동도 없으니 그가 죽은 것인지 아직 살아 있는 것인지 알 수 없었다.

연수는 조금 난감해졌다.

그녀는 나뭇가지를 주워 다시 그를 찔러보기로 했다.

'그런데 너무 구질구질하지 않아? 죽었든 살았든 다시 만날 것도 아니고. 하지만 빨리 의원에게 보이면 살릴 수 있을지 몰라. 그래도 사람인데… 살려야 하잖아.'

나무 꼬챙이로 불망을 찔러보기 위해 다가가던 연수는 제법 심각해지며 갈등에 빠졌다.

'하지만 내가 무슨 재주로 이 아저씨를 산 아래까지 데리고 간단 말이야? 더 더욱 난 남을 도울 처지도 아니잖아. 도움을 받는다면 몰라도. 아! 복잡하다, 복잡해! 하늘은 왜 내게 이렇게 복잡한 일거리를 내려주신 거야?'

그녀는 발끝으로 돌멩이를 걷어찼다. 주변을 왔다 갔다 하며 한참 동안 고민에 잠겼다.

'어쩌면 이 아저씨가 부자일지도 몰라. 살아나면 내가 생명의 은인이니 뭔가 대가를 지불해야 하지 않겠어?'

생각이 거기에 이르자 결심을 굳혔다.

‘하지만 입은 옷이… 가난한데…….’

물론 연수는 사람을 구하는 데 어떤 대가를 바라진 않았다. 그 사람이 굳이 주겠다면 어쩔 수 없는 일이지만. 다만 그녀는 자신이 움직이기 위한 동기 유발이 필요했던 것이다.

“좌우지간 아저씨, 은혜 잊으면 안 돼요.”

불망에게 다가간 연수는 그의 코에 손가락을 대어보았다. 호흡이 느껴지지 않았다. 그녀는 심장에 귀를 대어보았다. 미약하게나마 아직 심장은 뛰고 있었다.

‘이런 경우라면 인공호흡을 해야 하는데……!’

인공호흡이란 입에서 입으로 숨을 불어넣는 것이다. 열세 살이었으나 그녀는 여자였다. 남자와 입을 맞춘다는 건 어색했다. 화각에서 잡일을 보고 있었으나 그녀는 기녀가 아니었고 아직 남자 경험도 없었다.

‘남자이기 전에 다 같은 사람이지.’

그녀는 불망의 이마에 손을 대고 뒤로 젖혔다. 불망의 이마는 잘 움직여지지 않았다. 그녀가 힘을 주어 밀자 우두둑! 소리가 나며 이마가 뒤로 꺾였다.

“어머!”

우두둑 소리가 필요 이상으로 크자 연수는 혹시 그의 목이 부러진 게 아닌지 깜짝 놀랐다.

‘저번에 해화 언니가 추월 언니 쓰러졌을 때 하는 걸 보니까 우두둑 소리는 안 났는데…….’

뭔가 잘못된 게 아닐까 불망을 살폈으나 다행히 불망의 목은 그대로 붙어 있었다.

연수는 엄지와 검지로 불망의 코를 막았다. 다른 한 손으로는 가볍게 턱을 들어올렸다.

그녀는 불망의 입에 자신의 입을 붙이고 숨을 불어넣기 시작했다. 순간 그녀의 입으로 무언가 이물질들이 들어오기 시작했다. 그것은 진흙 덩어리들이었다. 불망의 입에 있던 진흙들이 입과 입을 통해서 연수에게 옮겨오고 있는 것이다.

"퉤! 퉤! 더러운 아저씨잖아!"

그녀는 굉장히 기분이 나빠 더 이상 인공호흡을 해주고 싶은 생각이 없었으나, 한번 시작했으니 멈출 수 없었다. 불망의 입 안에 있던 진흙은 모두 그녀가 빨아들인 셈이니 이제 멈춘다면 그녀는 진흙만 잔뜩 먹고 손을 턴 셈이 되는 것이다.

연수는 불망이 너무 더러워 코끝을 몇 번 찡그렸지만 다시 그의 입에 숨을 불어넣기 시작했다. 몇 차례 반복하고 나자 불망의 숨이 느껴졌다.

'가슴도 꾹꾹 눌러야 한다던데.'

앉아 있는 사람의 가슴을 누르기가 쉽지 않았다.

연수는 하는 수 없다는 듯 불망을 힘껏 밀었다. 불망은 썩은 나무처럼 그 자리에서 뒤로 넘어졌다.

쾅!

불망의 뒤통수가 주먹만 한 돌멩이에 부딪쳤다. 헝클어진 머리카락 속으로 피가 배였다. 하지만 그걸 알 리 없는 연수는 쾅! 소리를 듣긴 하였지만 불망이 아무 반응이 없자 내버려 두고 자신의 일을 시작했다. 그녀는 퍽퍽! 소리가 나도록 불망의 심장을 누르며 다시 숨을 불어넣

었다. 인공호흡을 하기 전에는 몰랐는데 하고 보니 꽤 힘든 작업이었
다.

불망이 푸! 하고 숨을 내쉴 때 연수는 녹초가 되어버렸다.

힘을 다해 숨을 불어넣는다는 게 이렇게 어려운 일인지 몰랐다. 하
늘이 노랗다. 지쳐 버린 그녀는 사지를 꼼짝하지 못한 채 불망의 옆에
쓰러져 한참 동안 움직이지 못했다.

서산으로 해는 완전히 사라졌다.

짐승들이 모두 죽어버렸는지 산은 적막 속에 빠진 채 음산한 바람만
불어오고 있었다.

7

불망은 연수에게 구원을 받은 지 삼 일 만에 다시 눈을 떴다.

깨어난 그의 안색은 밀랍처럼 창백했다. 피부는 꺼칠했고 움푹 들어
간 눈으로 인해 광대뼈가 툭 튀어나와 보였다. 눈빛은 음울하여 들여
다보고 있노라면 함께 기분이 우울해질 정도였다.

눈을 뜬 불망은 한 소녀를 볼 수 있었다. 커다란 눈은 토끼처럼 동그
랗고 아직 젖살이 빠지지 않은 양 볼에 보조개를 가진 소녀였다.

깨어난 불망은 자신이 살아 있다는 것에 대한 절망을 느꼈다.

"어? 일어나셨네."

머리 위에 올려놓은 수건을 새것으로 갈아주던 보조개 소녀가 환히
웃는 모습이 보였다.

불망은 아무 말도 하지 않았다.

보조개 소녀가 웃으며 말했다.

"아저씨, 저 알아보시겠어요?"

불망이 다시 그녀를 바라보았다.

그의 눈은 '네가 누구냐?' 라고 묻고 있었다.

"다행이다, 몰라봐서. 이봐요, 아저씨. 제가 아저씨 산에서 끌고 오느라 얼마나 고생했는지 알아요? 깨셨으면 고맙다는 말 정도는 하셔야지요. 사람 사는 정이 다 그렇고 그런 거지."

그가 입은 상처는 실로 끔찍한 것이었다.

처음 그를 본 의원은 그가 이런 상태로 목숨을 부지하였다는 게 믿어지지 않는다는 듯 혀를 내둘렀다. 그러나 그 다음날, 그를 다시 본 의원은 '살아나겠는걸' 이라고 말했다. 그리고 삼 일째, '기다려 봐. 일어날 거야' 라고 다시 말을 바꿨다.

"저의 정성이 그를 살린 거죠?"

연수는 스스로 대견해하며 의원에게 자랑했다.

의원은 쯧쯧 혀를 찼다.

"그는 그의 의지로 회생하고 있는 거다. 네가 정성을 보이지 않았어도 일어났을 것이야."

연수는 주섬주섬 보따리를 싸서 돌아가는 의원의 뒷모습을 보며 날름 혀를 내밀었다.

아무튼 불망은 일어났다.

의원은 기적이라고 말했다. 하지만 그것은 기적이 아니었다. 불망은 그 자신, 죽지 않은 까닭은 아직 할 일이 남아 있기 때문이라고 생각했다.

열흘이 흘렀다.

불에 탄 상처를 빼면 외상은 어느 정도 아물어가고 있었다. 그러나 사람의 상처는 외상이 중요한 것이 아니다. 마음의 병이 깊으면 깊을 수록 그 사람은 회생 불능이 된다.

'이제 며칠만 더 지나면 상처는 대부분 아물 것이다.'

불망은 옆구리에 칭칭 감긴 붕대를 보며 생각했다.

붕대는 순결한 여인의 마음처럼 희고 깨끗했다. 연수가 하루에 두 번씩 갈아주었기 때문이었다.

불망의 거처는 화각 내 마구간 옆이었다. 손님들이 타고 온 말들이 쉴 새 없이 들어가고 나가는 곳이라 하루 열두 시진 분주하기 이를 데 없었다. 연수는 불망에게 미안해했지만 불망은 미안해하는 연수에게 오히려 미안했다. 그녀는 열세 살짜리 어린 계집아이였다. 그녀에게 신세를 지고 있다는 것 자체가 우스꽝스러운 일이었다.

'상처가 아물면 돌아가야 한다.'

누군가에게 신세를 진다는 건 어색했다.

그래서 그는 돌아가야 한다고 생각했지만 쉽게 돌아가지 못하고 있었다.

어디로 간단 말인가?

일단 그는 떠나기 전에 어디로 갈 것인지부터 정해야 했다. 만약 그 것이 정해졌다면 그는 '상처가 아물면' 이란 생각을 할 필요도 없이 눈을 뜬 즉시 떠났을 것이다.

창문 너머로 세 마리의 말이 마구간으로 들어오는 것을 보며 불망의 눈빛은 음울하게 가라앉았다.

"세상이 굉장히 어지러운가 봐요."

저녁 식사를 가지고 불망을 방문한 연수는 뜬금없이 말했다.

밥을 먹던 불망의 시선이 연수를 내려보았다.

"뭐지? 파 뭔데……. 좌우지간 그런 이름을 가진 문파가 청해성의 모든 문파를 굴복시키고 중원으로 쳐들어간다나 봐요. 우리 집에 자주 오시는 손님 중에 만상문(萬祥門)의 사범님이 계신데 그러더라고요. 중원무림은 혈불인가… 그 사람 손에 들어가게 생겼다고. 아저씨도 무림인이신 거 같은데 혈불 알아요?"

"글쎄……."

불망은 묵묵히 밥을 먹었다.

"하긴 아저씨같이 별 볼일 없는 무림인이 뭘 알겠어요."

"……."

"세상이 망하든 흥하든 우리는 우리 일만 잘하면 되죠 뭐. 하지만 많은 사람들이 죽게 생겼다고 하니까 조금 걱정이 되긴 해요. 아참! 아 저씨, 한 가지 궁금한 게 있어요."

"말하거라."

"저기, 무림인들은 왜 싸우는 거죠?"

"자신이 가진 신념을 지키기 위해 싸우는 것이겠지."

"신념을 지키려면 꼭 싸워야 하나요?"

"……?"

"신념이라는 게 그렇잖아요. 얼마나 대단한 것인지는 모르겠지만 사람을 죽이면서까지 지켜야 할 만한 건가요?"

"신념은 중요하단다. 목숨보다 더."

"그래요?"

불망은 눈앞의 이 어린아이에게 신념에 대해 말을 해주어야 하는 것인지 말아야 하는 것인지 생각했다.

불망은 젓가락을 놓으며 입을 열었다.

"언젠가는 행복이 올 거야. 너는 이 말을 믿느냐?"

연수는 초롱초롱 눈을 빛내며 고개를 끄덕였다.

"그렇다면 그것이 너의 신념이다. 결코 변해서는 안 되는 것이지. 만약 그 신념이 변하게 된다면 너는 영원히 행복을 찾지 못할 것이야."

"음, 그렇군요."

"너의 마음 자세가 하나의 신념인 게다. 정신은 너를 위해 일하고 너의 신념에 따라 건설하고 재건하고 창조한단다. 어느 날 네가 훌쩍 컸을 때, 너는 절대로 네가 바라지 않는 어떤 것이 되었다고 말하지 마라. 너의 신념대로 너는 이미 네가 되고 싶은 것이 되어 있는 것이다."

"조금 어려운걸요."

연수는 머리를 긁적이며 웃었다.

"아저씨는 무림인이 아니라 학자이신가요? 어떻게 그렇게 말씀을 잘하세요?"

"그렇게 말하는 걸 보니 재미없는 이야기였던 모양이구나."

"어머! 눈치도 빠르신걸. 사실 나는 그런 거 잘 몰라요. 먹고살기도 바쁜데 언제 그런 걸 생각하고 있겠어요."

그녀는 웃으면서 말했지만 불망은 그녀의 심정이 가슴에 와 닿았다.

그녀와 생활한 지 벌써 열흘이 넘었다.

'겨우 열세 살. 다른 아이들은 부모의 귀여움을 독차지하며 행복만
느낄 나이일 뿐.'

어린 나이에 어린 시절을 보내지 못한다는 건 서럽고 서러운 일이
다. 다행히 그녀는 밝고 맑았다.

"다 드셨으면 치울게요. 나가봐야 해요. 답답하실 텐데 나가서 차라
도 한잔 드시겠어요? 안 그래도 해화 언니가 아저씨를 무척 궁금해하
거든요."

"나를 왜?"

"제가 손님을 모시고 온 건 처음이거든요. 그것도 남자를. 헤헤. 해
화 언니가 숨겨둔 애인이냐고 자꾸자꾸 캐물어서……. 죄송해요. 아니
라고 했는데… 믿지 못하고."

"……."

시체나 다름없는 그를 낑낑거리며 화각에 데려왔을 때는 이미 아침
이었다. 그녀는 밤새도록 불망을 끌고 산을 내려온 것이다. 젊은 여
자―어린 여자겠지만―가 외박을 하고, 그것도 모자라 남자를 데리고 나
타났으니 화각 안이 발칵 뒤집힐 만했다. 특히 그녀가 없어 혼자 잡일
을 다 해야 했던 홍앵(弘鶯)은 도끼눈이 되어 연수를 노려보았다. 그러
다가 연수가 질질 끌고 오는 한 구의 시체를 보더니 배꼽을 잡고 깔깔
거렸다.

"뭐야? 너? 숨겨둔 애인인 거야?"

그녀는 반쯤 기가 막히고 반쯤 신기하다는 눈으로 피곤하고 지쳐서
곤죽이 된 연수를 바라보았다.

"함부로 말하지 마. 나 피곤해서 대꾸할 힘도 없어."

"호호호. 밤새도록 뭘 했는데 피곤해? 아무리 남자를 굶었어도 다 죽어가는 병자를 사귀는 건 너무하잖아."

"홍앵아, 그가 너무 힘을 써서 그렇게 되었을지도 모르니 함부로 말하지 마라."

홍앵의 옆에 있던 기녀가 한마디 거들었다.

"무슨 힘이요?"

홍앵은 '난 아무것도 모르는 순진한 아이예요' 하는 눈빛으로 기녀를 올려다보았다.

"허우대는 멀쩡한 게 힘은 좀 쓰겠는걸."

"멀쩡하면 뭘 하우. 꼴이 저런데."

다 나와서 연수와 불망을 구경하던 기녀들은 무엇이 그리 좋은지 자기들끼리 웃고 떠들었다.

"참나, 왜 남의 혼삿길을 막고 그래요! 우연히 다친 사람을 구했을 뿐이고요. 난 아직 처녀라고요, 처녀!"

연수가 버럭 소리치자 기녀들은 일제히 폭소를 터뜨렸다.

8

해화가 불망을 만나자고 한 것은 연수를 아끼는 마음에서였다.

그녀는 연수보다 일곱 살이 더 많았으나 산전수전 겪으며 자란 여인이었다. 그녀는 연수만큼은 자신과 달리 곱고 예쁘게 자라 평범한 남자에게 시집을 가 평범하게 살았으면 하는 마음을 가지고 있었다.

그러던 찰나, 그녀가 한 남자를 데리고 왔다니 궁금하지 않을 수 없었다.

"조금만 기다리세요. 해화 언니가 지금 손님하고 같이 있어서요. 차한잔 마시고 계시면 금방 나오신대요."

연수는 불망이 앉은 탁자에 찻잔을 내려놓으며 환히 웃었다.

언제나 웃는 그녀의 모습은 보기 좋았다.

하지만 그녀가 웃는다 해도 불망은 무표정했다. 그는 연수와 달리 웃는다는 것을 잊어버린 지 오래였다.

"주루가 굉장히 큰 모양이구나. 손님도 많고."

불망은 주변에서 웃고 떠드는 손님들을 보며 말했다.

"근처에선 우리 화각이 제일 커요. 각주님이 청해의 돈은 다 번다고 소문이 자자한걸요."

"그래?"

"저도 각주님처럼 되고 싶어요. 각주님은 아직 젊고 예쁘신데 어떻게 그렇게 돈을 잘 버시는지……."

"너도 잘 벌 수 있게 될 것이다. 너희 각주님보다 더."

"헤헤. 그건 좀 힘들 것 같아요. 각주님은 정말 똑똑하고 수완이 좋아요. 그리고 이건 저도 들은 건데 이것 말고 아주 큰 도박장도 몇 개 가지고 계시다 하더라고요. 고관대작들이 많이 오신다던데."

"그렇구나."

불망은 연수의 이야기를 건성으로 들으며 무표정한 얼굴로 창밖을 내다보았다.

주작대로가 환하게 눈에 들어왔다. 곳곳에 병기를 든 무림인들과 황색가사를 입은 라마승들이 분주히 오가고 있었다.

제왕총에서 나온 지 보름째였다.

그런데 그사이 세상은 완전히 바뀐 것 같았다.

'혈불과 포달랍궁은 사이가 좋지 않은 걸로 알고 있는데… 곳곳에 라마승들이라니? 알 수 없는 일이군.'

혈불이 중원에 들어오기 전, 배후의 우환을 없애기 위해 먼저 포달랍궁을 정리했다는 걸 불망은 알 도리가 없었다.

어쨌든 완전히 뒤바뀐 세상에서 라마승들은 거리를 활보했다.

그것은 혈불의 침략 정책 중 하나였다.

강호는 힘으로 지배할 수 있었다. 하지만 힘으로 지배하는 것에는 한계가 있었다. 왜냐하면 힘은 영원하지 않기 때문이다. 그래서 침략자들은 힘으로 지배한 후 문화적 침투를 시작한다.

혈불도 마찬가지였다.

무승(武僧)들이 강호를 휩쓴 후 그 뒤를 따라 들어온 자들은 불법을 전파하는 일반 승려들이었다. 삶이 고단하고 피곤한 백성들은 누군가에게 의지하려는 마음이 크다. 그런 사람들의 마음을 단번에 장악하기에는 종교보다 더 큰 힘이 없었다.

"옴마니반메훔! 번뇌가 들끓고 죄악이 두렵도다!"

불망이 차를 마시고 있는 객점 안으로 몇 명의 라마승들이 마니차를 돌리며 나타났다. 그들은 들어서자마자 쩌렁쩌렁한 음성으로 중생들을 계도하며 술판이 벌어지고 있는 좌중을 돌아다녔다.

중원 지배를 정당화하기 위한 포교승(布敎僧)들인 것이다.

"선인에게는 선이 하기 쉽고 악인에게는 선이 하기 어렵도다. 그러나 인생은 무상한 것. 선악 또한 무상하도다. 무상하기 때문에 선하게도 악하게도 될 수 있는 것이며 끝없는 향상과 타락이 아울러 약속되는 것이로다."

라마승들의 한어 실력은 대단치 못했다. 귀 기울여 한자한자 뜻을 새기지 않는다면 알아듣기 힘들 정도였다. 하지만 라마승들은 최선을 다해 더듬거렸다. 그야말로 자신이 가진 열정으로 중생을 구제하려는 모양이었다.

"선을 거듭한 자는 선을 하기 쉽고 악을 일삼는 자는 악을 저지르기 쉬우리라. 부처께서는 말씀하셨도다. 악과 선은 누구도 구분할 수……."

"개소리 집어치워!"

그때였다.

쾅!

출입문이 부서지며 일단의 무림인들이 객점 안으로 뛰어들었다.

"눈깔 퍼런 땡초들이 교묘한 말로써 혹세무민하려 들다니! 역겨워서 도저히 들어줄 수가 없다!"

청의무복을 입은 젊은 무림인들이었다. 성 곳곳에 온통 라마들이 들끓는다 하지만 아직까지 완전히 대세를 장악하진 못한 모양이었다.

"네놈들은 온 곳으로 돌아가라!"

고함성이 끝나기도 전, 대여섯 자루의 검이 허공을 힘차게 베어나가며 라마승들을 짓쳐들었다. 청의무사들의 연수합격은 너무 순간적이라 검빛이 흐르는 찰나 피보라가 뿜어져 올라왔다. 라마승은 총 다섯 명이었는데 그중 한 명의 수급이 잘리어진 것이다.

라마승들의 얼굴이 핼쑥해졌다.

"악마의 새끼들은 이렇게 잡는 거지!"

기세를 올린 청의무사 중 한 명이 소리쳤다.

이 다섯 명의 라마승들은 불법을 전하고 있을 뿐, 무공은 강하지 못했다. 또한 숫자까지 모자라니 마니차를 꼬나 쥐고 청의무사들에게 대항한다고 하나 적수가 되지 못했다.

"크아아악!"

또다시 처절한 비명이 토해지며 한 명의 라마승이 목숨을 잃었다.

"으악! 싸… 싸움이다!"

우당탕탕!

객점은 순식간에 아수라장이 되었다.

"무공도 할 줄 모르는 승려들에게 무슨 짓이냐? 과연 선이라는 가명을 쓴 악의 위정자들이로다!"

그 순간 수십 명의 라마승들이 기다렸다는 듯 객점 안으로 쏟아져 들어오기 시작했다.

날이 시퍼렇게 선 계도(戒刀)를 든 무승들이었다.

청의무사들의 얼굴에서 당혹이 스쳐 흘렀다.

라마승들의 계도가 허공에 거대한 원호를 그리며 선회하기 시작했다.

"크아아아악!"

전세는 순식간에 역전되었다.

도기가 허공을 베어나갈 때마다 청의무사들은 쓰러졌다. 계도는 살아 있는 생물처럼 허공을 주유하며 무시무시한 음파를 일으켰다.

‘함정이군.’

불망이 볼 때, 청의무사들의 무공은 삼류를 겨우 벗어난 수준이었다. 사람들에게 보여주기 위해 함정을 파놓고 들이닥친 라마승들을 물리칠 수 없었다.

순식간에 청의무사들의 시신이 바닥을 나뒹굴었다.

“이들은 순수한 마음으로 불법을 전하던 승려들을 죽였소! 과연 이들이 정과 협을 가진 무사들이란 말이오?”

라마승 중 한 명이 객점의 손님들에게 쩌렁쩌렁한 음성으로 소리치며 청의무사들을 찔러갔다.

불망은 은은히 미간을 찌푸렸다.

사람이 사는 세상은 어느 곳이든 말썽이 있었다. 더욱이 당금 강호는 한가롭게 차 한잔도 제대로 마시지 못할 정도로 어지러웠다. 살아남은 청의무사들도 점점 패색을 드러내며 뒤로 밀렸다.

불망은 자리에서 일어났다.

선과 악이 무엇인가?

어느 누가 선악을 구별해 놓았단 말인가?

라마승들의 말은 일리가 있었다.

세상의 법규는 가진 자들이 만들어놓은 것이다. 그것은 세상을 평등하게 만드는 것이 아니라 가진 자들이 더욱 가지기 위해 법규라는 제도를 이용하는 것이다.

사람 위에 사람 있고 사람 밑에 사람 있다.

그것이 세상이다.

인간이 근본적으로 개조되지 않는 이상 피지배자가 지배하는 세상이 온다 해도 그것은 바뀌지 않을 것이다.

　어느 편도 도울 생각이 없는 불망은 탁자 밑에 몸을 숨긴 연수의 손을 잡고 싸움을 피해 객점을 나왔다.

第7章

주머니 속의 송곳

불망은 화각의 뒤뜰에 있는 인공 연못을 거닐었다.

객점 안에선 아직도 싸움이 끝나지 않았는지 연신 비명 소리와 기합 소리, 그리고 병장기 부딪치는 소리가 끊이지 않았다.

연못에는 팔뚝만 한 잉어들이 세상이 어지러운 줄 모르고 유영하고 있었다.

"싸우는 건 정말 싫어! 저 잉어들처럼 사람들도 한가롭게 살면 안 돼요?"

"그건 좀 어려울 것 같아. 사람은 잉어가 아니니까……."

"아저씨도 싸울 생각이 있는 거군요?"

연수는 뾰로통한 얼굴로 불망을 올려보았다.

불망은 쓰게 웃었다.

"싸우기만 해봐요! 아저씨 얼굴을 다 꼬집어줄 테야!"

그녀는 그렇게 말하더니 산책을 나온 강아지처럼 연못 주변을 깡충깡충 뛰어다녔다. 조금 전 보았던 싸움판도 이미 잊어버렸는지 천진난만하여 도무지 그늘이라곤 없어 보이는 소녀다.

그러나 불망은 알고 있었다. 그녀의 내부에 슬픔이 응어리져 있다는 것을. 불망, 역시 그러한 시절이 있었으니.

"그런데 아저씨, 어떡하실 작정이에요?"

뛰어다니던 연수가 문득 지나가는 말처럼 물었다.

"……?"

"설마 춘분 언니의 아저씨처럼 죽을 때까지 저에게 얹혀 살 생각이 있는 건 아니겠죠?"

불망과의 거리가 멀어지자 그녀는 뒤를 돌아 손나팔을 해서 외쳤다.

"춘분 언니의 아저씨가 누구냐?"

"언니의 남편이지요. 뭐, 좀 더 자세히 말하면 기둥서방이고 백수건달이고 언니의 등골을 뽑아먹고 살다가… 노름판에서 칼침 맞고 죽었어요."

"……."

"언니는 우리 화각에서 세 번째로 비싼 기녀였어요. 하지만 아저씨 잘못 만나는 바람에… 조금 불쌍하게 되었죠. 결국 언니도 아저씨를 따라 자살하고 말았어요. 아저씨를 정말로 사랑했나 봐요."

"그렇구나."

"우리가 언니한테 아저씨가 뭐가 좋아서 못 헤어지는 거야? 라고 물으면 언니는 빙그레 웃으면서 말했어요. 그는 대단히 뛰어난 사람인데 시대를 잘못 만났을 뿐이야, 라고. 나는 언니가 너무너무 좋아서 반박하지 않았지만 언니의 말은 맞지 않아요. 대단히 뛰어난 사람이라면 주변 환경 때문에 좌절하진 않겠지요. 저처럼……."

'저처럼'이라고 말하는 연수의 얼굴에선 순간적으로 어두운 그림자가 스쳐 지나갔다.

"너는 네 스스로 대단치 않다고 생각하는 모양이구나."

"저는 아무것도 할 줄 아는 게 없어요. 해화 언니는 안 된다고 했지만 각주님은 제게 기녀가 되면 어떻겠냐고 물었어요. 저도 좋았지만 선뜻 좋다고 말하지 못했어요."

"왜?"

"겁이 났거든요. 남자들이 내 몸을 만진다고 생각하니까… 무섭다는 생각도 들고. 아저씨, 정말 저는 이 다음에 어떤 아이가 될까요? 아무 쓸모도 없는 것 같아요."

세상에 있어도 그만, 없어도 그만.

그녀뿐만 아니라 많은 사람의 고민이었다.

불망도 그러한 고민을 해본 경험이 있었다. 이러한 고민은 한번 빠지면 곧 자괴감에 사로잡혀 헤어 나오기 힘들었다.

불망은 수인에게 물었었다.

"어머니, 전 도대체 왜 태어났을까요? 태어난 의미가 없잖아요."

자식이 부모에게 나는 왜 태어났을까요? 라고 묻는 것만큼 불효가 없다. 지금 생각해 보니 수인은 매우 슬퍼하며 불망에게 그가 태어난 의미를 말해주었다.

불망은 수인의 말을 기억해 내며 연수에게 말했다.

"세상 만물에는 어느 것 하나 의미가 없지 않은 것이 없다. 하늘이 그 사람에게 시련을 내리실 때는 그를 강하게 만들고 싶기 때문이란다. 그래서 좀 더 중요한 곳에 그 사람을 쓰고 싶기 때문이지. 하지만 사람들은 하늘의 뜻을 이해하지 못하고 견디지 못해 자포자기에 빠지기도 한단다. 춘분 언니나 그녀의 아저씨처럼."

"그럼 저도 쓰일 곳이 있을까요?"

"물론이지."

불망은 어느새 자신의 턱밑에서 초롱초롱 눈을 빛내고 있는 연수의 머리를 쓰다듬었다.

"이 아저씨는 강호무림에서 손가락 안에 꼽히는 고수란다."

"피! 거짓말!"

"……?"

"만상문의 윤 사범님이 말씀하시길 무림고수는 하늘을 날고 태산을 가른다고 하던걸요. 아저씨도 하늘을 날 줄 아세요?"

"하하하하."

"윤 사범님만 해도 우리 집에 오시면 오빠들이 모두 무서워서 벌벌 떨어요."

"오빠들은 누구냐?"

"언니들의 남편들 중 조금 젊은 분들이죠. 늙은 분들은 아저씨고요. 어쨌든 윤 사범님이 저번에 매향 언니하고 있을 때, 그가 젓가락을 던져서 벽에 꽂는 걸 보았어요. 보고 있던 사람들이 놀라서 입을 쩌억 벌렸어요. 윤 사범님은 지금까지 싸워서 한 번도 진 적이 없대요. 하지만 아저씨는… 음… 내가 죽을 뻔한 걸 구해줬는데……."

연수는 가늘게 눈을 뜨며 불망을 흘겨보았다.

불망은 쓰게 웃을 뿐 할 말이 없었다.

그는 그 자신의 어려웠던 과거를 말해주며 지금은 고수가 되었다. 그러니 너도 희망을 품고 세상을 열심히 살아라, 라고 말해주려 하였으나 그녀가 그 자신을 고수로 인정해 주지 않으니 그저 얼굴에 금칠을 하고 만 셈이 되어버렸다.

"아저씨, 우리 그런 시시한 이야기는 그만 해요. 사실 전 아저씨가 어떤 사람인지는 관심없어요. 어차피 아저씨는 떠날 사람인데… 알아서 뭘 하겠어요."

"나는 돌아갈 곳이 없단다."

"하하! 양정 언니가 있는데 왜 돌아갈 곳이 없어요."

불망은 그녀의 뜻밖의 말에 안색이 대변했다.

"어떻게… 그 이름을 알지?"

음성은 돌처럼 딱딱하게 굳었다.

연수는 혀를 쏙 내밀며 말했다.

"아저씨, 잠꼬대했잖아요."

"……!"

"아저씨 기절하고 있을 때, 줄곧 잠꼬대로 '양정! 가지 마! 정아야!' 그랬어요. 언니가 아저씨 싫다고 떠났어요?"

"……."

불망은 가슴이 쓰라렸다. 그는 대답 대신 시선을 돌려 푸른 하늘을 올려다보았다. 구름 한 점 없었다.

연수는 불망의 안색을 살피더니 음성을 낮추며 말했다.

“혹시… 부인이에요?”

불망은 고개를 저었다.

“그럼… 애인?”

불망은 다시 고개를 저었다.

“그럼 뭐야? 동생이에요?”

불망은 희미하게 웃으며 손을 들어 그 자신의 심장을 가리켰다.

연수는 눈을 동그랗게 떴다. 그녀는 불망의 얼굴과 손과 심장을 번갈아 바라보았다.

“그녀는…….”

불망의 쓸쓸한 눈빛이 자신의 손을 내려보았다.

“내 심장이다.”

“……!”

연수는 심장이 덜컥 내려앉았다. 안색이 급속도로 어두워졌다.

“그렇군요. 그래요…….”

그녀는 불망에게 등을 돌리며 연못을 따라 뛰어가기 시작했다.

불망의 시선은 뛰어가는 연수의 뒷모습을 쫓았다. 하지만 그것뿐, 불망의 텅 빈 눈에는 어느새 그녀의 쓸쓸한 모습은 사라지고 아무것도 보이지 않게 되었다.

“아저씨한테 한 가지 고백할 게 있어요. 지금까지 나밖에 모르던 비밀인데…….”

저 멀리서 연수가 손나팔을 해서 외쳤다.

2

“저기가 천궁봉(天宮峰)이에요.”

불망을 데리고 반나절 동안 산을 오른 연수의 손가락이 멀리 하늘과 맞닿은 천애절봉을 가리켰다.

“휴! 힘들다!”

연수는 소매로 이마에 흐르는 땀을 닦았다.

“우연히 발견한 곳이에요. 하지만 난 필요가 없더라고요. 그래서 아저씨한테 주려고요. 그런데 아저씨, 왜 묻지 않아요? 우리가 어딜 가는지?”

“가서 보면 알게 될 일인데, 먼저 물어서 무얼 하겠느냐.”

“하하. 아저씨는 정말 낙천적인 성격이에요.”

‘낙천적?’

불망은 쓰게 웃었다. 그는 그 자신이 낙천적이라고는 단 한 번도 생각해 본 적이 없었던 것이다.

체력적인 면에서 연수는 불망보다 상당히 불리했지만, 수년간 약초를 캐러 다녔기 때문인지 산을 타는 데 상당히 익숙했다. 오히려 길이 아닌 길을 다니면 불망이 연수의 뒤로 처졌다.

연수가 불망을 데려간 곳은 거대한 암벽 앞이었다.

그녀가 말한 천궁봉이다.

암벽은 우거진 수풀에 가려져 밖에서는 쉽게 눈에 띄지 않았다. 그러나 그것은 인공으로 만들어진 것이 분명했다. 왜냐하면 암벽에는 수염이 허옇게 난 신선이 버드나무 가지를 들고 있는 그림이 음각되어 있었기 때문이다. 그리고 그 옆으로 ‘진천하(震天下) 경동강호(驚動江

湖)’ 란 글자가 세로로 쓰여 있었다.

'광오하군. 저 그림 속의 인물이 천하를 놀라게 하고 강호를 떨쳐 울렸단 말인가?'

불망은 이곳이 어느 한 문파의 조사동(祖師洞)이 아닐까 생각하며 연수를 돌아보았다.

"여기가 입구예요."

연수는 버드나무 가지가 가리키는 곳에 있는 바위를 옆으로 밀었다. 그러자 바위가 둔탁한 소리를 내며 한쪽으로 밀려 나가더니 그 너머에 원형의 고리가 나타났다.

"고리에 비밀이 있어요. 함부로 잡아당기면 기관이 발동되어 우리는 이렇게 돼요."

연수의 손가락이 자신의 목을 긋는 시늉을 했다.

불망은 제왕총을 나온 이후 기관진식을 대수롭지 않게 보는 경향이 있었다. 그는 연수의 말을 심각하게 듣진 않았으나 사뭇 긴장된다는 듯 말했다.

"죽다 살아난 지 얼마 되지 않았는데 목이 잘리고 싶진 않군."

"풋!"

연수는 웃으며 고리를 좌우로 여러 차례 돌리더니 앞으로 쓰윽 밀었다. 문은 그긍 소리를 내며 둔탁하게 열렸다.

안은 깜깜한 동굴이었다.

"……!"

그런데 그 순간 불망은 누군가 뒤에서 자신들을 훔쳐보고 있는 시선을 느꼈다. 불망은 연수가 알아채지 못하게 손끝으로 잠경을 일으켰다. 탄지공(彈指功)으로 훔쳐보는 자의 혈도를 짚은 것이다.

"어두우니까 날 잘 따라와야 해요. 여기엔 진이 설치되어 있거든요."

연수가 앞장서서 깜깜한 동굴 속으로 들어갔다.

"진(震)으로 십오 보, 곤(坤)으로 칠 보, 건(乾)으로 다시 칠 보, 이(離)로 삼 보……."

연수는 주문을 외우듯 중얼거리며 앞서 걸었다.

연수는 이리저리 방향을 바꾸며 한동안 걷다가 우뚝 멈춰 섰다.

그녀는 불망의 손을 잡고 자신에게 바짝 끌어당기며 말했다.

"여긴 위험한 곳이에요. 제게서 떨어지면 안 돼요."

불망은 웃음이 터져 나오는 것을 억지로 참았다. 그녀는 어린 시절 소꿉장난을 하는 어린아이 같았다. 어른들이 모르는 비밀 장소를 친구들끼리 몰래 찾아다니는…….

'하긴 아직 소꿉장난을 할 나이긴 하지.'

불망은 순순히 고개를 끄덕이며 연수의 뒤에 가만히 섰다.

"아저씨, 조심하세요."

연수의 머리 위에는 안력을 집중해서 보지 않는다면 잘 보이지 않는 가느다란 줄이 내려와 있었다. 연수가 줄을 잡아당겼다.

불망은 자신의 발밑이 순간적으로 꺼지는 것을 느꼈다.

'헉!'

심장이 덜컥 내려앉는 듯한 느낌이 들며 신형이 급격히 밑으로 추락했다. 하지만 손을 잡고 있는 연수의 맥박은 안정되어 있었다. 특별히 위험한 일이 아니라는 뜻이었다.

“다 왔어요.”

어둠 속에서 연수가 속삭였다.

불망은 이미 천안통(天眼通)의 경지에 올라 어둠 속에서도 사물을 또렷하게 볼 수 있었다. 연수가 그를 데리고 간 곳은 정방향의 석실이었다.

“어두워서 아무것도 안 보이실 거예요. 금방 불을 켜드릴게요.”

연수는 미리 준비해 온 호롱불에 불을 붙였다.

석실에는 한 사람이 가부좌를 틀고 앉아 있었다.

그는 오래전에 사망했는지 살은 모두 사라지고 뼈만 앙상했다. 전신에는 검은색 도복을 입고 있었고 머리에는 도관을 쓰고 있었다. 마치 해골에 낡은 옷을 입혀놓은 듯 우스꽝스러웠다. 특히 가부좌를 튼 그 사람의 앞에는 아직 썩지 않은 수염과 머리카락이 수북했다.

연수는 시신을 향해 절하며 낭랑한 음성으로 외쳤다.

“신선교(神仙敎)의 삼대 제자 연수가 사조님을 뵙습니다.”

“……!”

불망은 연수가 무림인이었다는 게 믿을 수 없는지, 절하는 그녀를 물끄러미 내려다보았다.

그녀가 스스로 신선교의 삼대 제자라고 밝히고 있으나, 불망은 신선교라는 문파를 들어본 적 없었다. 물론 강호에는 헤아릴 수 없을 정도로 수많은 문파가 산재하니 불망이 다 알고 있을 수는 없다. 문제는 연수가 전혀 무공을 익힌 몸이 아니라는 것이다. 무공을 모르는 제자를 둔 문파가 어디 있겠는가.

‘신입인가?’

“아저씨도 절하세요.”

공손히 절을 마치고 일어난 연수가 불망의 옆구리를 쿡쿡 찔렀다.

“내가?”

불망은 손가락으로 그 자신을 가리켰다.

“사조님께 말씀드려 아저씨도 우리 신선교의 제자로 받아들이겠어요. 지금은 제가 교주니까 제자들을 제 마음대로 받아들일 수 있어요.”

“……!”

“아저씨를 우리 신선교의 부교주로 임명하겠어요. 왜요? 싫어요?”

“네가 교주란 말이냐?”

“네.”

“그럼 교도는 있느냐?”

“이제부터 모아야지요.”

“그러면 신선교에는 너 하나뿐이냐?”

“아니요. 어머니가 전대 교주세요.”

“하하!”

불망은 웃지 않으려고 했지만 터져 나오는 웃음을 도저히 멈출 수 없었다.

“그 웃음의 의미는 뭐죠?”

연수의 눈이 옆으로 쭉 찢어졌다. 별로 기분이 좋지 않다라는 표현이었다.

“미안하다. 나도 모르게 그만.”

“우리 신선교가 우습게 보였다는 건가요?”

“그건…….”

연수의 옆으로 쭉 찢어진 눈을 보자 사실대로 말하기 어려웠다.

"뭐든지 첫술에 배부를 수 없으니 허름하게 시작할 수 있는 게지. 하지만 막연히 교주, 전대 교주, 부교주를 만들어놓는다고 해서 교가 성립되는 건 아니란다."

"그럼 또 뭐가 필요하죠?"

"먼저 신선교의 역사를 들어볼 수 있겠느냐?"

한 문파의 교주인 그녀에게 하대를 한다는 건 예의에 어긋나는 일이었다. 하지만 불망은 도무지 그녀에게 존대를 해줄 수 없었다. 연수도 그러한 것에는 특별히 신경을 쓰는 것 같지 않았다.

"역사랄 것도 없어요. 어머니가 이 동굴을 발견하셨죠. 그리고 저에게 말해주신 거예요. 아저씨도 이젠 대강 짐작하시겠지만 어머니는 젊었을 때 기녀였어요. 어느 날 쫓기는 무림인을 숨겨주었다고 해요. 그 사람은 어머니에게 한 장을 지도를 넘겨주시며 곤륜파에 전해달라고 했대요. 그리고 다시 도망치다가 결국 목숨을 잃었나 봐요. 원래대로라면 어머니는 그 지도를 곤륜파에 전해주었어야 했어요. 그런데 당시에 무림인들의 경계가 삼엄하여 함부로 움직일 수 없었고… 또 그렇게 저렇게 시간이 많이 흘렀나 봐요. 어머니는 지도에 적힌 장소가 궁금했고 곤륜파에 전해주기 전에 한번 찾아보자 해서 이곳을 찾은 거예요. 와보니 별게 없었던 거죠. 돈 되는 것은 아무것도 없었고 사조님의 시체뿐이었던 거죠. 어머니는 덜컥 겁이 났대요. 아무것도 없으니까 지도를 전해주다가 어머니가 도둑으로 몰릴 수도 있었다고 생각한 거지요. 그래서 곤륜파에 전해주지 않았나 봐요."

"그렇다면 너의 사조라는 이 사람은 곤륜파의 도사겠구나."

“그런 거 같아요. 하지만 우리가 곤륜파에 대해서 알아볼 수 있는 것도 아니고 하니까 짐작만 할 뿐이죠.”

“그럼 네 마음대로 다른 문파의 사람을 사조로 삼고 교를 만들었단 말이냐?”

“왜요? 안 되는 건가요?”

“당연하지 않느냐? 후일 누군가가 너의 신선교 조사동에 들어와 함부로 자신의 사조로 삼고 선녀교(仙女敎)를 만든다면 너는 좋겠느냐?”

“흠! 듣고 보니 그건 좀 그렇네요.”

연수는 고개를 갸웃거렸다.

“뭐, 어쨌든 그건 나중 문제고 우린 신선교예요. 문제가 되면 사조님을 빼면 되죠. 필요한 건 사조님이 아니라 바로 저거니까.”

그녀가 손가락으로 가리키는 곳은 시체의 옆 석벽이었다. 거기에는 깨알 같은 작은 글자들이 음각되어 있었다.

‘구연(求緣)… 인연을 구한다?’

석벽의 첫머리에는 그렇게 쓰여 있었다.

원시천존을 좇아 부끄러움없이 세상을 살았도다. 하나 안타깝게도 집안을 다스리지 못하여 혈겁의 단초를 만들었도다. 도저히 이대로는 눈을 감을 수 없어 여기 인연을 구하노라.

불망은 석벽에 새겨진 글자를 읽어나갔다.

그러나 쓰인 글만으로는 이 사람이 누군지 알 수 없었다. 이 사람은 집안의 부끄러움으로 인해 자신의 이름조차 밝히지 않았던 것이다.

‘이자의 말에는 어폐가 있구나. 이름을 밝히지 못한다면 부끄러움없이 세상을 살았다고 할 수 없지.’

불망은 곤륜파의 도사이며 새겨진 글의 문맥으로 볼 때 이 사람이 누구인지 짐작할 수 있었으나 서명이 없으니 단정 짓지 못했다.

몇 마디 소회를 밝힌 후 그 자신의 무공을 새겨놓았다. 도가적 성향이 강했으나 불망이 아는 범위 내에서는 곤륜의 무공은 아니었다.

“눈을 크게 뜨고 보세요. 나중에 다시 볼 기회가 있다고 장담할 수 없어요.”

연수는 품에서 기름종이에 싸여진 화선지와 먹물이 들어 있는 대나무 연적을 꺼내더니 석벽에 먹물을 바르고 탁본(拓本)을 뜨기 시작했다.

삽시간에 탁본이 만들어졌고 그녀는 먹물이 잘 마를 수 있도록 화선지를 바닥에 펼쳐 놓았다.

불망은 석부의 주인이 기록해 놓은 무공구결이 꽤나 심오함을 알았다. 그는 타 문파의 무공을 훔쳐보고 배울 만큼 무공에 대한 갈증을 느끼지 않았기에 더 이상 기록해 놓은 글을 읽지 않았다.

어떤 사람은 다다익선을 말하기도 하나, 많으면 많을수록 반드시 좋은 것은 아니었다. 그래서 우리의 부모들은 분수에 맞게 세상을 사는 것이 좋다, 라고 말하기도 한다.

무공을 익히든 인생을 살아가든, 뭔가를 이룩한다는 것은 집을 짓는 것과 마찬가지였다. 천 년이 지나도 무너지지 않는 집을 세우기 위해서는 반석을 튼튼히 해야 한다. 아무리 좋은 나무와 갖가지 휘황찬란한 건축 도구를 사용한다 할지라도 기초가 튼튼하지 못하면 그 집은 곧 허물어지고 만다.

수십, 수백 가지의 무공을 알고 있다고 해서 반드시 자신의 것이 되는 건 아니었다. 하나를 알더라도 제대로 알고 완전히 자신의 것으로 소화해 낼 수 있다면, 그가 바로 천하제일을 다투는 고수다.

연수는 탁본한 화선지가 마르자 재빨리 말아 기름종이로 몇 겹을 감은 후 품속에 넣으며 말했다.

"이제 올라가야 해요."

"나를 왜 데리고 온 거냐?"

"저를 자세히 알려주려고요."

연수는 그렇게 말을 하더니 부끄러워 얼굴을 푹 숙였다. 그녀는 곧 자신의 말에 보충 설명을 했다.

"그리고… 아저씨는 우리 신선교의 부교주잖아요. 부교주가 조사동을 모르면 안 되잖아요."

불망은 그 자신이 졸지에 신선교의 부교주가 되자 웃어야 할지 울어야 할지 몰랐다. 특히 가슴까지밖에 오지 않는 이 조그마한 아가씨가 그의 직속상관이었다.

연수는 불망의 손을 잡고 천장에서 내려온 줄을 당겼다.

바닥이 위로 오르며 두 사람의 몸이 허공으로 떠올랐다. 곧 떨어지기 전의 동굴 속으로 되돌아왔다.

연수는 슬그머니 불망의 손을 놓더니 다시 주문 같은 것을 중얼거리며 걸어나가기 시작했다.

"너는 신선교의 교주면서 왜 무공을 할 줄 모르는 거지?"

"배우질 않았으니까요."

“……?”

“교주는 무공을 익힐 필요가 없잖아요. 부교주를 비롯해서 앞으로 고수들이 마구 수하로 들어올 텐데 제가 무공을 익힐 필요가 있어요?”

“수하들이 위험에 처하면 어떡하지?”

“그러니까 부교주가 무공을 익혀야지요. 교주가 일일이 다 어떻게 참견해요.”

연수는 탁본을 뜬 기름종이를 슬쩍 불망에게 내밀었다.

불망은 처음부터 그녀가 탁본을 뜬 기름종이를 자신에게 주기 위해 데리고 왔음을 알았다. 신선교니, 부교주니 하는 것도 석부의 무공을 자신에게 주기 위해 급조한 것인지도 몰랐다.

‘석부의 도사가 내가 생각하는 그 사람이라면 이 아이는 엄청난 기연을 만난 것이다. 그런데 왜 무공을 익히지 않은 것일까?’

불망의 의구심을 느꼈는지 연수가 말했다.

“솔직히 말하면 어머니도 저도 마찬가지지만… 봐도 몰라요. 모르는 글자도 많고 무슨 말인지 이해도 안 되고… 그렇다고 어디 가서 물어볼 수 있는 것도 아니잖아요. 이 무공을 익히면 천하제일고수가 된다 할지라도 제겐… 그림의 떡이죠. 사람이 분수를 알아야죠. 그렇죠, 아저씨?”

연수의 얼굴이 우울했다.

하지만 그녀는 금방 우울한 그림자를 털어내며 활짝 웃었다.

“아자! 아자! 연수! 힘내라!”

“연수야.”

“네?”

"무공을 익히고 싶으냐?"

"조금요."

"익혀서 무엇 하려고?"

"저도 남들처럼 꿈을 가지고 싶어요."

"꿈이라……."

"아저씨는 제가 뭘 할 수 있다고 생각하세요?"

"……?"

"제 또래 여자애들 모두 꿈을 꾸죠. 저는 꿈을 꿀 처지도 안 되고 시간도 없어요. 하루하루 살기도 바빠요. 미래를 위해 공부를 하자니 머리도 나빠요. 시집 잘 가서 팔자를 고치려니 기루에서 잡일을 하는 제처지가 멋진 남자를 만날 위치에 있지도 않아요. 언니들이 제게 말했어요. 기다리면 언젠가 멋진 남자가 올 거라고. 하지만 언니들을 쭉 봐도… 솔직히 별로 멋진 남자가 안 오더라고요. 나라고 별수있겠어요? 하지만 무공을 익힐 수 있다면 꿈이라도 가질 수 있잖아요. 무림경영의 꿈 말이에요. 저는 석부의 할아버지가 적어놓은 무공이 엄청나다는걸 알아요. 엄마의 목숨하고 바꾼 거예요. 엄마가 저렇게 되신 건… 사실 석부의 무공 때문이에요. 엄마는 석부의 무공이 무엇인지 알고 싶어 천주옹이란 무림인이 주루에 찾아왔기에 물어봤나 봐요."

"염협 천주옹 말이냐?"

"네."

연수의 얼굴이 빨갛게 달아올랐다.

염협 천주옹은 색골로 이름을 날려 별호조차 염협이었으니, 엄마가그를 만났다고 말한 것은 그와 특별한 인연을 가졌다고 말한 것과 마찬가지였기 때문이다.

"좌우지간 그래서 알게 되었어요. 석부의 할아버지가 누군지는 모르지만 엄청난 무림고수였다는 걸."

연수는 천주옹과 감옥경이 만나 했던 대화에 대해서는 얼버무렸다.

"모르겠다. 좌우지간 그래요. 어쨌든 내겐 필요없으니까 아저씨가 가져요. 그래서 무림고수가 되면 저 대신 무림제패의 꿈을 이루세요. 제가 멀리서 응원해 줄게요."

불망은 조용히 연수의 손을 잡았다. 그냥 손을 잡은 것이 아니라 불망의 손가락이 연수의 손가락 사이를 파고들며 깍지를 꼈다. 불망의 손은 연수에 비해 훨씬 컸다.

연수는 그가 애인들끼리 한다는 깍지를 끼자 놀랐으나 손을 빼지 않았다.

불망의 손이 뜨거워졌다.

연수는 뭔가 뜨거운 기운이 불망과 맞닿은 손바닥을 통해 자신에게 전해지고 있음을 느꼈다. 하지만 연수는 그것이 불망의 진원진기가 손을 타고 자신에게 흘러들어 오고 있는 것이라는 걸 알지 못했다.

"뭐죠, 아저씨?"

연수는 너무 뜨거워 손을 떼고 싶었으나 차마 그렇게 할 수 없어 눈을 흘기며 말했다.

"설마 아무도 없는 어둠 속이라고 양처럼 순하고 어린 저를 어떻게 해보려는 건 아니겠죠?"

"풋!"

불망은 연수를 만나 참으로 다행이라고 생각했다.

그녀를 만나지 않았다면 양정의 죽음이 가져온 고통은 아직 끝나지 않았을 것이다. 물론 여전히 고통은 강했다. 하지만 연수를 보며 불망은 그 자신의 삶을 되돌아볼 수 있었던 것이다. 그녀는 아무것도 하지 않았지만 불망에게 삶의 의욕을 일깨워 주었다.

"뜨거운 기운이 배꼽 아래로 흘러들어 가는 것 같지 않으냐?"

"배꼽 아래요? 거긴… 부끄러운데."

"장난치지 말고."

이번에는 불망이 연수를 향해 눈을 흘겼다. 아무래도 그녀와 같이 있다 보니 그녀의 버릇을 배운 모양이었다.

"그럼 어디요?"

"배꼽 세 치 아래가 단전이라는 곳이다. 사람의 신체 중 중심이 되는 곳으로 모든 기가 거기에 모여 생성되고 흩어진다."

"아! 뜨거워요!"

"그래. 그것이 무림인들이 말하는 내공이란 것이다."

"아저씨가 저한테 준 건가요?"

"신선교의 교주가 내공이 없다고 하니 부교주가 바칠 수밖에. 시간이 날 때마다 그 뜨거운 기운을 온몸 구석구석으로 움직여야 한다. 그러면 점점 더 그 기운이 커져 가는 걸 느낄 거다. 내공을 운용할 때 쓸 구결을 전해줄 테니 잘 듣거라."

불망은 월인신공을 연수에게 전해주었다.

고독 진인의 허락을 받지 않았으나, 그도 사실을 알면 마다하지 않을 것이라 믿어 의심치 않았다.

연수는 너무 감격스러워 눈물을 주르륵 흘렸다.

“아저씨, 고마워요. 저도 이제 하늘을 날 수 있게 되는 건가요?”

“그건.”

“아, 맞다. 아저씨도 아직 하늘을 못 나시죠?”

“……”

“어쨌든 고마워요. 열심히 연마해서 아저씨를 능가할게요.”

불망은 뼈가 어른들처럼 완전히 굳지 않은 연수 정도의 어린아이라면 임독양맥을 타통시켜 줄 정도의 능력은 가지고 있었다. 하지만 불망은 그렇게 하지 않았다. 무공이라는 건 그 자신이 깨닫고 터득해 나가야 하는 것이다. 일시에 고수가 된다면 아무런 성취감도 느낄 수 없을뿐더러 그 자신이 가진 것에 대한 애정도 없다.

불망은 눈사태에 갇혀 임독양맥이 타통되었을 때 느꼈던 감회를 아직까지 잊을 수 없었다. 되도록 연수에게도 그런 감회를 느낄 수 있게 해주고 싶었다. 물론 임독양맥이 타통될 경지까지 올 수 있느냐 하는 문제가 남아 있긴 하지만.

불망은 깍지 낀 연수의 손을 놓았다.

“너는 예쁘고 착한 아이다. 주머니 속의 송곳처럼 너의 재능을 세상이 알아줄 날이 반드시 올 것이다.”

“헤헤… 저 그 말 알아요. 낭중지추(囊中之錐)죠? 주머니 속의 송곳.”

연수는 티 하나 없이 활짝 웃었다.

불망은 연수의 머리를 쓰다듬으며 웃었다.

“이제 가자꾸나.”

“네.”

연수는 길을 여는 것이 자신의 사명인 양 다시 앞장서 걸음을 재촉했다. 그녀는 꾸불꾸불하게 걸어가며 스물다섯 번 방향을 바꾼 후에야 출구에 도착할 수 있었다. 원래 그들이 들어왔던 곳이었다.

그런데 출구를 여는 순간 불망은 암반 위에 앉아 있는 한 사람을 볼 수 있었다.

3

나이는 십팔구 세가량 되었을까?

관능과 원시적인 아름다움을 동시에 지닌 미소녀다. 일신에는 눈부신 백의를 입고 있었고 등 뒤로 긴 칼을 열십 자로 교차해 매고 있었다.

미소녀는 물이 흐르듯 고요한 자태로 암반 위에 앉아 있었다. 깊은 생각에 잠겨 있었던 듯 먼 산을 바라보는 그녀의 흑백 뚜렷한 두 눈은 애수에 젖어 촉촉하게 빛났다.

불망과 연수가 동굴의 문을 열고 나오자 그녀는 기다렸다는 듯 암반 위에서 임풍양류(臨風楊柳) 같은 허리를 일으켰다.

연수는 홀연히 나타난 이 미소녀가 당황스러운지 불망을 올려보았다. 혹시 아는 사람인지 묻고 있는 것이다.

불망은 동굴에 들어가기 전, 그 자신을 훔쳐보고 있는 시선을 알았기에 누군가 기다리고 있을지도 모른다는 생각을 했었다. 하지만 그 누군가가 젊은 여인이라는 건 의외였다.

“불 소협이시죠?”

백의 미소녀는 입가에 미소를 매단 채 불망을 향해 양손을 앞으로 모았다. 적의가 없다는 표시로 그녀는 웃고 있었지만 어딘지 모르게 어색한 미소다. 그것은 평소 그녀가 웃지 않는 여인임을 암시해 주었다.

"그렇소. 뉘신지?"

"구양패옥(九陽姵玉)이라고 합니다. 불 소협을 기다리고 있었습니다."

"구양패옥?"

연수가 고개를 갸웃거리더니 그녀를 세심히 살피듯 쳐다보았다.

"그럼 언니가 사람들에게 세류요(細柳腰)라고 불리는 바로 그 구양패옥이란 말인가요?"

사람을 면전에 두고 존칭없이 이름을 함부로 부르는 건 조금 당돌한 행위다. 하지만 연수는 그만한 예의를 알지 못했기 때문에 아무렇지도 않게 그녀의 이름에 존칭을 사용치 않고 불렀다.

구양패옥은 연수의 버릇없음에 자신도 모르게 아미가 찌푸려졌다. 하지만 어린아이가 철없어서 한 짓이니 그러려니 하고 넘어갈 수 있었다. 그녀가 도저히 참지 못하겠는 것은 '사람들에게 세류요라고 불리는' 이라고 한 말 때문이었다.

세류요는 버드나무처럼 가는 허리라는 뜻으로 흔히 미녀의 하늘하늘한 허리를 지칭할 때 사용하는 말이었다. 그래서 여자에게 세류요를 가지고 있다는 건 굉장한 칭찬일 수 있었으나 듣기에 따라서는 지독한 모욕이기도 했다.

구양패옥은 자신을 세류요라고 부른다면 그 사람은 성적(性的)으로 자신을 모욕하는 것이라고 생각하는 부류였다. 그녀는 남녀 구별에 앞서 칼을 들고 수행을 하는 구도자였다. 그런 그녀에게 있어서 세류요는 장점이 아니라 치명적 약점이었다. 사람들은 그녀의 손에 들린 칼이 아니라 허리를 보고 있었으니.

만약 남자에게 그러한 말을 들었더라면 그녀는 가차없이 칼을 뽑았을 것이다.

그런데 지금은 여자 아이였다. 그것도 '그럼 언니가 사람들에게 세류요라고 불리는 바로 그 구양패옥이란 말인가요?' 라며 호기심으로 초롱초롱 눈을 빛내는.

그녀는 어린아이의 말까지 민감하게 반응하는 것은 그 자신의 수행이 부족하기 때문이라고 생각하며 어색하게 웃었다.

"네. 제가 바로 구양패옥……."

"아핫! 언니의 허리는 정말 소문대로 가늘고 하늘하늘하군요. 나도 언니처럼 그런 허리를 가질 수 있었으면 좋겠어요."

"……!"

"그녀를 아느냐?"

불망은 연수에게 물었다.

"보는 건 처음이죠. 하지만 소문을 들었어요. 아저씨는 무림인이면서 세류요 구양패옥 언니를 모르세요? 되게 유명한데."

유명하다고 말한 그녀의 의미와 전해 들은 불망의 의미는 전혀 달랐다. 연수는 아름다운 미녀로 유명하다는 뜻이었고 불망은 그녀가 무림에서 가진 명성이 유명하다고 새겨들은 것이다. 물론 그녀는 강호상에서 꽤 이름을 날리고 있었으니, 어쨌든 그 의미는 제대로 전달된 셈이었다.

불망은 그제야 구양패옥에게 포권했다.

“구양 소저께서는 무슨 일로 소생을 찾아오셨소?”

“저는 한 사람의 부탁을 받고 불 소협을 찾아왔어요.”

“어느 분의 부탁을 받고 오셨소?”

강호에 아는 사람이 없는 불망이었다. 누군가 그녀에게 자신을 만나
달라고 부탁을 하였다는 건 의외다.

“그전에 한 가지 궁금한 게 있는데, 초면에 실례인 줄 알지만 말씀해
주실 수 있을는지요?”

“나는 아는 게 적어 구양 소저의 질문에 제대로 대답할 수 있을지 의
문이오.”

“이것은 전적으로 저의 호기심 때문이니 말하고 싶지 않으시면 하지
않아도 좋아요.”

“하문하시오.”

“불 소협은 어떤 분이십니까?”

“……?”

다짜고짜 나타난 소녀가 ‘너 누구냐?’ 라고 묻고 있었다.

불망은 이 원초적인 질문에 뭐라고 대답해야 할지 난감했다.

‘나를 평가해 보겠다는 것인가?’

불망은 당돌한 소녀 구양패옥을 쳐다보았다. 한 남자의 시선이 직접
적으로 와 닿았으나 구양패옥은 시선을 피하지 않았다. 제법 당찬 여
자가 아닐 수 없다.

‘일신의 기도가 범상치 않은 것이 제대로 된 가문에서 제대로 된 교

육을 받은 여자로구나.'

여자가 무거운 병기인 도를 사용하는 것 역시 특이한 경우다. 도에 일가를 이룬 집안의 여자일 것이다. 도를 배우고 싶어 일부러 도파(刀派)를 찾아가는 여자는 확률적으로 희박할 것이니.

"나는 나일 뿐이오. 지금 구양 소저가 바라보고 있는 내가 불망이오. 숨기거나 미화시킬 건 없소."

'나는 나!'

구양패옥은 머리로 망치를 두들겨 맞은 것처럼 충격을 느꼈다.

평범한 사람이 '나는 나'라고 말한다면 특별할 것이 없다. 그러나 구양패옥은 불망에 대해 사전 공부를 하고 만나보러 온 것이다. 때문에 그가 말한 '나는 나'는 구양패옥에게 그 뜻을 한 번 더 생각하게 만들었다.

'언제부터인가 나는 사람을 볼 때 회의하고 의심한다. 그러나 그는 있는 그대로를 보라고 말하는구나.'

불망은 천천히 그녀에게 다가가 그녀가 일어선 암반 위에 걸터앉으며 다시 말했다.

"나는 천산에서 오랜 시절을 보냈소. 그러면서 한 가지 깨달은 바가 있는데, 그건 산은 언제나 거기에 있다는 것이오. 단지 사람들이 마음속으로 산을 옮기고 불을 지르며 나무를 자르고 정복을 하려고 애쓸 뿐이었소."

그녀는 옆에 앉아 있는 불망을 다시 보았다.

'사부님의 말씀대로 큰 그릇이다. 지금은 비록 날지 않지만 한 번 날면 구만 리 장천에 닿을 것이고 울지 않지만 한 번 울면 반드시 하늘까지 놀라고 말 것이다.'

　“우문(愚問)에 현답(賢答)을 들으니 부끄러워 몸 둘 바를 모르겠습니다. 저는 사부님의 명을 받고 여러 날 동안 불 소협을 보아왔습니다. 그분께서 말씀하시기를, 불 소협께서는 뜻이 오가는 것도 자유롭지만 행하는 모든 것이 이미 이치에 합당하여 그가 하는 것이 항상 옳은 것이다, 라고 하셨습니다.”

　“어느 분이신지 모르나 이 사람을 너무 높게 보셨습니다.”

　“솔직히 말씀드리자면 저 역시 그분의 그 말씀을 들었을 때는 불 소협과 같은 생각을 하였습니다.”

　“나 역시 구양 소저의 말씀에 동의하오.”

　“의심하는 제게 그분께서 또 말씀하셨습니다. 당신께서는 불 소협께 절대로 포기하지 않는, 모진 북풍한설 속에서도 꿋꿋이 한 송이 인동초(忍冬草)가 피듯, 그 인동초의 삶을 배웠다 하셨습니다. 저는 그 말씀도 믿지 않았습니다. 하나 불 소협을 직접 대면하고 나니 그분의 말씀을 조금은 이해할 수 있을 것 같습니다.”

　“……!”

　“그분은 제게 불 소협을 모셔오라고 하셨습니다. 저와 함께 가서 그분을 만나보시겠습니까?”

　불망은 암반에 앉은 채 반쯤 허리를 굽힌 구양패옥을 바라보았다.

　그녀의 아름다운 얼굴에선 악의가 느껴지지 않았다.

　“가야 할 길이 멀지 않다면.”

　불망은 농담처럼 말하며 암반에서 일어섰다.

　만나고자 하는 사람은 만나야 한다. 움직일 때가 되었다.

第8章
바람과 구름과 비

1

사방이 초목으로 뒤덮인 고즈넉한 암자(庵子)다.

은은히 불어오는 바람에 풍경 소리만이 낭랑하게 들릴 뿐, 사위는 고요했다.

연수는 암자 앞에서 꼼짝도 하지 않고 서 있는 구양패옥이 매우 특이하다고 느꼈다.

'무림의 여자들은 다 저런 느낌일까?'

지금까지 연수가 보아왔던 여자들과 구양패옥은 사뭇 달랐다.

가끔 눈이 마주칠 때마다 웃고 있었지만 차가운 눈빛, 선정적인 자태에서 언뜻언뜻 드러나는 백색의 순결함은 그녀를 꽤 이지적으로 보이게 했다. 특히 세류요와 이어지는 둔부의 곡선은 같은 여자가 봐도 아찔할 정도로 사람의 혼을 빼앗았다.

'저 언니가 화각에서 일하면 손님들이 주작대로 끝까지 줄을 설 텐데… 아쉬워. 그나저나 아저씨가 얼른 나와야 돌아갈 텐데.'

연수는 암자를 바라보며 입맛을 다셨다.

벌써 해가 떨어지기 시작했던 것이다.

불망은 좁은 방 안에서 한 사람과 독대하고 있었다.

그 사람은 모포로 하반신을 가린 채 다 부서진 사륜거에 앉아 있었다. 얼굴은 마치 먹물을 들인 것처럼 검고 목에는 구멍이 뚫려 있는 기괴한 모습의 노인이었다.

궁귀 서측, 바로 그였다.

"팔 년 만에 네 이름을 들었을 때 나는 심장이 멎는 줄 알았다. 내 인생에서 지울 수 없는 과오, 친구를 배신하고 순결한 동심을 농락했다. 씻을 수 없는 죄 앞에서 나는 훌쩍 커버린 네가 고마울 뿐이었다. 잘 컸다. 죽지 않아 주어 고맙다. 대견하고 기특하다."

불망을 담은 궁귀 서측의 습기 찬 눈동자는 파르르 떨며 잔 경련을 일으켰다. 그는 마치 고해성사를 하듯 불망과 눈이 마주치자 고개를 숙였다.

불망은 매화가 눈과 함께 흩날리던 그날을 기억했다.

그는 양정과 함께 최악의 순간을 맞이하고 있었다.

송자보가 대동한 살수림 자객들의 공격은 거칠었고, 혈검련은 기회를 노리며 한쪽에 웅크리고 있었다.

양정은 말했다.

"오늘은 제 생일이에요."

그날의 악전고투는 당해낼 수 없었다.

갑자기 나타난 거지 떼가 아니었다면 죽음을 피할 수 없었을 것이다. 불망은 당시, 거지 떼가 왜 나타났는지 이해되지 않았으나 궁귀 서촉을 보는 순간 알 수 있었다. 궁귀 서촉은 이미 오래전부터 그를 지켜보고 있었던 것이다.

"지난 일은 지난 일로서 그 역할을 다 하였습니다. 그때는 그렇게 흘러가도록 되어 있는 시간들이었습니다. 결국 그 일로 인해 저는 목숨을 연장할 수 있었고 고독 진인께서는 제 어머니의 그림자를 벗으셨습니다. 그러면 된 것입니다. 고독 진인과 저는 다 잘되었고 어르신께서는… 죄송한 말씀이지만, 이미 그 죗값을 받으신 것 같습니다. 이제는 어르신께서도 마음의 짐을 내려놓았으면 합니다."

"용서해 주니 고맙네."

서촉은 어린아이처럼 눈물을 보였다. 그가 당시의 일로 얼마나 마음고생이 심했는지 보여주는 눈물이었다.

"그때의 일은 내 일생에서 씻을 수 없는 죄악이었어. 이제라도 이렇게 용서를 빌고 나니 내 마음이 가벼워."

불망은 이를 드러내며 웃었다.

"그러면 되었습니다. 앞으로는 좋은 일만 있기를 바랄 뿐입니다."

"그래야겠지. 하나… 세상이 이처럼 어두우니 좋은 일만 있기를 바라기도 어려운 것 같다. 너를 만나고자 한 것은 용서를 빌기 위함이기도 했지만 앞으로의 일을 의논하기 위함이다. 몇몇 거대 문파를 제외하곤 청해성 대부분의 문파가 혈불의 손에 장악되었어. 곤륜과 청해군가 등은 물론이고 우리 개방의 제자들 역시 그날 이후 행방불명이 되

었어. 수뇌를 잃어버린 문파들이 어찌 혈불의 마수를 견딜 수 있겠느
냐? 도대체 그날 제왕총에서 무슨 일이 있었는지 말해줄 수 있느냐?"

불망은 제왕총에서 있었던 일들을 간략하게 말했다.

그가 검노의 의발을 전수받는 부분과 양정의 죽음을 말할 때, 서촉
은 깜짝 놀라며 자신도 모르게 '아!' 하고 탄성을 흘렸다.

"구양 분타주를 비롯한 개방 제자들의 행방은 소생도 알지 못합니
다. 소생이 다시 나왔을 때, 그들은 그 자리에 없었고 당시에는 달리
알아볼 경황도 없었는지라……."

"그들은 살아 있다고 보기 어렵겠구나."

서촉의 얼굴이 어두워졌다.

"저도 한 가지 여쭙겠습니다. 소생이 제왕총에서 나온 것을 어찌 아
셨습니까?"

"그건 세상 사람들이 다 알고 있는 사실이다."

"……?"

"파황성에서 너를 수배하고 있음을 몰랐느냐?"

"몰랐습니다."

"너는 파황성의 주적으로 선포되었다. 아직 청해 곳곳이 어지러워서
망정이지, 그렇지 않다면 파황성은 너에게 무사들을 집중했을 것이다.
나는 네가 되도록 빨리 청해를 벗어나 황산 무림맹으로 가는 것이 좋
다고 생각한다. 네 생각은 어떠냐?"

"……."

"네가 무림맹을 찾아간다면 이 늙은이가 추천장을 한 장 써주겠다."

서촉은 불망을 무림의 동량(棟梁)으로 키우고 싶은 생각이었다. 더

욱이 그의 개세적인 무공은 혈불을 상대하는 중원무림에 큰 도움이 될
것이다.

"이 늙은이는 사륜거에 앉아 혼자 일어날 수도 없는 처지지만 아직
여러 사람들로부터 선배 대접을 받고 있다. 이 늙은이가 네 후견인을
자처한다면 황산 무림맹도 그리 박대하진 않을 것이다."

서촉의 생각은 불망에게 나쁘지 않았다. 만약 그렇게 된다면 불망은
단시간에 이름을 얻고 무림맹의 중요한 자리를 꿰찰 것이다. 또한 무
림맹의 정보망을 이용한다면 검노가 찾아가 보라고 말한 북경의 군옥
랑도 쉽게 찾아낼 수 있을 것이다.

"감사한 말씀입니다."

그러나 그것은 불망이 의도하는 바와 차이가 있었다.

"하나 저는 제 힘으로 일어서고 싶습니다."

"자수성가(自手成家)는 아름다운 일이다. 하나 쉬운 길을 놔두고 굳
이 어려운 길을 택할 필요는 없지 않겠느냐?"

"조금 더 솔직히 말씀드리자면 소생은 언젠가부터 기득권을 가진 자
들을 믿지 않게 되었습니다."

"……!"

"그들은 잘못을 해도 망하지 않고 부와 권력을 세습합니다. 국가가
망해도 매국(賣國)을 하여 오히려 더 큰 부와 권력을 쟁취합니다. 나는
혈불이 강호를 피로 씻을 때, 과연 구파일방 중 어느 문파가 끝까지 저
항하는지 보고 싶습니다."

"그것은 보기 어려울 것이다. 혈불은 이길 수가 없을 테니. 그리고
네가 한 가지 잘못 생각하는 것은 설사 혈불이 이긴다 할지라도 그가

기득권층으로 편입하는 것이지 기존의 기득권층이 사라지는 것이 아니다. 혈불평천하(血佛平天下)가 된다 할지라도 소림이 사라질 것 같으냐? 무당이 문호를 닫고 폐관할 것 같으냐? 만약 그리된다면 오히려 그것이 잘못된 일이며 역사적으로도 불행한 사태가 되는 것이다."

사상이 다르다면 의견은 평행선을 그을 수밖에 없다.

서촉은 폐인이 되었으나 아직 기득권층이었다. 그렇다면 그는 기득권층의 이익을 대변할 수밖에 없는 것이다. 그가 그 스스로의 내부가 썩었다고 말하는 것은 정말 어렵다.

"서로 의견 차이를 좁혀보려고 사람은 토론이라는 것을 하게 되지만 결국 물과 기름은 섞일 수 없다는 만고불변의 진리를 깨달을 뿐입니다. 어르신은 어르신의 생각이 있고 저는 제 생각이 있겠지요. 제왕총에서도 자신들의 이익을 지켜내려는 곤륜파 장문인의 안간힘은 역겹다 못해 눈물겨울 지경이었습니다. 만약, 그 당시 제게 조금의 여력이라도 있었더라면 그들은 제 손에 척살되었을 것입니다."

"결국… 중원무림과 등을 지겠다는 것이냐?"

서촉의 눈에 안타까움이 일렁였다.

그는 불망의 생각이 잘못된 것이라 보지 않았다.

하지만 그는 어렸다.

원만구족(圓滿具足)이란 말이 있다. 마음이 모나거나 날이 없이 둥글고 안전하여 지혜와 은혜가 가득 차다, 라는 말이다. 모름지기 사람은 그래야 한다.

하지만 젊다는 건 모나고 날카롭게 날이 서 있다는 것이다. 도전과 패기는 결국 원만구족과는 거리가 멀다.

"갈 길이 다르니 공존할 수 없을 거라 생각할 뿐입니다. 저는 제 의지로 무림경영의 대업을 이루고자 합니다."

"너의 그 말이 혈불의 말과 차이가 무엇이냐? 결국 무림을 장악하여 천하제일권좌에 앉겠다는 것이 아니냐?"

서축의 실망은 이만저만이 아니었다.

"왕후장상의 씨가 따로 있지 않은 이상, 능력이 있는 자가 자리에 앉는 것은 당연한 것입니다. 능력이 없음에도 불구하고 부모의 덕으로, 또는 가문을 잘 타고 태어났다는 이유만으로 자리를 차지하는 것은 옳지 않습니다. 힘으로 권력을 장악하고 그것을 힘으로 지킨다면 많은 사람들로부터 저항을 받을 것입니다. 그러나 권력을 장악함에 있어서 명분을 세우고 이름없는 백성들의 지지를 받고 또 권력을 잡은 이후 모두가 평등하여 그늘진 곳 없도록 잘 살피며 사사로이 이득을 취하지 않는다면 그가 혈불이라 할지라도 아니 된다는 법이 어디 있겠습니까? 다만 현재의 혈불은 처음부터 힘을 앞세웠기 때문에 결국 많은 사람들의 저항을 받게 되겠지요."

'넘을 수 없는 벽이다.'

서축은 그를 설득할 수 없음을 깨달았다. 그는 어린 시절 순진하고 사람을 깊이 믿어주던 불망이 그리웠다. 하지만 격동치는 세월 앞에서 오직 그만은 변치 말았으면 하는 바람은 욕심일 뿐이다.

"가겠습니다."

불망은 일어섰다.

서축은 일어서는 불망을 잡지 못했다. 대신 그는 마지막이라는 심정으로 그를 불렀다.

“불 소협!”

“……!”

불망이 아니라 불 소협이다. 자신과 그 사이에 확연히 선을 긋겠다는 뜻이었다.

“소협의 손에 들린 검은 만 사람을 죽일 수도 있고 살릴 수도 있소. 활검(活劍)과 살검(殺劍)은 종이 한 장 차이오. 부디 초심을 잃지 말기 바라오.”

“피를 흘리고 죽을지언정 타협하지 않겠습니다.”

불망은 돌아보지 않는 그의 뒷모습에 포권했다.

암자의 문을 열자 미풍이 불어왔다. 그는 처음으로 마음속에 가지고 있었던 말을 그 자신이 아닌 다른 사람에게 토해냈다. 불어오는 미풍만큼 그의 마음이 시원했다.

불망이 문을 열고 나오자, 문 앞에 쪼그리고 앉아 그를 기다리고 있던 연수가 쪼르르 달려왔다.

“아저씨, 이야기 다 끝나셨어요?”

“그래, 끝났다. 이제 그만 돌아가도 될 것 같구나.”

구양패옥은 암자의 절벽 아래 서서 그를 바라보고 있었다. 그녀의 뒤로 초록의 절경이 그림처럼 활짝 펼쳐져 있었다.

구양패옥은 천천히 불망을 향해 다가왔다.

“말씀 잘 들었어요.”

“내가 하는 말이 거기까지 들렸소?”

“불 소협의 언성이 조금 높았던 것 같아요.”

“구양 소저의 내공이 천이통의 경지에 올라와 있었는 줄 내 미처 몰랐소. 어쨌든 만나서 반가웠소. 훗날 기회가 된다면 다시 만날 날이 있겠지요. 오늘은 이만."

"잠깐만요."

구양패옥은 포권하며 돌아서는 불망을 불렀다.

"사부님과 달리 나는 불 소협의 말에 십분 공감하고 있어요."

"……!"

"사부님은 새로운 일을 찾기엔 너무 연로하시죠. 나는 처음부터 불 소협이 정도무림에 운명을 걸지 않을 거라고 예측하고 있었어요. 사부님은 내게 불 소협이 정도무림과 손을 잡고 혈불을 물리치면 아름다운 일이라고 하셨으나 그건 사부님의 관점에서 원하는 것일 뿐이죠."

만약 서축이 말한 바대로 불망의 운명이 정해진다면 구양패옥은 그에게 관심을 가질 이유가 없었다. 강호무림에는 하루에도 수십 명의 청춘남녀들이 새롭게 나타나고 사라진다. 불망은 그들 중 제법 무공이 높은 한 사람일 뿐인 것이다.

하지만 그것이 아니라면 그녀는 관심이 있다. 세상은 무료하고 이미 만들어진 틀 안에서 그녀가 할 일은 별로 없었다.

"불 소협에게 내 운명을 걸어보고 싶어요. 불 소협이 볼 때 나는 어떤가요?"

"구양 소저는 무엇으로 나를 돕겠소?"

"나는 불 소협께서 이렇게 하면 이렇게 하는 것이 쉽도록 돕고 저렇게 하면 저렇게 하는 것이 쉽도록 돕겠어요."

"그것만으로는 부족하오."

어린 시절의 선입관을 쉽게 버리지 못한 불망은 여전히 여자를 믿지 않는 편이었다. 때문에 여자를 동료로 삼아 함께 대업을 이룬다는 것은 생각해 본 적도 없었다. 특히 구양패옥은 눈앞이 아찔해질 정도의 절세미녀였던 것이다.

구양패옥은 잠시 고개를 갸웃거려 생각하더니 다시 말했다.

"나의 그 말이 어떤 의미인지를 잘 모르신다는 건가요? 아니면 당신의 눈엔 나 역시 기득권층으로 보여 척살해야 할 대상이라는 건가요?"

"나는 아직까지 내 머리가 나쁘다고 생각해 본 적이 없고 흑백논리에 사로잡혀 대세를 그르칠 정도로 고지식하지도 않다고 생각하오. 특히 나는 강호에 인맥이 부족하니 구양 소저는 내 대신 그 부분을 잘 메워줄 것이오."

"그렇다면 뭐가 문제인가요?"

"구양 소저가 여자인 척을 하지 않는다면 아무 문제가 없소."

"그건 오히려 내가 원하는 일이에요. 나는 불 소협을 대형(大兄)이라고 부르겠어요."

2

길게 이어진 산로를 타고 세 사람이 걸었다.

불망과 구양패옥, 그리고 연수다.

"무림을 장악함에 있어서 가장 필요한 것은 결국 돈이야. 혈불이 무림 장악의 야욕을 실행에 옮기는 데 수십 년이 걸린 것도 결국 돈 때문이지."

불망은 어깨를 나란히 한 채 옆에서 걷고 있는 구양패옥을 바라보며 말했다.

"또 대업의 완수는 세력을 필요로 해."

"그 세력을 만들거나 유지하는 데 또 돈이 들고요."

"그렇지."

"결국 돈과 세력이군요. 세력은 규합해서 만들려면 만들 수 있겠지만 문제는 돈이네요. 대형은 얼마를 필요로 하지요?"

"세부적인 계획과 집행은 네가 알아서 해야지. 그러나 궁극적으로 황금 천만 냥은 있어야 하지 않겠어?"

"황금 천만 냥!"

산로를 걷고 있던 구양패옥은 깜짝 놀라며 그 자리에서 멈췄다.

그것은 머리 속으로 계산조차 되지 않는 어마어마한 금액이었다. 구양패옥은 불망을 굳게 믿기로 다짐했으나 황금 천만 냥이란 말에 그가 아무 생각 없이 입에서 나오는 대로 말을 하는 것이 아닐까 생각했다.

"파황성을 제압하고 천하를 상대할 만한 일문(一門)을 세우는 데 그 정도의 금액은 최소한의 비용이라고 보는데?"

불망은 구양패옥이 필요 이상으로 놀라자 의외라는 듯 추가 설명을 했다.

"그건 그럴지도 모르지요. 그런데 돈도 돈이지만 문파를 세우는 것도 쉬운 일은 아니잖아요?"

"모든 걸 다 새롭게 시작하긴 어려워. 사람을 모으고 무공을 가르쳐서 쓸 만하게 될 때까지 키운다면 최소한 십 년은 걸릴 거야. 그 시간이면 혈불은 이미 중원을 휩쓸고 패망했어도 전혀 이상할 게 없는 긴 시간이지. 그래서 생각해 보았는데, 기존의 문파를 사들여야겠어."

"흡수하는 것이 아니라 사들인다고요?"

어느 누구도 생각해 내지 못한 방법이었다.

강호무림인은 자존심을 가지고 산다. 부러질지언정 구부러지지 않는 것이다. 한 문파의 장문지존이라면 자신의 문파가 사라질지언정 돈에 팔지는 않을 것이다. 그녀는 문파를 사겠다는 사람을 오늘 처음 보았다. 물론 팔겠다는 사람은 아직까지 본 적이 없다.

"너무 방대한 규모는 곤란해. 그렇다고 작아서도 안 되겠지. 중간급 정도가 적당할 듯해."

불망은 이미 생각해 두었다는 듯 막힘이 없었다.

"사승(師承)은 곤란해. 역사가 오래될수록 자존심은 강하거든. 종주(宗主)를 중심으로 한 이익집단이어야 해. 사문의 인재들은 많을수록 좋아. 그러나 몰락의 길을 걷고 있어야 하지."

"이를테면 세력은 쓸 만한데 종주가 유(柔)해서 구심점이 약한 문파를 말씀하시는 건가요?"

"그렇지. 그래서 종주를 갈아치울 수 있는 문파. 이것이 내가 필요로 하는 대상의 구체적 조건이야."

"대형의 조건을 충족시킬 문파가 있을까요?"

"찾아봐야지. 이름도 모르는 수많은 문파가 산재해 있으니 찾는 것도 쉬운 일은 아닐 거야. 그전에 돈을 마련해야 할 것이고."

"인맥을 동원한다면 찾는 건 어려운 일이 아닐 거예요. 단지, 찾는다 할지라도 그쪽에서 팔는지는 의문이지만. 돈을 마련할 방도는 구체적으로 세워두셨나요?"

"그 문제로 지금까지 정중동하고 있었어. 내가 직접 돈을 벌기 위해 뛰어다닐 수는 없으니… 결론은 역시 사람을 구해야 해."

"돈을 만들어낼 수 있는 사람을 말씀하시는 거지요? 대형은 그 사람의 뒤를 봐주면 되는 것이고요."

구양패옥은 의미심장하게 웃으며 말했다.

불망은 그녀의 반듯한 머리를 톡톡 치며 씨익 웃었다.

"그렇지. 예쁜 여자는 예쁘기 때문에 머리가 좋을 필요가 없다고 하던데, 너의 것은 의외로 똑똑한걸. 이미 그 대상자도 생각해 둔 거 아냐?"

3

시간은 물 흐르듯 흘렀다.

불망의 신체는 완전히 회복되었다. 아니, 오히려 제왕총에서 내력을 주체하지 못하여 닥치는 대로 사람을 죽였을 때보다 진일보했다. 그 자신이 원하는 대로 공력을 발출하고 거둘 수 있게 된 것이다.

다만 원상태로 회복되지 못한 것은 다 타버려 이제는 재만 남아버린 심장이었다. 그것은 죽는 그 순간까지, 아니, 죽어서도 회복되지 못할 것 같았다.

구양패옥은 불망에게 거처를 옮기는 것이 좋겠다고 말했으나, 그는 그대로 화각에 머물렀다. 연수에게 신세를 지는 건 미안한 일이었다. 하지만 사람들의 눈에 띄지 않는 방법은 지금까지 그 자신이 생활해왔던 사람들과 전혀 다른 부류의 사람들 속에 섞여 있는 것이었다. 그는 그곳에서 자신이 해야 할 일은 누구의 구속도 받지 않고 해 나갈 수 있었다.

'하지만 이제 떠날 때가 온 것 같다.'

불망은 연못에서 유영하는 잉어를 바라보며 더 이상 연수의 곁에 머무를 수 없다고 생각했다. 다만 발길이 떨어지지 않는 것은 그녀를 두고 가야 한다는 마음의 짐이었다.

연수는 땔감을 가슴에 가득 안고 총총걸음으로 연못 앞을 지나가고 있었다. 그를 발견한 연수가 손을 흔들었다. 그녀의 가슴에 안긴 땔감이 와르르 쏟아졌다.

그녀는 어렴풋이 불망의 정체를 알게 되었다. 하지만 불망을 알게 되었다고 해서 그녀에게 바뀐 것은 아무것도 없었다. 그녀에게 있어서 불망은 여전히 아저씨였고, 신선교의 부교주였으며, 자신을 등치고 사는 불한당 같은 놈이었던 것이다.

불망은 땅에 떨어진 땔감을 줍고 있는 연수를 손짓해 불렀다.

"왜요? 나 바쁜데."

"그래도 잠시 와보렴."

연수는 투덜거리며 불망에게 걸어왔다.

"다녀올 데가 있다. 며칠 걸릴 것 같아."

"어딜요?"

연수는 눈을 동그랗게 뜨며 묻는다. 음성은 은은하게 떨렸다.

불망은 웃을 뿐이다.

"설마 그대로 떠나시는 건 아니죠?"

"월인신공은 꾸준히 연마하고 있겠지?"

"그럼요. 이제는 제 마음대로 기를 움직일 수 있게 되었어요. 얼마

나 신기하다고요. 쉬 피곤하지도 않은 게 월인신공이 몸에 좋긴 좋은
가 봐요."

"그래, 그럼 되었다. 내 다녀올 동안 게으름 피우면 안 된다."

"얼마나 있다 오실 건데요?"

연수의 얼굴이 다시 시무룩해졌다.

"그건 가봐야 알 것 같아."

사시사철 향화객의 발길이 끊이지 않는 석불사(石佛寺)의 풍경 소리
는 산사 이곳저곳으로 울려 퍼졌다.

법당 안은 수십 명이 함께 자리를 해도 좋을 정도로 넓었지만 오늘
은 단 한 사람뿐이었다. 갸름한 어깨와 알맞게 부푼 풍만한 젖가슴, 잘
록하게 졸라맨 허리와 엉덩이의 곡선은 풍요의 바다처럼 넉넉한 여인
이다. 일신에서 풍기는 분위기는 지적이고 관능적이었다. 그녀는 불당
의 부처를 향해 배를 올리고 있었다.

진홍연(診弘娟).

나이는 스물일곱. 직업은 청해 제일주루로 이름난 화각의 각주다.

천하에 부러울 것이 없으며 원하기만 한다면 모든 것을 가질 수 있
는 그녀가 석불사에서 배를 올리고 있는 이유는 오직 일신의 안녕과
만세를 보존하기 위함이었다.

배를 올리고 있는 그녀의 뒤로 십여 명의 노승들이 목탁을 두드리며
그녀의 소원이 이루어지기를 진심으로 바랐다. 당연한 일이었다. 그녀
가 이곳 석불사에 시주하는 돈은 상상을 초월하고 있었기에.

휘이이이잉…….

　예불을 마치고 법당을 나오는 그녀의 비단 옷자락 아래로 바람이 휘몰아쳤다. 법당 밖에 대기하고 있던 시비가 그녀의 어깨 위로 장옷을 걸쳐 주었다.

　석불사의 주지인 만공(滿空)은 싸리비를 들고 마당을 쓸고 있었다.

　진홍연은 만공에게 다가가 합장했다.

　"스님, 먼지 한 점 없이 깨끗한 마당입니다. 뭘 그리 쓸고 계신지요?"

　"허허허. 마당을 쓸고 있는 것이 아니라 소승의 마음을 쓸고 있는 것이지요. 소승의 법력이 낮아 세상을 구원하지 못하니 이렇게 마당이라도 쓸면서 마음을 다스려야지요. 그래, 불공은 잘 마치셨습니까?"

　"여러 스님의 세심한 배려로 잘 끝났습니다. 그런데 스님은 무엇 때문에 법력이 낮음을 탓하고 계십니까?"

　"세상이 많이 바뀌었습니다. 어떤 사람은 거짓된 망령으로 부처를 팔고 있습니다. 우매한 백성들이 현혹당하고 있습니다. 소승은 그저 바라보기만 할 뿐 아무것도 할 수 있는 일이 없습니다. 그러니 마당이라도 쓸어야지요."

　진홍연은 그가 혈불을 말하고 있음을 알았다.

　요즘은 어딜 가도 혈불 이야기뿐이었다. 그것은 가지지 못한 자들의 설움이기도 했다. 힘이 없으니 누군가의 보호를 받아야 한다. 지금까지는 곤륜파를 비롯한 정도무림에서 약자들을 보호해 주었다. 하지만 이제는 그것이 불가능하게 되었다. 약자들은 스스로 살길을 찾아야 했다. 그래서 그들은 서로서로 정보를 교환하며 일부 발이 빠른 자들은 파황성을 찾아갔다.

화각을 비롯한 그녀의 업소들은 알게 모르게 곤륜파의 도움을 받았다. 지리적으로 가까워서기도 했지만, 그녀가 곤륜파와 약간의 인연을 가지고 있었던 것이다.

인연을 따지자면 그녀는 곤륜파를 배신할 수 없다.

하지만 그녀는 장사꾼이었다. 장사꾼은 태양을 향하는 해바라기처럼 이득이 되는 곳으로 머리를 돌리는 습성이 있었다.

"요즘은 하루하루가 변화무쌍하여 당장 내일 일을 예측하기 어렵지요. 혹자는 혈불이 오래가지 못할 거라고 말을 하고, 또 다른 사람은 혈불의 시대가 최소한 오십 년은 열렸다고 말합니다. 스님께서는 어떻게 생각하시는지요? 저도 혈불을 찾아가 안위를 도모해야 하는 게 아닌지 묻고 있는 겁니다."

"글쎄요. 참으로 말하기 어려운 질문입니다만……."

만공은 아무것도 없는 민대머리를 손톱으로 벅벅 긁으며 난감하게 웃었다.

"소승이 그 문제에 대해 대답해 줄 수 있는 분을 보살님께 소개시켜 드려도 되겠습니까? 그분의 말씀을 들어보고 보살님의 행사를 결정하신다 해도 늦지 않을 것 같습니다만."

"그가 누군지요?"

"솔직히 말하면 소승도 그가 누군지 모릅니다."

"누군지도 모르는 사람을 소개시켜 주신단 말입니까?"

진홍연은 붉은 입술 사이로 하얀 이를 내보이며 웃었다.

"하나 소승은 그분을 대형으로 모시는 분을 알고 있습니다."

"그렇다면 그분은 누구입니까?"

"그분은 대녹림총표파자(大綠林總標把子)의 금지옥엽이십니다."

"당금 무림의 십대고수 중 한 명이라는 대도신기(大刀神奇) 구양천조(九陽天照) 말인가요?"

해연히 놀란 진홍연의 음성은 파르르 떨렸다.

"그분의 금지옥엽이라면… 세류요 구양패옥이겠군요?"

진홍연은 주위를 물리치고 만공과 함께 더 깊은 산중으로 들어갔다.

그렇게 반 시진을 들어가자 깎아지른 절벽이 나왔고 그 위로 작은 암자가 보였다.

인적이 끊어져 길도 없는 곳이었다. 오직 바람 소리만이 들릴 뿐, 사람이 죽어 백골이 진토된다 해도 누구 하나 찾아오지 않을 것 같았다.

만공은 쓰러져 가는 암자로 그녀를 안내했다.

진홍연이 만나고자 하는 그 사람은 뒷짐을 진 채 절벽 아래를 내려다보고 있었다. 제법 큰 키에 양어깨로 고독이 사무치도록 매달려 있는 사람이었다. 진홍연은 생각했던 것과는 달리 그가 굉장히 젊은 사람이라는 것에 놀랐다.

만공은 거기까지만 그녀를 안내했다.

휘이이이잉…….

황량한 바람이 부는 곳에 서서 남자는 절벽을 향해 서 있었고 여자는 그 남자의 뒷모습을 바라보았다.

그는 마치 그녀가 온 것을 알지 못한다는 듯 고개를 돌리지도 않았다.

어색한 분위기였다.

그러나 진홍연은 주루에서 잔뼈가 굵은 여자답게 이러한 분위기를 어떻게 하면 부드럽게 만들 수 있는지 잘 알고 있었다.

"흠."

그녀는 손으로 입을 가린 채 인기척을 내며 주위를 환기시켰다.

남자가 그녀를 향해 고개를 돌렸다.

순간 진홍연은 남자의 얼굴을 어디선가 본 듯했다. 그리고 그 어디선가가 어디인지를 기억해 내는 데 그리 시간이 걸리지 않았다. 그녀는 화각의 주인이었고 화각 내에서 일어나는 일이라면 하나에서 열까지 모두 알고 있었다.

약 한 달 전이었다.

퇴기 감옥경의 양딸 연수라는 아이가 산에서 쓰러진 채 정신을 잃은 한 남자를 구했다며 화각으로 데리고 온 일이 있었다. 눈앞의 이 남자는 바로 그 남자 불망이었다.

"나를 알아보는 것 같습니다만."

"그렇습니다. 제집에서 일어난 일을 모른다고 하면 주인 된 자라고 할 수 없지요."

"본의 아니게 폐를 끼치고 있으면서도 인사를 하지 못하였습니다. 소생은 불망이라고 합니다."

"아……!"

진홍연은 그의 이름을 듣는 순간 다시 탄성을 흘렸다.

요즘 무림의 동향에 신경을 집중하고 있었던 그녀는 불망의 이름을 들어보았던 것이다. 불망은 파황성에서 공적(公敵)으로 선포한 터였다. 그런 자가 자신의 집에 머물고 있었다니, 그야말로 자신도 모르는 사이에 집 안에 폭약을 놓아두고 있었던 것이다. 섬뜩하기 이를 데 없는 일이다.

"공자님의 명성은 익히 들었습니다. 소문으로 듣기엔 삼두육비(三頭六臂)의 모습을 가지고 계신다고 하던데, 과연 소문은 소문일 따름이군요."

그녀는 심중을 감춘 채 가벼운 농담을 건넸다. 손으로 입을 가리고 웃는 여유까지 보였다.

"삼두육비라……. 머리가 셋에 팔이 여섯 개 달린 괴물이란 말이군요. 오늘이라도 각주님께 제 본모습을 보여 드려 오해를 풀었으니 그나마 다행입니다."

"우리가 이렇게 만난 건 우연이 아닌 듯합니다. 만공 스님께서는 공자님을 믿을 수 있는 분이라고 제게 말씀하셨습니다. 하나 공자님을 뵙고 지난 일을 생각해 보니 우리의 인연은 오늘 시작이 아니라 오래전부터 이어져 왔던 거라는 생각이 듭니다. 아녀자의 좁은 소견으로 앞뒤 정황을 생각해 볼 때, 공자님께서 저를 뵙고자 하신 게 아닌가 합니다만?"

"그렇습니다."

"그렇다면 용건이 있으시겠군요?"

"소생은 각주께 한 가지 거래를 제안할까 해서 무례를 무릅쓰고 모시었습니다."

"거래는 장사꾼의 기본입니다. 이렇게 은밀히 불러주신 거래라면 큰 이득이 남는 거래라고 생각됩니다만?"

"나는 돈이 필요합니다."

불망은 단도직입적으로 말했다.

진홍연은 그럴 줄 알았다는 듯 놀라지 않는 얼굴로 미소 지었다. 파황성을 피해 청해성을 도망치려면 당연히 돈이 필요할 것이다.

"얼마가 필요하십니까?"

"우선은 황금 천만 냥이오."

"……!"

황금 천만 냥.

그것은 그녀조차 상상할 수 없는 엄청난 금액이었다. 하지만 그녀는 노련한 장사꾼답게 곧 화사한 미소를 머금었다.

"당당한 사내대장부로 이 땅에 태어나셨습니다. 집을 지으려면 천 년이 가야 할 집을 지어야 하고 일을 하려면 역사에 남을 만한 일을 해야 할 것입니다. 공자님께서는 무엇 때문에 그 많은 돈이 필요하신지요?"

"각주의 말씀대로 역사에 남는 일을 해보려 하오."

"혈불을 물리치고 중원의 평화를 되찾겠다는 말씀이십니까?"

"아니라고는 말하기 어렵지만 그게 전부는 아니오. 나는 직접 무림을 경영해 보자는 야망이 있습니다."

"……!"

"하나 불행히도 현재의 나는 무일푼 비렁뱅이요."

"풋!"

진홍연은 손으로 입을 가리고 웃었다.

"죄송합니다. 대업을 이루시겠다는 분이 무일푼이라고 자신있게 말씀하시니 조금 당황스러워서 저도 모르게 웃음이 나왔습니다."

“누구라도 그 말을 듣는다면 웃지 않을 수 없을 것이오.”

“공자님께서는 지금 공자님의 말씀이 얼마나 무모한 것인지를 알고 계십니까?”

“물론이오.”

“황금 천만 냥이 얼마나 큰돈인지도 알고 계십니까?”

“물론이오. 그것은 개인이 운용할 수 없는 천문학적 금액임을 잘 알고 있소.”

“하면 이 두 가지를 합해놓는 일이 얼마나 불가능한 일인지도 잘 알고 계시겠습니다. 장사라는 건 투자입니다. 모험적인 투자일수록 이익이 큰 법이나 그것도 어느 정도 확률이 있을 때 투자가 될 수 있는 겁니다.”

“다른 사람의 눈으로 볼 때 내가 원하는 일이 불가능할지도 모르겠소. 하나 나는 절대적 자신감을 가지고 있소. 나는 원하지만 아무것도 원하는 게 없소. 나는 모두가 잘사는 세상을 위해 산을 깎고 길을 놓으려 하는 것뿐이오. 하지만 나는 내가 만든 그 길을 걸어보지 못할지도 모르겠소. 아니, 길의 완성을 볼 수 없을지도 모르겠소. 나는 내가 모든 것을 이루어야 한다고 생각하지도 않고 내가 아니면 안 된다는 생각도 가지고 있지 않소. 나는 초석이 되고 밑거름이 되고 반석이 되려 할 뿐이오. 나를 디딤돌 삼아 또 다른 사람들이 산을 허물고 길을 연다면 그것으로 되었소.”

불망은 확신을 가지고 상대를 설득했다.

‘이 사람… 무림경영이 아니라 천하를 경영하는 황제가 되려 하고 있어……. 그것은 반역이야.’

진홍연은 눈앞의 불망을 자세히 살펴보았다.

담담히 말을 잇고 있는 그의 눈 속에는 진실이 담겨 있었다.

'이 사람, 허황된 꿈을 꾸는 미치광이에 불과한 것인가? 아니면 영세구원(永世救援)의 미륵(彌勒)인가?'

그녀는 복잡미묘해졌다. 이윽고 그녀는 한숨을 쉬며 말했다.

"만약 제게 그만한 돈이 있다면 공자님을 믿고 투자를 했을지도 모르겠습니다. 하나 다행인지 불행인지 제겐 그만한 돈이 없습니다."

"각주께서 오해를 하고 계십니다. 나는 각주께 투자를 해달라는 게 아니오."

"……?"

"앞서 말했듯 황금 천만 냥은 개인이 운용할 수 있는 금액이 아니니 중원 전체를 털어도 그만한 재력을 가진 개인은 흔치 않을 것이오. 나는 장사꾼이 아니며 장사꾼이 될 생각도 해본 일이 없어 경제관념이 희박한 사람이오. 천 냥을 만 냥으로 불리긴 어렵고 만 냥을 천 냥으로 만들긴 쉬운 사람이오. 그래서 나는 돈을 만들 능력이 있는 사람을 필요로 하는 것이오. 각주께서 나를 모르고 내가 각주를 모르는데 설사 각주께서 그만한 금액을 가지고 있다 할지라도 어찌 몇 마디 말로써 얻을 수 있겠소. 내가 진실로 그렇게 생각하고 각주께 접근했다면 제정신을 갖지 못한 미치광이일 것이오."

진홍연은 자신의 앞에 태산같이 서 있는 불망을 바라보았다.

그녀는 한 남성이 이토록 위대하고 믿음직하게 보인 적은 아직까지 단 한 번도 없었다. 그는 거래를 하고자 했지만 그녀는 그와 거래를 하고 싶은 생각이 없었다. 그녀는 그를 믿고 따르고 싶었다.

혼란한 천하였다.

그 틈을 이용하여 많은 자들이 용(龍)이라 자처하며 격동의 시대로 뛰어들었다. 그중 용은 단 하나뿐이다.

과연… 그들 중 단 한 명의 용은?

"돈이 아니라 제게 공자님의 품속으로 들어와 달라는 것입니까?"

"그렇소."

"공자님께 한 가지 묻고 싶습니다. 세류요 구양패옥 소저와는 어떤 관계이신지요?"

이미 다른 여자가 있는 남자에게 정(情)을 주고 싶진 않았다.

"그 아이는 나의 착한 동생이오."

그 한마디로 진홍연의 결정은 끝났다.

"공자님을 이 몸의 신주(身主)로 모시겠습니다."

그녀는 말릴 겨를도 없이 맨바닥에서 불망을 향해 큰절을 올렸다.

진홍연은 화각으로 돌아가지 않았다.

그녀와 불망은 인적 끊어진 암자에서 삼 일 밤낮을 함께 지냈다. 이 두 사람이 무엇을 하고 지냈는지 아무도 알지 못했다.

단지, 한 사람.

구양패옥만은 먼발치에서 암자 안 두 사람의 모습을 보며 가슴이 황량해지는 알 수 없는 감정을 느꼈다.

4

진홍연이 떠나고 구양패옥이 왔다.

구양패옥은 불망에게 그녀와 삼 일 밤낮을 보낼 이유는 없지 않았냐고 말하고 싶었으나 그만두었다. 그의 사생활을 그녀가 간섭할 건 아니었다.

"찾아보았느냐?"

뒷짐을 진 채 절벽 아래를 내려다보고 있던 불망은 구양패옥이 다가와 옆에 서자 고개를 돌리며 물었다.

"찾아볼 거 뭐 있나요? 이미 혈불이 다 쓸고 지나간 마당이니. 그나마 아직 남아 있는 자 중에서는 불마천수(佛摩千手) 독고후(獨孤厚) 이 자가 가장 강해요."

"누구지?"

"그는 무림백대고수 중 한 명이며 스스로 환희불(歡喜佛)이라 칭하는 자죠."

"환희불이라……."

"그는 십 년 전만 해도 녹림십팔채의 일원이었는데, 불경에 심취한 후 스스로 크게 깨달은 바가 있다며 독립했어요. 그리고 녹림십팔채의 세력이 미치지 않는 이곳 청해의 소유산(遡遊山) 구부령(丘阜嶺)에 와서 원래 있던 녹림의 무리를 쫓아내고 개파(開派)했어요. 그가 연 방파의 이름은 법륜교(法輪敎)예요. 무림의 방파라기보다는 사이비 종교 집단에 가까워요. 현재 청해에서는 가장 큰 마세(魔勢)라고 할 수 있죠."

"혈불이 그자를 내버려 둔 이유는 무엇이냐?"

"돈 때문이죠."

"그만하면 자격은 충분하다. 지금 바로 가보도록 하자."

소유산 구부령.

사방에서 검은 먼지가 자욱하게 사위를 가리며 치솟아올랐다.

그것으로 인해 하늘은 온통 시커멓게 변했다.

그 아래 엄청난 규모의 탄광이 존재했다. 탄광은 구부령의 지하를 거미줄처럼 엮으며 뻗어 있었다.

탄광의 수많은 갱도에서 석탄을 실은 화차가 야적장을 향했다.

높은 하늘 위에서 바라본다면 그 모습은 마치 헤아릴 수 없을 정도로 수많은 개미 떼가 바글거리는 것 같다.

휘이이이잉…….

한줄기 바람이 불며 검은 연기는 또다시 하늘을 뒤덮었다.

불마천수 독고후가 소유산 구부령에 자리를 잡은 것은 바로 이 탄광이 있기 때문이었다. 그는 구부령에서 환희불로 행세하며 수많은 광신도들을 이끌었다.

법륜교라는 현판이 걸린 산채는 수천 명이 공동생활을 해도 불편함이 없을 정도로 거대했다.

현재 기거하는 인원은 약 천 명가량이다. 그중 오백 명은 그들이 환희불로 모시는 불마천수 독고후에게 전 재산을 기증한 후 한 평의 방을 얻은 광신도들이었다. 이들이 재산을 바친 후 얻은 기쁨은 탄광에서 일을 할 수 있다는 것이다. 그들은 공동생산에 공동분배를 받으며 환희불의 은혜에 감사한다.

나머지 오백 명은 무사들로 이루어져 있다.

이들의 주된 역할은 외세로부터 탄광을 지키고 내부적으로는 광신도들을 감시하는 것이다.

연무장에는 무공을 익히는 젊은 무사들이 땀을 흘리고 있었다.

건물의 구석진 곳에서는 한낮임에도 불구하고 청춘남녀가 서로의 육체를 탐하고 있다. 환희불의 명으로 이곳 산채에서는 별다른 윤리의식 없이 원한다면 누구라도 육체 관계를 맺을 수 있었다.

독고후는 산채를 한눈에 내려다볼 수 있는 곳에 정자를 짓고 별다른 일이 없다면 하루의 대부분을 그곳에서 생활했다. 살아 있는 부처인 그 자신을 사람들에게 보여주기 위함이었다.

오늘도 독고후는 정자에 앉아 그 자신이 이루어놓은 세상을 아름답게 내려다보았다.

그때, 독고후는 저 멀리서 산등성이를 타고 느릿하게 걸어오고 있는 일남일녀를 발견할 수 있었다.

남자는 키가 컸으며 여자는 멀리서 보았음에도 불구하고 눈에 확 띌 정도로 아름다운 몸매다. 남자는 무식하다 싶을 정도로 거대한 검을 어깨에 걸쳐 놓았고 여자는 두 자루 칼을 등 뒤로 교차해 매고 있었다.

두 사람 다 흰옷을 입고 있었는데, 마치 산책을 나온 듯 유유자적한 걸음걸이였다.

독고후는 여자를 뚫어져라 바라보며 고개를 갸웃했다.

'우리 법륜교에 저런 아이가 있었단 말인가? 내가 왜 일찍 몰랐을까?'

저 얼굴에 저 몸매라면 눈에 띄지 않았을 리 없었다.

독고후는 다른 의미의 환희불답게 정력도 꽤 절륜한 편이었다. 산채에서 제법 반반하다고 소문난 여자치고 그의 손을 거치지 않은 여자가 없었다. 그는 오늘 정열의 밤을 보낼 수 있겠다는 생각이 들자 벌써부터 아랫도리가 뻣뻣하게 일어섰다.

일남일녀가 산채 입구에 막 도착하는 것이 보였다.

입구에는 몇 명의 부하들이 외부인의 출입에 대비한 경계를 서고 있었다.

독고후는 사람을 시켜 저 여자를 자신의 처소에 데려다 놓으라고 말할 참이었다. 그런데 그때, 독고후의 두 눈이 부릅떠졌다. 한순간 사람을 부르기 위해 시선을 다른 곳으로 돌렸던 그는 무엇이 어떻게 된 것인지 볼 수 없었다. 뭔가 이상한 느낌에 다시 시선을 그들에게 돌렸을 때, 독고후가 볼 수 있었던 것은 부하들이 허리가 베어진 채 쓰러져 있는 참혹한 광경이었다.

독고후는 그 자리에서 벌떡 일어났다.

그때 남자가 입구를 향해 다가섰고 고개를 들어 '법륜교' 라고 쓰여 있는 현판을 쳐다보았다. 어깨에 걸쳐 있던 검이 빛을 뿜었고 현판은 기다렸다는 듯 조각나며 쓸모없는 돌덩이로 전락해 버렸다.

'고수다!'

독고후는 단 일검을 보았을 뿐이나 단박에 남자의 실력을 알아보았다. 현판을 베어낸 남자가 여자에게 뭐라고 말을 했다. 여자가 웃으며 남자의 어깨를 친다.

이들 일남일녀는 마치 자신의 집을 들어가듯 대화를 나누며 자연스럽게 산채 안으로 진입해 들어왔다. 주변의 사람들이 그들을 쳐다보았으나 그들의 모습이 너무 자연스러워 누구도 이상하게 보지 않았다.

다만 여자의 모습이 너무 아름다워 너나 할 것 없이 시선을 떼지 못할 뿐이다.

일남일녀는 천천히 걸어 들어왔다.

그런데 그들이 지나간 자리에는 어김없이 죽음이 남았다. 어느 누구도 항거할 수 없었고, 남자는 힘을 쓰는 것처럼 보이지도 않았다. 이따금씩 빛이 번뜩였고 검신에서 피가 떨어졌으며 사람들은 비명조차 지를 시간적 여유를 갖지 못하고 쓰러졌다.

정오의 태양 빛이 대지에 쏟아져 내리는 한낮이다.

백주대낮에 조용했으나 참혹한 학살이 벌어지고 있었다.

'살인을 저렇게도 할 수 있군.'

독고후는 죽어나가는 자들이 그 자신의 부하라는 사실을 한순간 잊은 채 남자의 살인 기술에 감탄했다. 감탄은 잠깐이었다. 정자의 난간을 움켜쥐고 있는 독고후의 전신이 부들부들 떨렸다. 남자의 검이 허공을 가를 때마다 분노가 충천하여 머리끝에서 연기가 피어오르기 시작했다.

허무할 정도로 조용한 가운데 남자는 인정사정없었다.

한 사람이 보이면 한 사람을 죽였고 두 사람이 보이면 두 사람을 죽였다. 그리고 열 사람이 보이면 열 사람의 목숨을 모두 거두었다.

남자는 검을 깨달은 자다.

남자는 이미 검과 일체되어 그의 뜻이 검의 뜻이었다.

남자의 걸음이 연무장으로 진입했다. 거기에는 수십 명의 젊은 무사들이 땀을 흘리는 중이었다. 남자는 조금의 망설임도 없이 연공 중인 무사들을 향해 걸어갔다.

남자의 돌연한 등장에 연공을 하던 무사들이 일제히 그를 바라보았다.

"모두 피해!"

독고후는 기겁하며 정자 위에서 소리쳤다.

그 순간 그를 바라보고 있던 무사들이 모조리 고혼이 되어 멀고 먼 명부를 향해 떠났다.

산채는 대번에 뒤집혔다.

뎅뎅뎅!!

정적을 깨고 세 번의 급박한 종소리가 울렸다. 적이 출몰했다는 일급 경계 종소리였다.

휴식을 취하고 있던 무사들이 우르르 달려나왔다.

남자는 더 이상 보이는 족족 살인을 하지 않았다. 그는 무사들이 모두 나오기를 기다리는 듯 무료하게 여자를 보며 뭔가 대화를 나눴다.

여자는 여전히 웃고 있다. 긴장이나 경계심은 조금도 보이지 않는 태도다. 그녀가 하품을 하자 독고후는 더할 수 없는 수치심을 느꼈다.

무사들이 일남일녀를 포위했다.

남자는 더 이상 나설 자가 없는지 주변을 둘러본다.

법륜교 무사들이 남자를 둘러쌌다. 다수의 적이 나타났을 때 사용하라고 가르친 연수합벽세(聯手合壁勢)가 번개처럼 펼쳐졌다.

"누구냐?"

살기등등한 무사들을 대표해서 앞으로 나선 자는 소은군(蘇銀君)이다. 독고후가 아끼는 제자로 그의 겁마수(劫魔手)는 이미 십성의 경지에 올라 있었다. 독고후라 할지라도 십 초 이내에 그를 제압할 수 있다고 말하기 어려웠다.

'은군이라면…….'

혼자라면 남자를 당해낼 수 없을지도 몰랐다. 그러나 소은군의 등 뒤로 수십 명의 무사들이 포진해 있었다. 이들이 시간을 벌어주는 사이 소은군의 겹마수는 남자의 심장에 바람구멍을 내고 말 것이다.

하지만 그것은 독고후의 바람일 뿐이었다.

포위당한 남자는 천천히 움직였고 미세한 바람 한줄기가 검기를 동반했다.

그리고 모두 베어졌다.

정오의 태양 빛 아래 진홍의 피가 뿌려졌다.

독고후의 안색이 새파랗게 질렸다. 그는 그 자신 역시 남자의 상대가 되지 않는다는 것을 절감했다. 처음 그를 보았을 때, 분노를 이기지 못해 뛰어내려 가지 않은 것이 얼마나 다행인지 몰랐다. 하지만 이제 그는 결정해야 했다. 그가 자신에게 다가오기 전, 재빨리 도망쳐 후일을 도모해야 하는 것인지 아니면 장렬히 나가 싸워야 하는 것인지를.

"누구냐, 저놈?"

독고후는 보이지 않는 곳에서 자신을 그림자처럼 호위하는 무영(無影)에게 물었다. 그는 독고후를 제외하고 교내의 최고고수였다.

"모르겠습니다. 난생처음 보는 자입니다. 일단 피하시는 게 좋을 것 같습니다. 저자의 검도는 이미 인간의 경지를 넘어섰습니다."

연무장의 무사들을 모두 베어버린 남자가 독고후가 있는 정자 위로 고개를 들어올렸다.

정자는 인공으로 만든 구릉 위에 올라가는 굽이굽이 계단을 설치해 놓고 그 위에 세워졌다. 높이는 약 오 장. 남자가 서 있는 곳에서 구릉까지의 거리는 약 이십 장이었다.

먼 거리를 사이에 두고 남자의 시선과 독고후의 시선이 부딪쳤다.

독고후는 그의 무감각적인 시선을 대하자 가슴이 섬뜩해졌다.

'저놈… 설마 이 먼 거리를 단숨에 날아오지는 않겠지.'

그가 오는 동안 퇴로를 확보해야 했다.

독고후가 무영에게 뒷일을 부탁한다는 말을 하기 위해 막 입을 열려는 찰나였다.

남자가 빈 허공을 밟으며 정자를 향해 날아오고 있었다.

"허공답보(虛空踏步)!"

남자의 걸음은 빠르지도 느리지도 않은 그러니까 평지를 걸을 때와 비슷한 속도였다. 독고후는 그렇게 느꼈다. 하지만 한 번 눈을 깜빡이고 다시 떴을 때 남자의 한 발이 정자 위로 오르고 있었다.

독고후는 남자의 발을 보며 도망가야 한다는 생각을 버렸다.

정자 아래 여자는 시체들 사이에 턱을 괴고 앉아 남자를 바라보고 있었다. 무한한 신뢰가 담긴 눈빛이었다.

'도망칠 수 없다면 대범해야 한다. 일이 이 지경에 이르렀다면 살려 달라 한다고 해서 살려줄 놈이 아니다!'

"놈!"

필생의 분노가 담긴 독고후의 음성이 소유산을 떨어 울렸다.

지상의 참혹도와는 상관없이 나뭇가지에서 퍼득거리고 있던 산새들이 그의 폭사되는 분노의 기(氣)에 깜짝 놀라 하늘로 날아올랐다.

"누구냐? 내 필생의 대업(大業)을 한순간에 무너뜨리는 네놈은 누구냐?"

정자 위로 완전히 올라온 남자는 마치 자신의 집에 온 것처럼 편안한 얼굴로 말했다.

"그대가 가진 것이 필요한 사람이오."

독고후는 다시 분노가 솟구쳐 큰 소리로 웃었다.

"하하하! 어린 나이에 개세적인 무공을 익혔다만, 남의 것을 빼앗는 도둑놈에 지나지 않는구나. 이곳은 나 환희불의 신통력으로 만들어낸 세상이다! 네놈이 탄광을 빼앗으러 온 모양이다만 나 환희불의 신통력이 사라지면 탄광도 사라진다. 말해라. 어느 놈이 사주하여 네놈을 보냈느냐? 혈불이냐?"

남자는 고개를 가로저었다.

"나는 오직 내 자신을 위해 움직일 뿐, 다른 누군가를 위해서 힘을 쓰지 않소."

"만천폭뢰(滿天爆雷)를 준비하라."

그때 독고후가 무영에게 전음을 보냈다.

탄광은 폭약을 소비하는 작업장이었다. 정자가 있는 인공 구릉 아래 폭약을 보관하는 창고가 있었다. 그곳에 불이 붙는다면 정자와 그 주변은 흔적도 없이 날아가 버리고 말 것이다.

그는 자신의 모든 기업을 잃는 한이 있더라도 남자를 죽이고자 마음먹은 것이다. 그는 무영이 만천폭뢰를 준비할 시간을 벌어주기 위해 다시 입을 열었다.

“당금 강호에 너 같은 놈이 있다는 말을 들어본 적이 없다. 다시 한 번 묻는다. 네놈은 도대체 누구냐?”

“불망이오.”

“불망?”

독고후는 남자의 이름을 되씹었다.

“준비가 끝났습니다!”

그 순간 무영의 전음이 들렸다.

“네놈이 요즘 청해성을 쩌렁쩌렁 울리고 있다는 바로 그놈이란 말이냐?”

말과 동시였다.

독고후의 신형이 섬전처럼 불망에게 짓쳐들었다. 그와 함께 필생의 공력을 담은 그의 천강장(天强掌)이 불망의 가슴을 내려쳤다.

펑—!

순간 천지를 뒤흔드는 폭발음이 정자 밑에서 터져 나왔다.

불망에게 일장을 격출한 독고후는 구전륜(九轉輪)의 신법을 이용하여 뒤로 연거푸 아홉 번을 회전하며 정자에서 튀어나갔다.

땅거죽이 뒤집어지고 검은 연기가 버섯 모양을 이루며 구름처럼 솟구쳤다. 구릉이 무너지고 정자가 주저앉았다. 방원 십여 장은 모조리 박살나고 그 너머도 폭발의 여파로 흔들렸다.

땅으로 내려선 독고후의 신형으로 폭발의 여파가 전해졌다.

돌가루와 석탄 가루들이 강풍에 휘말린 듯 몰아쳤다. 귓속은 고막이 찢어진 것처럼 웅웅거렸다.

대폭발과 함께 십 년을 이어온 기업이 날아갔다.

광산의 입구가 허물어져 버렸고 갱도 안에 갇힌 수많은 신도들은 영문도 모른 채 파묻혀 버렸다.

검은 연기는 죽음처럼 하늘을 뒤덮었다. 뒤집혀진 땅거죽은 흉물을 드러냈다. 그렇게 모든 것이 초토화되었다.

"놈의 목숨과 내 십 년 기업을 바꾸다니!"

독고후는 기뻐할 수도, 그렇다고 슬퍼할 수도 없는 얼굴로 무너진 정자를 바라보며 서 있었다.

그런데 여전히 그 역시 서 있었다. 아무 일도 없었다는 듯 무덤덤한 얼굴이었다.

'저, 저놈! 만천폭뢰 속에서 죽지 않았단 말이냐? 서, 설사… 금강불괴라 할지라도 살아날 수 없었을 텐데…….'

불망은 독고후를 발견하자 천천히 걸어왔다.

독고후의 얼굴이 형용할 수 없을 정도로 일그러졌다.

그는 일장에 불망을 때려죽이고 싶었다.

그는 더 이상 생각하고 말 것도 없이 '어흥!' 소리를 내며 불망을 향해 돌진했다.

불망은 폭풍처럼 짓쳐드는 그를 보았으나 아직 여유가 있다.

승부는 이미 끝났다는 듯 구양패옥은 그를 향해 천천히 걸어오고 있었다.

불망의 검이 짓쳐드는 독고후의 미간에 부딪쳤다.

단순한 동작이고 특별히 힘이 들어가 있는 것 같지도 않다.

하지만 독고후의 눈동자에 백태(白苔)가 낀다. 그의 머리 속이 백태 낀 눈동자처럼 하얗게 변했다. 짓쳐드는 속도가 물거품처럼 사라지며 그는 멈췄다.

쿵!

무릎이 꺾이더니 곧 그의 육체가 뒤집힌 땅거죽 속으로 파묻혔다.

불망은 묵묵한 시선으로 쓰러진 독고후를 바라보았다.

"이제 여기는 우리 것이 되었나요?"

검은 먼지로 뒤덮인 산하는 구양패옥의 희디흰 의복과는 어울리지 않았다.

"가지는 것은 쉽지만 수성은 어려워."

불망은 쓰러진 독고후의 의복에 묵철중검을 닦았다.

"어차피 우리가 석탄 캐서 부자 될 건 아니잖아요. 그건 그렇고 대형, 저 사람들은 어떻게 하죠?"

곳곳에 숨어 있던 사람들이 하나둘 머리를 드러냈다. 통솔자를 잃은 그들은 잔뜩 겁에 질린 채 우물쭈물 어쩔 줄 모른다. 한 사람이 용기를 내 무릎을 꿇고 머리를 조아렸다. 사람들이 그자를 따라 모조리 무릎을 꿇고 머리를 조아렸다.

그들의 대부분은 진심으로 믿든 그렇지 않든 간에 결국 불마천수 독고후에게 현혹당한 백성들이었다. 그들의 머리 위로 정오의 태양 빛이 뜨겁게 쏟아지고 있었다.

백성들을 바라보는 불망의 눈이 암울하다.

바람과 구름과 비.

바람은 구름을 몰고 오고 구름은 비를 불렀다.

비에 잠긴 산하(山河)는 잠들어 있던 이무기들을 깨운다.

천 년의 긴 잠에서 눈을 뜬 이무기들은 용을 꿈꾸며 비상한다.

바야흐로…….

풍운과 각축의 시대가 도래했다.

〈제3권 끝〉

무한 상상 · 공상 세계, 청어람 신무협&판타지

『두령』,『사마쌍협』을 보았다면
꼭 섭렵해야 할 월인의 최신작!

천룡신무(天龍神舞) / 월인 지음

2005년 무협계를 평정할
거대한 놈이 나타났다!

『천룡신무』
(天龍神舞)

처음에는 운 좋게 병신춤만 추는 인간들을 만나 사지육신을 온전히 보존하고 있는 줄 알았다.
그리고 십 년 동안 이상한 춤만 가르쳐 주고 몽둥이 휘두르는 법은 물론, 주먹 쥐는 법 하나
가르쳐 주지 않은 사부를 원망하기도 했었다.

하지만 이젠 그딴 거 필요없다.
사부께서는 용무(龍舞)를 열심히 수련하면 네놈 몸뚱이 하나는 네 마음대로 움직일 수 있다고 하셨다.
그리고 그렇게 만들어주셨다.
사부께서는 한계를 뛰어넘고 초식을 무너뜨리는 춤을 가르쳐 주신 것이다.

중원의 무공 따위는 눈 아래로 내려다볼 수 있는 춤!

그래서 천룡신무(天龍神舞)이리라……

매력적인 작품 세계를 보여온 월인만의 매혹에 다시 한 번 유혹당한다!